龍鳳無雙 3 完

風 文創 585

池上早夏 著

目錄

第五十八章

湛明珩和納蘭崢沒法解釋，因而此事翌日便經由那張大嘴巴傳遍了整個軍營。

新兵們都很閒，沒事做便曬曬日頭、嘮嘮嗑，倒也並非只說他倆這一樁事，哪個營房出了個夜遊的，他們也能講上小半日。

只是如此一來，但凡兩人再同進同出，難免要遭來異樣的眼光，也是這會兒才有人注意到，七十八號營房竟有如此標致的兩個少年。

「可惜聽說是斷袖。」一名心心念念記掛著家中妹妹親事的新兵如是感慨。

「還聽說是表兄弟呢。」另一對關係甚好的表兄弟決心拉遠彼此的距離，藉以避嫌。

「那眼下與他倆走在一道的那個是誰？」

「莫不是說這仨……」

卓木青低咳一聲，有意落後兩人一個身位。湛明珩回頭便朝說最後一句的那人殺去個眼刀子。

說他和納蘭崢搞斷袖可以，說卓木青也摻和了就是不行。

納蘭崢直想將腦袋埋進泥地裡去。她也不願這般招搖，只是昨夜在茅房嗅見的猛火油非同尋常，這才喊了卓木青一道去營地裡轉轉，欲意四處查探。

這些新兵多是來謀生路的，尤其好吃懶做，何況上頭不管，誰還拚死拚活地吃苦？因而行至練兵場附近，人反倒少了起來。

湛明珩確信避開耳目後，就站在落兵台前一面裝作挑揀兵械的模樣，一面問後邊的人。「此事你如何看？」

卓木青上前，拿食指做了個形似刮的手勢。

湛明珩十分嫌棄地瞥他一眼，強忍住內心泛起的漣漪，問：「你是說，你們西華士兵上茅房大解，會將不小心沾了手的污穢刮到那牆板上？」

他點點頭又搖搖頭，解釋道：「不是我。」

納蘭崢苦著臉瞧他們。「你倆少說幾句成不成？」她本就極力忍耐了，再要曉得這等事，今後還如何安然地進茅房啊？

湛明珩乾咳一聲，揉揉她的腦袋以示寬慰，隨即與卓木青道：「如此便更說得通了。照我看，這幫新兵裡頭，身手好的不多，頭腦好的更是稀有，應當沒那弄猛火油的本事，且弄來了也無處可使，這東西多半是你西華士兵奉命運進來的。」搬運猛火油時手上難免沾染一些氣味，因平日習慣，大解後往那茅房的牆板一刮一抹，便留了痕跡。

他說罷笑了一聲，撚起一柄虎牙槍，掂量了一番。「我方才察看過，營地西面堆了不少乾茅草，上千捆不止。你說這猛火油配上乾茅草，能做什麼？」

卓木青想也不想接道：「燒營。」

納蘭崢望了眼天際自西向東翻湧的團雲，道：「黃昏時分將有最末一批新兵入營，營地陳設西疏東密，營房多在東向。今日恰逢天乾，且颳西風，明後日則約莫有雨。」她說完這看似毫無關聯的一串話，又問：「應當便是今夜了。救是不救？」

兩人對視一眼，異口同聲道：「救。」

三人至此也算摸透了狄王庭，或者說卓乙琅的心思。

大穆西境一帶百姓眾多，狄人如今缺兵，亟待添備軍力，自然不得放過現有的青壯男子。但漢人於武天生弱狄人一截，要將這些初出茅廬的「童子雞」養精必得費一番力氣，狄人恐怕沒那耐性一步步慢慢來。

欲意花最短的工夫挑出最強悍的，將他們在最短的時間內養成能夠擋在狄人前頭衝鋒陷陣、勇猛拚殺的士兵，最簡單的，就是將之逼上死路。

活下來的就是能人；至於死了的，卓乙琅不會在意少些廢物。

除此之外，還有十分重要的一點。如今江山初易，儘管大穆的朝廷割地求和，可雲貴川隴等地的軍民卻並非全心歸順，以至狄人開春以來幾乎日日忙於鎮壓各地暴亂。倘使他們猜得沒錯，卓乙琅是打算將縱火燒營的事嫁禍給這些頑固不化的地方軍民，好叫漢人對付漢人，使得大穆自內裡緩緩分崩離析，最終徹徹底底歸心於王庭。

入夜後，湛明珩託卓木青在營房裡照看納蘭崢，就抓了吳彪去洗腳。

兩人在外頭磨蹭半晌，回來時，吳彪手裡多了兩柄刀，一見幾人便問：「來來，都過來瞧瞧！我說我左手這柄叫『雁翎刀』，右手這柄叫『苗刀』，王行非說得反一反，你們倒給評評理！」

納蘭崢與卓木青抬起眼皮，一瞧便知吳彪說得沒錯，但誰也沒說話。湛明珩會不認得這兩個玩意兒？他便閉上眼也認得吧。

錢響見狀嗤笑一聲，看向湛明珩。「你竟連雁翎刀與苗刀也分辨不出？」

吳壯則講得委婉一些。「阿彪說的恐怕不假。」

吳彪便得瑟起來。「你瞧是不是，還與我爭呢！來來，一個銅板！」

湛明珩的臉色黑得很不好看，掏了個銅板丟給他，隨即做出一副很傷面子的神情，道：「睡了睡了。」

吳彪一提手裡的刀。「不是說好了，誰輸了就拿回落兵台去，你這都要睡了，它倆怎麼辦？」

湛明珩瞥他一眼。「三更半夜誰會閒得去查驗兵械？你擱屋裡頭，我明早再拿回去便是，出了事算我的。」說罷轉頭鋪被褥去了。

納蘭崢悄悄抿嘴笑了一下。真是難為了他，想給自己與卓木青配個刀，竟為了不惹人起疑這般大費周章，也不知都糊弄了吳彪什麼？

營房裡熄了燭，幾人陸陸續續睡下，不一會兒，吳彪與吳壯那曲高和寡般的聲勢便起了。

納蘭崢只是閉目養神，並未入眠。約莫臨近子時，一陣西風大作，隱約聽得營房的門被「啪嗒」一聲落了鎖。她驀然睜眼，輕扯了一下絲線。

湛明珩自然也不曾入眠，見她動作，伸手探進她的被褥，在她手背寫了兩個字：安心。

納蘭崢便又閉上眼。

直到子時過半，四面忽亮起一片火光。濃煙四起，隔壁營房有人反應過來，大喊道：「天殺的！走水了——」

湛明珩自然早就料知今夜會走水，只是營地四處皆有狄人把守，以他與卓木青二人之力絕不可能來得及阻止。倘使及早暗中知會眾人，以這些新兵的魯莽行事只會適得其反；且照卓乙琅燒營的意圖來看，應當並非是要置全營於死地，也無意明著與他們幹起架來，因而才預備等火勢起了，盡可能不顯山露水地救得眾人。

上百間營房，六百來號新兵陸陸續續被驚醒，很快便有人發現，營房的門被人從外面落了鎖，窗欄也牢不可破。他們出不去了！

煙霧氤氳，火光幾乎將整個營地照得亮如白晝，營房的牆面雖以磚石砌成，樑柱卻多木製，如此火勢之下必要被燒塌。這時候也無人得閒去管軍營是如何走水的，一個個都慌手慌腳急於逃奔，喊話求救，卻未曾得到半點回應。

新兵們入營前，行李包袱皆經搜查，銳器已統統收繳到上頭，營房內也無其他東西可撞破門窗。有人欲意使蠻力，拳打腳踢地上去，卻不想那木門竟一片滾燙，壓根觸碰不得。

七十八號營房裡也鬧成一鍋，叮叮咣咣一片嘈雜，尤以吳彪的喊聲為甚。

屋漏偏逢連夜雨，他們這間運道不好，窗子外已被大火堵了路，恰有一縷火苗自窗欄的縫隙裡鑽進來，燒著了耿丁的被褥。耿丁一下躥起，一不留神將被褥帶飛起來，火勢便蔓延到錢響的床鋪。

錢響嚇得臉色發白，掏出水壺就要去澆。虧得被卓木青橫起一腳給踹倒，他連人帶壺翻倒在地，一頭霧水，張口就罵：「你做什麼！」

卓木青踹翻了人便站在窗欄邊瞇眼望外頭的火勢，自然懶得多言。

納蘭崢怕這時候起內訌，只得替他道：「那是猛火油！」

猛火油遇水愈旺，這道理錢響也懂，只是方才不知情罷了，聞言便噤了聲，哆嗦著爬起來，不敢再說。

吳壯撞了幾次門，發覺太堅固了撞不開，忽然想起什麼似的朝吳彪喊：「阿彪，你前頭拿回來的刀呢？」

吳彪停下嚎叫，恍然大悟地去拿刀，一把推開了準備提刀上陣的湛明珩，搶了那苗刀就朝營房的門一頓猛劈。

「啪」一聲響，什麼東西碎了。

吳壯還道他砍破了門，心內一陣驚喜，垂眼仔細一瞧卻發現只是刀鞘裂了。

原來是他忘了拔刀。

湛明珩被氣笑，靴尖一抬，踢起地上的雁翎刀，出了鞘上前道：「讓開！」

吳彪已然傻了，接連「哦」了好幾聲，趕緊側身讓位，隨即便見他一個手起刀落，寒光一閃，「轟」地一聲大響，厚計兩寸的木門被攔腰斬破，霎時四分五裂。

除卻納蘭崢與卓木青，滿屋的人俱都傻在原地。他們不曉得細巧的雁翎刀還能當斧頭使。

湛明珩牽過納蘭崢，當先跨出去，回頭朝杵在裡頭的卓木青道：「出來救人。」

吳彪還道是在說他，渾身的血氣登時就激湧上腦袋。「娘噯，忒刺激，上啊！」說罷提了刀，精神抖擻地奔出去，隔著面牆朝隔壁營房的道：「弟兄們，我吳彪來救你們了！」話畢則照湛明珩那般，朝門一個攔腰猛砍。

誰知此門卻紋絲不動，無絲毫破損之相。

跟在他後面的卓木青緩緩上前，輕輕抽過他手裡的苗刀，嘆口氣，隨手一揮，砍斷了門上的鎖鏈。

湛明珩一間間營房砍過去，納蘭崢則跟在他身後，一面觀望四周情形，一面低聲道：「火勢怎會蔓延得這般快？瞧這架勢，莫不是搬來了猛火油櫃？」

猛火油櫃以猛火油為燃料，熟銅為櫃，經人力抽拉可噴出形似火龍的烈焰，一般可計數丈之遠，被此等火焰灼燒之人，便是滿地打滾也難以覆滅其燃勢，幾乎可說必死無疑。

湛明珩聞言，蹙眉「嗯」了一聲。「恐怕是。」卓乙琅下的血本比他預料中要猛。

他話音剛落便聽「嘭」地一聲，似是哪處的猛火油櫃噴出了火龍，一大片人應聲滾倒，栽在泥地裡哀嚎。大概是得救後慌不擇路的新兵們。

納蘭崢的心跟著揪了起來，朝這一片營房喊道：「前頭有猛火油櫃攔路，先往後撤去練兵場！」

眾人得以破門而出，原本自然都湧去營門，瞧見跑在前頭活生生被火龍燒成焦炭的弟兄，再聽到這話，只得趕緊往回跑。

營房共計上百間，鎖鏈也非條條皆能一刀砍斷，湛明珩一間間救過去頗費時辰，眼見火勢越來越大，有幾間將將要被燒塌。

耿丁不知從哪跑了來，盯著那一片火舌翻捲、濃煙四起之地問納蘭崢：「顧小兄弟，我懂開鎖，或能幫上些忙，你可帶了細些的簪子？」

納蘭崢聞言下意識往頭頂摸，摸著個男式髮髻才記起不對，他怎會問一個「男子」這等話？

她一愣過後道：「我沒有簪子。」

湛明珩俐落地揮下一刀，瞅了眼耿丁。「你去尋王木，他身上亂七八糟的東西多，或有能使的。」說罷補充道：「若是瞧見吳彪，叫他去練兵場等我。」

耿丁應一聲，忙扭頭跑了。

砍了最後一條鎖鏈，救得人後，湛明珩扭了扭發痠的手腕。眼見四面營房就要坍塌，牽了納蘭崢就往外頭奔。

火勢尚未蔓延至練兵場，逃出生天的新兵們俱都簇擁在此，亂作一團。其中多是聚在一道破口大罵，還有的嚇得癱軟在地，稍有頭腦的一群則操了兵械藉以鋤地，鑿了幾桶砂漿欲意滅火。

湛明珩與納蘭崢到時，聽見幾個險些遭猛火油櫃毒手的新兵在說，營門前滿地皆是狄人的屍首，抽拉猛火油櫃的是蜀地衛所留下的老兵，一個勁地罵他們叛國投誠，說要將這斷嗚營燒個乾淨。

兩人聞言對視一眼。此前湛遠鄴曾在貴陽冒充狄人，如今卓乙琅也故技重施，反過來假作大穆的士兵，這戲做得可真逼真。

湛明珩等了一會兒，眼見卓木青還未趕來，便低聲與納蘭崢道：「火勢太猛，就快燒過來了，我得去毀火器，妳在此地當心。」說罷拎起兩面大弓與一個裝滿重箭的箭筒，揪了一旁的吳彪就走。

納蘭崢點點頭叫他安心去，回頭與吳壯道：「吳壯大哥，您聲氣高，管著些弟兄們，如此鬧成一團，倘使敵人這時候殺了來，咱們可都沒活路了。」

她並非不可整頓眾人，只是身分特殊，能不出頭便不出頭，且據她此前觀察，吳壯此人倒頗有幾分領袖風範。

吳壯聞言覺得有理，立刻回頭喊起話來，叫眾人挑自己順手的兵械，以備萬一。

他問納蘭崢：「顧小兄弟，照你看，這敵人何時會殺來？」

納蘭崢不好講太深的話語給他聽，蹙眉想了想，揀了個說辭道：「敵人數目不多，因而才不與咱們廝殺，而要趁夜深火攻，只要咱們能毀了猛火油櫃，他們未必敢正面殺來。」

「那這猛火油櫃該如何毀？咱們這麼多人，可能幫得上什麼忙？」

她搖搖頭。「人多眼雜，反倒不好辦。你且安心，我表哥與吳彪大哥已去想法子了。」

吳壯「哎」一著應了一聲，回頭將這話原封不動地傳達給新兵們，叫眾人莫再吵嚷，好留存力氣，練兵場終於靜下來。

那邊湛明珩揪了吳彪欲意悄悄繞上哨臺，被匆匆趕至的卓木青給攔下來。

湛明珩瞧他背上扛了個人，方才要發問，就見他將人擱了下來，解釋：「他慢。」

耿丁內疚地笑了一下。他是去幫忙的，也的確開了幾把鎖，誰知後來屋瓦坍塌，險些砸了他一頭一臉，反叫卓木青不得不分神顧他，揹他衝了出來。

湛明珩點點頭。「那你攔我做什麼？」

卓木青指向前邊哨臺。「太近了，得十丈。」十丈之內，一旦暴露，則很可能會被猛火油櫃所傷。

湛明珩的臉黑了，那冒火的眼神裡透露的意思是：我大穆的猛火油櫃至多夠噴七丈，你西華何時這般有能耐了？

卓木青難得扯了扯嘴角，示意：我造的。

這搬起石頭砸自己腳的，真叫人氣得想揍他！

兩人一來一去打了串啞謎，吳彪瞧不懂，急道：「倒是上不上了！」

「上，怎麼不上。」湛明珩咬咬牙，與卓木青道：「你先帶耿丁回練兵場，我不放心洄……表弟。」

卓木青點點頭，風似的走了。耿丁氣喘吁吁地追了上去。

湛明珩揪著吳彪繞了一圈，找了個足夠遠的哨臺爬上。這哨臺本該有狄人把守，只是卓乙琅既得將戲做全，上邊的人自然也死了。

他示意吳彪趴下來一些，繼而指了二十餘丈開外的兩架猛火油櫃給他瞧，低聲道：「瞧見那兩個東西了吧，拿箭射它們。」說罷後撤了一條腿，屈膝在他身後。

「好嘞！」吳彪十分有幹勁地操起一面大弓，頓了頓回頭道：「……得怎麼射啊？」

湛明珩取箭的動作一停，極力克制，逼自己耐下心來，手把手教了他一遍，而後道：「記得閉起眼射，這樣才準。聽我號令。」

吳彪見識過他此前一刀破門的手法，聞言自是深信不疑，忙閉上眼照做。

湛明珩眯起眼，取箭上弦，在他後邊悄悄張開了弓，一面道：「一、二……射！」說罷與他一齊射出一箭。

那邊正噴火的猛火油櫃霎時雜訊大起，咕嚕嚕一陣後便蔫了氣焰。

湛明珩朝身前人鼓舞道：「中了。再來一箭，繼續閉眼。」

吳彪十分聽話地又射出一箭，睜眼便見兩架火器盡毀，把守在那處的人似乎發現了此地異樣，朝哨臺湧了過來。

湛明珩冷笑一聲。「閉上眼，這回要射人了。」

第五十九章

這邊湛明珩拉弓拉得手癢時，忽聞一陣喊殺聲如潮水般向哨臺湧來，回頭一瞧，正是起先躲在練兵場的新兵們，一個個操著各式兵械，毫無章法地群魔亂舞成一氣，宛若是上了大戲臺。

尤其當他一眼瞧見個提著卜型拐的大漢將兵械兩頭拿反了時，險些氣得一箭射歪了去。再一眼便見卓木青護衛在納蘭崢身邊，落在隊伍的後方，倒是將她與那些個沒分沒寸推來搡去的粗人好好隔開了。

實則他能將她安心交由卓木青照看，一則是出於對此人惺惺相惜的信任，二則也是清楚他此前堅持讓納蘭崢跟來軍營的緣由。

他本不必冒此風險，畢竟他們三人之中，無論誰的身分暴露，便可能連累其餘兩人一道遭殃，他會如此堅持，無非是因納蘭崢與他未婚妻的境遇太過相像。

當初他主動與湛明珩合作已可說是通敵叛國，老王身死雖非他本意，他卻如何會不明白將王宮機要透露給敵國太孫意味著什麼。

偏他為救得未婚妻，甘冒天下之大不韙，萬事皆拋諸腦後。

只可惜那女子後猜知實情，不願他為她背負此等千古罪孽，也因時局難測，四面楚歌，憂心逃亡途中再連累他一回，因而自我了斷。

早在貴陽，湛明珩便不肯與納蘭崢多提此事，是怕她知曉後，在心裡留下陰影，來日有個萬一也去效仿。他不願她重蹈那女子的慘事，卓木青也一樣，因而才幫他，多護她一些。

整個營地皆陷於火海之中，漫天的紅光裡，寒芒在前，士兵們一波波湧上前去。

湛明珩俯瞰著底下情形，一箭穿一雙，射準了對方的頭目，方才抬手取了箭筒裡最後一支重箭，便見摸不著箭的吳彪睜開眼，道：「咦，怎地這麼快就射完了？」

他若無其事地低咳一聲，將手中的箭遞給他玩去了，道：「弟兄們來了，下去一道殺吧。」說罷當先下了哨臺。

他不擔憂吳彪會拿最後那箭傷了自己人，因他之前壓根就沒射出過一支。

四面喊殺震天，湛明珩下來後，將哨臺底下那一堆半途夭折了的廢箭踢去一邊，掩進草叢裡，隨即一眼瞅準了人群中的納蘭崢，衝進包圍圈裡將她牽了過來，順帶朝卓木青道：「謝了啊。」

卓木青搖搖頭，示意無礙，繼而提刀殺了上去。

納蘭崢跟在隊伍後邊奔得氣喘吁吁，被他牽走後，忙上上下下地瞧了他一遍。「你可有受傷？」

他搖搖頭。「叫他們攢軍功去吧，咱們歇會兒。」

她點點頭，看了眼一刀斬三人的卓木青，忍不住感慨道：「他殺起卓乙琅的人來，當真凶煞。」這還是她頭一回見卓木青下狠手，的確名不虛傳。

湛明珩笑了一下，沒有說話。

倘若同樣的事發生在納蘭崢身上，他恐怕會比卓木青更凶煞千百倍。

他順著她的目光望去，眼緩緩瞇起，注視著卓木青身邊、替他一腳踢開一名敵人的耿丁，低聲與她道：「妳今後離耿丁遠一些。」

納蘭崢聞言蹙起眉。「你也覺此人已識破了我的女子身分？」否則軍營數百號人，當真不該特意問她是否帶了簪子。哪有男子會隨身帶這飾物？

「不單如此，他有功夫底子，似乎在刻意藏拙。」

「藏拙歸藏拙，此人的心機卻不可說多深沈，倘使他於你我是敵，如何會救人心切，輕易問出簪子的事？或許有其他難言之隱也未可知。」

「不論如何，有個防備總是好的。」

納蘭崢點點頭。

卓乙琅並非單設局於斷鳴營，光蜀地便另有三處與此地相似的新兵營，因此他絕不會逐個耗費太多。那些屍首不過是從亂葬崗撿來後再套上狄人戎衣的，至於眼下易裝的士兵，數目也不多，哪怕新兵們的確是在群魔亂舞，一人一腳也夠碾死他們了。

戰局將近收尾，「援軍」才終於抵達。忽然冒出的狄人頭子稱眾新兵堪為西華勇士，當下清點戰績，以論功行賞。

頭功自然給了七十八號營房的吳彪和吳壯。前者智破火器，後者沈著領兵，受之無愧。

湛明珩與納蘭崢站在一旁，望向被歡呼雀躍的眾新兵拋至高空的兩人，都忍不住摸了把鼻子。

得虧他們深藏功與名，否則這會兒在天上飛得下不來的就得換人了。

營地被燒得不成模樣，幾乎毀去了大半。僥倖存活的五百來個新兵被連夜分去了郊外別處營地，新編了營房，由原先的七人一間減至五人一間，如此是為「伍」，設伍長一名，連號的兩間營房則為「什」，設什長一名。

眾人到時，天光已然大亮。納蘭崢等人所在的這間營房，吳壯與錢響被拆去了隔壁，至於伍長，自然是如今被全營譽為「神射手」的吳彪了。

瞧著那一個個不去補眠，反而登門想看吳彪射箭的新兵，湛明珩有些頭疼，藉口打發了一批後，偷偷與吳彪說，他那是天生神力，唯盲射可使，且不能輕易被人瞧見，否則洩漏了天機，恐要遭天譴的。

卓木青實在忍不下了，難得留下一句四個字的：「聽不下去。」說罷就出去打水。

吳彪連連應聲，謝過湛明珩指教，納蘭崢則在一旁憋笑憋得肚子疼，扭頭一瞧耿丁，竟也是一副想笑不敢笑的模樣。

不一會兒，外頭有人驚喜大喊，說方才去打水，無意發現這邊的河水乾淨不說，竟如湯泉般是暖的。

新兵們經過昨夜一場惡戰，交情加深不少，聞言紛紛跑出去，成群結隊的吆喝眾人一道去洗澡。

吳彪平日不大愛乾淨，一聽說竟有天然的溫湯水可泡，渾身都癢了起來，拖著湛明珩就要往外跑，說他是自己的伯樂，非得好好謝謝他不可，順帶也能見識見識，天下第一大的鳥究竟是何等的驚世。

納蘭崢聽得面紅耳赤，見臉黑如鐵的湛明珩回頭瞧了她一眼，隨即將吳彪一把摜倒在地。「自己愛洗洗去！」

吳彪被摔得尾椎骨都疼了，一頭霧水地瞧著他，委屈地說：「不去就不去，你愛臭著我也管不著，可你摜我做什麼？」

湛明珩冷哼一聲。「誰說我不去？道不同不相為謀罷了。」說罷回頭提起衣包袱，牽了納蘭崢就走，臨出門還不忘叮囑他一句。「切記不可洩漏天機，否則伯樂也救不了你！」

納蘭崢回頭同情地看了吳彪一眼，跟湛明珩走了。

大火燒了一夜，眾人身上皆是焦味，她也的確難受得很，想好好搓洗一番，只是那河裡都是男人，她不曉得湛明珩要帶她去哪裡。偏頭正要問，卻一眼瞧見耿丁也跟了出來。

湛明珩注意到身後動靜，正巧碰上卓木青迎面走來，便一手搭了他的肩道：「我帶她去沐浴，你替我看好後面那個。」

卓木青瞥了耿丁一眼，「嗯」了一聲。

湛明珩領著納蘭崢一道出營地，途經河岸時見到一大片白花花、光溜溜的，立刻伸手捣住她的眼。

她本就眼觀鼻鼻觀心，哪用得著他捣啊？他如此一番動作，反倒惹來新兵們的注意。昨夜砍斷鎖鏈的人是湛明珩，幾乎全營的人都記得他，他們對他的感激實則不下於對吳彪，因而瞧見兩人，便主動招呼他們一道來洗澡。

湛明珩沒法拿對吳彪那套對他們，只得一面繼續捣著納蘭崢的眼，一面笑道：「多謝諸位相邀，我表弟眼疾犯了，我先帶他去採些藥草。」謊話張口就來。

便有熱心腸的問納蘭崢是怎樣的眼疾，甚至有自稱略懂醫術的預備游上岸來察看。

湛明珩將她死死掩在身後，朝他們「呵呵」一笑，擺擺手道：「小病小病，你們好生洗著，我先帶他走了。」說罷牽了她，逃命似的疾步而走。

有人在兩人離去後道：「這兩小子，誰採個藥草還帶衣包袱去啊，是要去洗鴛鴦浴吧！」

眾人一通笑鬧附和。「虧得這兩斷袖沒得來禍害咱們大好青年！」

湛明珩一路循著河岸往上游走，七彎八拐地，帶納蘭崢到了一處煙氣氤氳的池子邊。其實說池子恐怕還有些勉強，實則可算是個天然的河彎，三面都被圍了起來，池水看起來很燙，冒著騰騰的熱氣，因而無法瞧清底下情狀。

納蘭崢見狀一愣。「你如何曉得這別有洞天之地，可是從前來過？」

湛明珩笑一聲。「我與妳形影不離這麼些年，妳何時見我出京過？」說罷拿指頭點點腦袋，示意靠的是這個。

河水是暖的，這附近必然該有更燙的源頭在，他才不會叫納蘭崢洗那些人洗剩的水。他催促著她趕緊下池，免得時辰耽擱久了，那些個麻煩的來尋二人行蹤。

納蘭崢也怕被人瞧見，因此忙去解衣衫。卻是手方才擱在腰帶上，忽然又猶豫起來。「這池子有多深？」煙氣裊裊的，她瞧不見底。

湛明珩原本已十分君子地背過了身，準備替她把風，聽見這話也覺得有理。他似乎該先替她下去打探一番，若是池子太深，或是有不乾淨的東西可怎麼辦？只得道：「得了，我先下去，妳背過身莫看。」

誰要看他啊，回回都是如此態度，將她當狼似的防備，難道不該反過來？

納蘭崢生氣地背過身去，過了一會兒聽他道：「沒過我腰太多，妳安心下來吧。」

她依舊沒回頭，嘴裡道：「你也背過身去！」

聽見他轉身的動靜，她方才安心解開腰帶，褪下衣袍，小心翼翼地爬下池子。

池水的確暖得很，甚至有些太燙了，甫一沒入便覺渾身經絡都舒暢起來。

湛明珩背身在離她大半丈遠的地方，專心致志地洗搓。她瞅了他的背一眼，想看看他此前的刀傷可都好全了，卻聽他道：「納蘭崢，妳偷偷摸摸的往哪看？」像背後長了眼似的。

她又氣又委屈，乾脆背過身去。「你如今這般小氣，日後便是求我，我也不會看了！」

湛明珩低低笑一聲。「妳現下便將我看膩，後半輩子還瞅什麼？」

她低哼一聲，不搭理他了，隨即舒舒服服埋頭洗了把臉，將改易容貌的脂粉卸去，方要搓洗身子，就聽背後「嘩啦」一下水聲大起。

她嚇了一跳，忙回過身去瞧發生什麼事？卻見湛明珩已近在咫尺，給她比了個噓聲的手勢，隨即將她一把掩在身後。

納蘭崢尚不明所以，忽聽一陣腳步聲朝這向趨近，接著一個熟悉的聲音響起。

「王行？」是吳壯。因這邊霧氣太濃，若隱若現的，瞧不大清，故而帶了些疑問的語氣。

她一下子緊張起來，怕湛明珩無法將她全部擋住，下意識將雙臂往中間蜷縮收攏，卻是原本就與他靠得極近，差半寸就會觸碰到彼此皮肉，如此一動作，難免擠壓了那一片遠山，竟因此不小心蹭著了他。

兩人為此同時一顫。

納蘭崢死死咬住唇，悔得眉毛都耷拉了下來。

湛明珩被她那番動作蹭得奇癢，幾乎要難耐地悶哼出聲，整個人亦隨之繃緊，悄悄攥了她的手腕，示意她千萬莫再亂動。咬著牙朝吳壯道：「……尋我有事？」聲色都不穩了。

納蘭崢明顯察覺到，他抓著她的手燙了起來。

吳壯答：「我聽他們說你往上游走了，便來知會你一聲，上頭交代，說咱們七十八號營房攢了頭功，一會兒要拉咱們進城好好飽腹一頓，算是嘉賞，你動作可麻利著些！」說罷又問：「顧小兄弟呢，沒與你一道？」

若沒與他一道，他現下就不會渾身憋漲得難受了。

他乾嚥了一下口水，答道：「去採藥草了，一會兒我再跟他說。」

吳壯點點頭。「那我就先回去了。」說罷瞅了一眼那掛在樹上枝杈的兩身衣裳行頭，撓撓頭，不解地走了。

顧小兄弟是光著身子去採藥草的嗎？

待人走遠，湛明珩才打著顫，僵硬地轉過身來，居高臨下盯著他的好嬌妻，咬牙切齒一字一頓地道：「納蘭崢……妳方才拿什麼蹭我？」

這半年來，他似乎又拔高了一些，身板也較在京時更為健碩，如此相對而立，大片陰影籠罩住她，竟給她一種許久不曾有過的壓迫感，一時不免心下震顫。

自向她表過意後，他對她難免較對旁人隨和一些，尤其離京的這段時日，因自覺歉疚於她，更少有脾氣，可此刻這架勢，竟叫她恍惚間感到，從前那「天下之大我獨大」的皇太孫像是回來了。

她一點點、極慢極緩地靠去池子角落，盡可能將自己埋低，好藉由這霧氣繚繞的水遮掩身子，只露出脖子與腦袋，苦了臉縮成一團。

她還記得兩人眼下情狀，沒那底氣與他互爭高低地扯嗓子，只低著頭不敢瞧他。

這時池水「嘩啦」一聲響，湛明珩立刻提步靠了過來。她小心翼翼花了好幾個數的工夫，他一下便追到了。

她面上醜化容貌的脂粉已洗淨，入目皆是難掩的麗色，水氣氤氳裡，那透嫩的臉微微泛紅，濕潤的鬢髮貼在頰側，鬈曲的睫毛上淌了顆晶瑩的水珠子，要落不落的。

他心裡癢得慌，一個忍不住便俯身將那顆水珠子啄去，再一個忍不住，便往下挪了挪，親了口她白皙而精巧的耳垂。

納蘭崢被他這番動作惹得一顫，隨即聽他語氣緩和了些，聲音卻有些沙啞。「來，妳說說，拿什麼蹭我？倘使答不出口，再蹭我一下也成……」

那滋味著實太磨人了，光回想便令他渾身酥麻。若非如此黯然銷魂的一蹭，他都不曉得她近日「長大」不少。

嘩！他的臉皮呢？

納蘭崢這下忍不住抬起頭來，卻是方才欲意開口罵他，便被眼前景象驚愕得一愣，張了小嘴，一副難以啟齒的模樣。「湛明珩……」

湛明珩以極其低沈，自認十分撩人的嗓音道：「嗯？」來吧，他準備好了。

卻見那齒如編貝之人，丹唇微啟，眼底不忍直視之色一閃而過，掙扎了一下，說：「你流鼻血了……」

第六十章

湖光山色，良辰美景，心似飄搖雨，眼映小嬌妻。卻不想，該發生的未能發生，宛如疾風驟止，一腔熱血停止奔流。

納蘭崢見他被自己拆了臺，眼睛都快冒火了，也不敢真惹怒了他，只叫他蹲下一些，好方便她替他止血。

她手忙腳亂地幫他洗拭一陣，隨即哄他繼續背過身去。待搓洗乾淨了，上岸拾掇好衣裝，覺得他不再具備威脅才忍不住笑出聲來。

湛明珩的臉黑得都能刮下一層泥，穿戴完畢後冷颼颼地問：「納蘭崢，我兩夜未歇了，妳不好好關切我一番，還笑什麼？」她一個不經人事的閨閣小姐，難不成能曉得男人流鼻血的緣由？別逗他了吧。

他就該理直氣壯一些，假裝是疲累所致。

納蘭崢竭力斂了色，作出一番關切姿態。「我不笑就是了，你坐下歇歇，等我一會兒，我畫個眉，咱們就回去。」她如何能告訴他，昨日他出去打個水的工夫，就叫她從吳彪嘴裡被迫聽了些葷話，是以多曉得了點，甚至有幾句，叫她驚訝得思量至今。

湛明珩覺得她哪裡怪怪的，似乎藏了什麼小秘密，思來想去未能通透，只得揀了塊大石頭，鬱悶至極地托腮坐下。

直到見她拾掇完了，他才起身收拾衣包袱，卻是伸手疊起她那條換下的裹胸布時，不免遐想忽生，鼻頭一熱，險些要再來一遭丟面子的事，虧得他及時深吸一口氣，仰頭忍住。

兩人方才回到營地，便被吳彪與吳壯催促著出去，說是宴請他們的車馬都備好了，就等他倆來。

馬車雖寬闊，坐了七人卻也多少有些擁擠。湛明珩與納蘭崢一道坐在角落，刻意離吳彪遠一些，免得遭他動手動腳。

吳彪只得靠近看起來較好欺負的耿丁，只是方才勾了他的肩便是動作一頓，奇怪地問：「咦，耿小兄弟沒洗澡？」大約是瞧他衣襟處還沾了昨夜大火留下的污漬。

耿丁似乎僵了一下，「嗯」一聲道：「王木大哥不小心將水灑在我的床鋪上，我去打理被褥了……」

湛明珩聞言瞥了卓木青一眼。他叫他看著人，也沒叫他如此「心狠手辣」啊。

卓木青神情冷漠地不說話。看人不就該如此簡單粗暴？

吳彪見狀則數落起卓木青，說他恃強凌弱，以大欺小，說完還拍拍耿丁的肩，示意自己這個神射手會替他做主的。

耿丁略有幾分尷尬地笑了笑，似乎有些不自在，往錢響那處挪了一下。

納蘭崢將那動作瞧在眼底，又記起先前湛明珩欲意帶她去洗澡時，此人跟在兩人身後的情形，不免生出個奇異的想法，為此悄悄多掃了他幾眼。

眼見吳彪喋喋不休個沒完，吳壯便當起和事佬，岔開了話頭，說今日要去的是城裡一間名曰「玉仙閣」的酒樓，上頭此番宴請他們幾個，說不準是升官發財的好時機。

湛明珩聽罷蹙了蹙眉。這酒樓的名兒聽起來好像不大對頭。

納蘭崢瞅了他一眼，料知他心內所想，朝他稍一點頭，示意她亦以為如此。

這等招數在軍營裡並不少見。玉仙閣名為酒樓，實則當是風月之地，立了頭功的新兵們理當是該委以重任，但上頭尚且不清楚他們的底細，故而得藉機查探查探。

可要查探，還得不動聲色地查探。

所謂宴請，無非是準備好吃好喝的，將眾人灌醉了，再叫那些鶯鶯燕燕拖他們去床榻上好好「拷問」一番。那些女子與一般風月場裡的不同，多是尤擅狐媚之術的，一般男人恐怕抵禦不得，三兩句問下來便會吐露真言，連家裡的老母雞一日下幾個蛋也講得清清楚楚。

納蘭崢想通了這些，跟著蹙起眉。此事似乎有些難辦啊，她這貨不真價不實的或要被拆穿不說，便湛明珩是貨真價實，卻哪能容得他碰那等女子，就是一根指頭她也不舒服。

湛明珩瞧她噘著嘴，一副不高興的樣子，伸手拍了拍她的手背，示意她放心，他不會被狐媚子勾了魂的。

吳彪自然不曉得人家是要來查探他，反而感慨道，實則這些異族人也不賴，自己不過想謀條生路，卻被漢人逼得險些命喪黃泉，反倒是王庭對他們禮遇有加。

納蘭崢與湛明珩一聽這話，便曉得卓乙琅的計策果真奏效了，想來如今軍營裡頭，多數人皆與吳彪有一樣的想法。

耿丁猶豫了一下道：「吳彪大哥，實則昨夜那些……」

他說到這裡，湛明珩似乎明白過來此意所指，霍然抬首，打了個噤聲的手勢，說罷努了努下巴，向他示意外頭車夫。

耿丁一下子反應過來，忙接話：「……那些要害我們的老兵就是眼紅咱們吃的穿的皆比他們好！」

吳彪一拍大腿，笑道：「就是！」

納蘭崢一愣，覺得耿丁的反應倒挺靈活的，隨即便見湛明珩抬手斟了一盞茶，拿手指沾了點茶水，在跟前的案几上寫了幾個字給耿丁：你如何知曉？

吳彪不識字，剛欲問他這般偷偷摸摸的做什麼，便被吳壯給按住肩膀。

顯然吳壯從這番來去之間察覺出什麼不對勁，一旁的錢響也反應過來，正襟危坐起身。

經昨夜一遭後，他們皆對湛明珩有了些信任。

納蘭崢覺得湛明珩如此做法雖有些冒險，卻無疑是對的。如今七人身在同一條船中，理當同心協力起來。誠然，他們的確尚未摸透跟前四人的底細，可畢竟曾一道出生入死，為人如何，多少能瞧得出來，就是起頭最令三人懷疑的耿丁，從方才那一番言辭來看，也絕非是敵。

倘使不及早與幾人通好氣，一會兒他們隨隨便便就將昨夜的前後經過與人透露，難免會累及湛明珩，畢竟不是誰都相信什麼天生神力的。

耿丁見狀，同樣沾了茶水，飛快地寫道：那些人使了西華軍中的刀法。

納蘭崢見狀皺起眉。耿丁的用詞似乎有些奇怪，漢人們多稱異族為「狄」，他卻跟卓木青一樣稱「西華」。她跟著寫道：你是西華人？

耿丁似乎有些訝異她的敏銳，猶豫了一下，寫道：是。卻沒解釋他的實際身分，顯然不肯多說。

卓木青聞言看了他一眼，眼神鋒銳如刀。能知曉西華軍中刀法，卻又顯然不與卓乙琅站在一邊的……

湛明珩給卓木青使了個眼色，示意此事交給自己，叫他暫且不要多問。

車內沈默了太久，如此安靜下去怕是會叫外頭的車夫起疑。納蘭崢便找了個話頭，說是餓了，不曉得那城裡有什麼好吃好喝的？

一夥人俱都配合著談起天來。

湛明珩也笑說了幾句，隨即寫下一行字給眾人瞧：守口如瓶，切記。

「玉仙閣」表面看起來的確是家正經酒樓，便是到了二層的雅間也絲毫未察曖昧氣息。

替王庭宴請眾人的是此前投了誠的漢官，當地的縣丞，叫呂穗。湛明珩不曾聽聞這號人的名頭，也虧得他此番並非攢了什麼驚天動地的大功績，否則真勞動了上頭哪位曾見過他的大人物，也確實是個麻煩。

呂穗看上去四十好幾，便不論官職，說來也是幾人的長輩，卻是為人較隨和，加之曉得王庭重武，思忖著幾人來日難保風光無限，便客客氣氣的，也未擺什麼官吏的架子。迎了眾人後便與他們嘮起嗑來，一個勁地說湛明珩的面容甚是眼熟，卻一時記不起在哪見過，直至一頓飯食吃到一半才猛一個激靈，說想到了。

「此事倒有二十來個年頭了，彼時我還不過是個吃不飽飯的落魄漢，欠了一屁股賭債，恰逢聖上西巡，光駕此地，見我被一群惡霸追打得腿都斷了，竟出手替我還了一錠那麼大的銀子！」說罷拿手比劃了一下。「我覺得，咱王行小兄弟與聖上年輕時有幾分相像。」

湛明珩聞言嗆了口湯羹，拚命咳了起來。

這慧眼識英雄的縣丞真可謂語出驚人，他可別一時大意，馬失前蹄在這小小縣城！

納蘭崢見狀忙去替他順背，順了幾下才覺此番動作由男子對男子做似乎不大妥當。其餘幾個皆習慣他們如此親暱，倒是呂穗的眼光一下奇異起來。

她只得縮回手，一面思忖該如何化解此等尷尬局面，想了一下，朝四周瞅瞅，與呂穗低聲道：「呂縣丞，您這話可莫再與旁人說道，否則便叫我表哥白白替你遮掩了！」

呂穗聞言一愣，再聽她道：「江山已易，您方才仍稱『聖上』，可是還未從前塵往事裡回過神來？您講的那一段淵源過往，字裡行間感恩戴德的，倘使叫王庭聽了去，上頭會如何想您？」

這可是要掉腦袋的事！呂穗慌忙反應過來，岔開了道：「酒後胡言、酒後胡言了！我敬王行小兄弟一杯！」似是一副謝過他方才咳嗽打斷他的樣子。

這頓飯食也算吃得十分愉快，碩大一張八仙桌，每邊各坐兩人。湛明珩自然與納蘭崢坐在一邊，似是覺得小嬌妻太聰慧了，吃食停歇間，便悄悄在桌底下把捏撫弄起了她那嫩似白茅的玉指。

納蘭崢免不了喝了幾口酒，雖不至於這就醉了，卻難免體膚敏感一些；加之十指連心，便被他惹得渾身發癢，忍不住大顫了一下。

對面的呂穗一愣，問她怎麼了？她只得拿不勝酒力、風吹體寒的由頭搪塞過去，接著悄無聲息地往湛明珩的靴尖踩了一腳。

湛明珩被踩得「嘶」一聲響，隨即便見六雙眼齊齊望向他。他「呵呵」一笑，指著案桌上一盤酥脆紅亮的花生米道：「嗑著牙了。」

卓木青瞥了桌底一眼，面色陰沈，端起那盤花生米擱去他跟前。「多練。」

待他慢騰騰嗑完了一盤花生米，眾人也都吃飽了。呂穗瞧了眼外邊昏暗的天色，似乎在確認時辰，接著吩咐外頭的酒保再上一壺佳釀來。

湛明珩自不會叫眾人隨意用這案桌上的吃食，方才下筷前皆已不動聲色地察看過，包括杯盞裡的酒也一樣。如今再聽這話，便曉得么蛾子來了，不必猜也知，定是在那佳釀裡添加了什麼催情藥物，好叫眾人中招。

他與卓木青對看了一眼，如是一眼過後，便以腹中撐漲為由起身，說要去如廁，搖搖晃晃步至門邊，像是有些醉了。卓木青亦跟著起身，爭說自己也要去，長手一伸將他大力拽了回來。

「砰」一聲響，湛明珩的後腰撞著了桌沿，震翻案桌上盛滿酒的一只玉壺，納蘭崢見狀，忙伸手將歪倒的玉壺扶起。

呂穗見兩個大男人竟在這雅間裡搶起了茅房，一副要掐架的模樣，趕緊起身去勸，說這玉仙閣的淨房不止一間，大可一道去，不必爭搶。

湛明珩一面與呂穗推搡，一面往後使了個眼色。納蘭崢立刻心領神會，將扶起的玉壺掩藏在身側，上前攙過了他。「表哥，你醉了！我陪你一道去淨房。」說罷與呂穗賠罪。

玉壺小巧玲瓏，湛明珩身板寬闊，恰好能夠遮擋得不露端倪。

呂穗擺擺手示意無礙，替兩人指了淨房的位置，方要坐回去，便被另一個醉鬼給黏住了，聽得他委屈道：「他有人陪，我如何沒有？」

可憐卓木青被逼無奈，竟一次說了好些個字。

湛明珩回頭笑他慘，隨即在納蘭崢的攙扶下出了雅間，剛一步跨過門檻，便與來送佳釀的酒保撞上了。

那酒保不意有客衝撞，手一抖，整個玉盤斜斜往後飛了出去。

湛明珩一聲高呼：「好酒當心！」說罷將擋路的酒保揮走，搶步上前，一個飛撲，穩穩接住那將將要落地的玉盤，以及玉盤上的玉壺。

納蘭崢哭笑不得。「我的表哥哇，你可莫耍酒瘋了！」繼而上前飛快伸手，將掩藏在身側的玉壺與玉盤上的調換過來。

酒保被揮得眼冒金星，栽倒在地，呂穗又被卓木青糾纏得無暇他顧，因而恰是無人發現這連番動作。

納蘭崢朝離門最近的吳彪使了個眼色，吳彪也反應過來，忙起身與酒保賠罪，說他是這營房的伍長，是他御下無方，竟叫下面的人隨意與百姓動粗，說著便替酒保接過湛明珩手裡的玉盤，順帶也悄悄拿了納蘭崢藏起的那只玉壺挾帶在身側，一道送進雅間。

待兩只玉壺各歸各位，卓木青才肯放過呂穗，哼哼唧唧如廁去了。納蘭崢回頭瞥了眼八仙桌，確認沒問題，也攙著湛明珩走了。

三人步至淨房門口才停下搖晃的醉酒姿態。卓木青喟然長嘆，似覺一世英名毀於一旦。

湛明珩冷哼一聲，扶著腰板道：「你小子出手夠厲害的，我這腰若是壞了，你可打算怎麼辦？」

卓木青看了一眼納蘭崢。「多擔待。」

納蘭崢聽得一陣莫名其妙。湛明珩的腰壞了，要她擔待什麼？

她瞥一眼四周，確信無人才與卓木青道：「這酒是換了，但你得注意著耿丁些，他恐怕仍是應付不來。」

卓木青皺了一下眉頭，眼色疑問，隨即聽她猶豫一下道：「我瞧著，他或與我一樣是女兒身。」

待三人搖搖晃晃地回去，雅間裡已無呂穗身影，反倒多了一群鶯鶯燕燕的姑娘，也不知從哪冒出來的，總共七個，正在灌幾人喝酒，且還專門挑玉盤上的那一壺斟，一面斟一面嬌滴滴地喊著「軍爺」，一個個衣著暴露，胸前白花花的一大片。

卓木青是心頭烙了顆硃砂痣，湛明珩則是認了主，哪會多瞧她們一眼，俱都目不忍視地撇開了眼。

可卻耐不住那三名閒著沒人伺候的姑娘主動，一見他們便齊齊湧了上來，一人拖了一個。

起頭換酒那齣已是冒了風險，這時候若再出事，難免叫人起疑。湛明珩只得被迫跟了個姑娘走，苦了張臉扭頭去望納蘭崢。

納蘭崢心裡自然不舒坦，可她現下沒工夫管他，因為她也被拖走了，還拖得大力，讓她一個不穩栽進了那姑娘的酥胸裡，埋了一頭一臉的軟膩，險些不得喘息。

第六十一章

那姑娘咯咯地笑，嗔罵「軍爺真壞」，絲毫不知抬起頭來的納蘭崢心內已哭嚎成一片。是這姑娘力氣太大了，她沒有要壞啊。

整個雅間皆氤氳起一股濃郁的脂粉味，三人也與其餘幾個一樣被迫喝下了那酒。

伺候湛明珩的那個，大約是覺納蘭崢與耿丁弱不禁風，一瞧便是還未開苞的，而吳彪與吳壯虎背熊腰，定是下手不知輕重的，只自己運道最好，碰上了個相貌這般俊朗的，也不知一會兒該是如何的天雷地火。心裡想著這些，斟完一杯後，便要去替湛明珩斟第二杯，好叫他意亂情迷得徹底些。

卻不想方才伸出手，還未能觸及玉壺，一旁的吳彪就不留神一個磕破，撞翻了玉盤，叫玉壺順著飛了出去，「啪」一下碎落在地，酒液四濺。

眾姑娘們見狀俱都下意識一慌，一慌過後倒也勉強定了心神。實則要說藥效，只一杯也便夠了，左右這些男人皆已飲下，大抵是無礙的。

只是伺候湛明珩的那個思忖著自己斟酒的動作行至一半，若是就此不斟了，怕會叫人起疑，為免露餡便將手轉向案桌上的另一只玉壺，斟好了遞給湛明珩。「軍爺，賞個臉，再喝一杯吧！」說罷便將杯盞往他嘴邊湊去。

湛明珩眼都瞪大了。碎了的那壺是被掉包過的，眼下這壺卻是下了藥的。只是都到這分上，倘使他寧死不喝，豈不明擺著告訴這些姑娘，他曉得這酒裡頭有么蛾子？

原本他與卓木青這等習武之人是不大怕這玩意兒，費心做那場戲無非是為了其餘幾人，可要是叫這些人曉得了他們皆未飲下藥物，如何能不再來一壺？如此，起先那一番折騰便白費了。

他皺了皺眉，只得心一橫飲下。

一旁的納蘭崢見狀，心內「咯噔」一下。完了。

實則他飲下酒也是對的，畢竟誰也不知那藥究竟是何等的厲害，有此「行走之畫本」可觀，其餘眾人才好照著演演戲不是？故而一刻鐘後，除卻憂心身分暴露的納蘭崢與耿丁，滿屋的人皆學湛明珩解散了腰帶。

納蘭崢不知他是裝模作樣叫眾人效仿，還是當真受不住了？但見他面色潮紅得詭異，盯著案桌上一盤醬香豬蹄的眼神也顯得不大對勁，不免心道，難不成這藥一用，竟連豬蹄也能成西施？

眼見伺候湛明珩的那名姑娘一副要將手往他衣襟裡頭探摸的模樣，納蘭崢只覺內心滴起了血珠子，這纖纖玉手到了她眼中，竟像極了那盤醬香豬蹄。

她家的大白菜啊！

她咬咬牙站起來，繼而假意一個不勝酒力，踉蹌栽倒進湛明珩的懷裡，再順勢往那鹹豬手上一搭，借力扶穩，恰是一個分毫不差阻止了她，繼而抬起臉朝手主人呵呵一笑，以示歉意。

湛明珩見狀彎了彎嘴角，悄悄捏了一下她的指尖，示意他尚且醒著神。只是眼神依舊作得十分縹緲，甚至還瞧身邊的姑娘一眼，暗送了個秋波，氣得納蘭崢直覺得牙根癢。

那姑娘原本還有些不爽快，被他這一眼看過後哪裡還有怨忿？春宵一刻值千金，眼見此地成不得事，便不願在雅間裡浪費時辰，與其餘幾個姑娘打了個眼色。

眾姊妹便將已然迷醉欲倒的眾人一個個扶了起來。

帶頭的那個將雅間牆上掛的海棠圖撥開，隨即一扯嵌在牆裡的金環，牆上便現出一道暗門，順著密道階梯往下是一處暗廊，可見到一個個掩了門的廂間。這群姑娘方才也是從這口子進到雅間內的。

納蘭崢心裡有些慌，再顧不得湛明珩。瞧這模樣，約莫是要將七人分隔開來，到時她家的大白菜頂多是被拱一拱，可她這女兒身卻要暴露壞事了！

她一面思忖怎樣才能趁勢劈個手刀下去，一面被那姑娘半拖半拉弄進了廂間，連與隔壁的湛明珩對個眼色都未來得及。

這姑娘還是個烈的，玉手一扯便將她的腰帶摘下，將她一推推上了床榻，隨即自己也爬了上來，她低了頭欲哭無淚。外邊的風月地都是這般的嗎？她還道是與此情此景反一反的。

她一面笑著與人家打馬虎眼，一面縮至床榻角落悄悄捏緊了衣襟，眼瞅著身下被褥，似乎在考量此刻連人帶被將這姑娘弄下床去的可能。卻還來不及動手，前一刻尚且媚骨生香的人便「砰」一下軟倒在床沿。

納蘭崢見狀愕然抬眼，就見湛明珩不知何時進來了，而姑娘的後頸被他點了根銀針。他的衣袍有些散亂，尚未全然束整，面色仍是酡紅的，但眼神已無方才偽作的迷醉樣。

她鬆了口氣，隨即瞧見後面跟著進來了風塵僕僕的一行人。是衛洵留給兩人的幾名手下，似乎方才匆忙趕至。

她趕緊抬手去束腰帶。

湛明珩身子一側，將衣衫不整的納蘭崢擋死了，回頭對陳晌川道：「辦事吧，該睡的睡，該灌迷魂湯藥的就灌，莫與我說你們連幾個青樓女子也擺不平。」

陳晌川瞥了一眼軟倒在旁、酥胸半露的女子，頷首應是，客套了一句。「多謝殿下賞賜。」

他「嗯」了一聲，問道：「李槐呢？」

「李先生不會馬，故腳程慢些，此刻尚在途中。殿下可有用得著醫的地方？或者屬下可先替您請別的郎中來。」說罷悄悄抬起些眼皮，瞅了下湛明珩異常的臉色。

湛明珩原本是打算叫李槐來解此藥，卻如何拉得下臉來與個信不過的陌生郎中說這般窘迫之事，且此地尚有狄人的眼線在，陳晌川等人混進來已是冒險，著實不宜再折騰，只得擺擺手道了一句「不必」，隨即拉起納蘭崢，問陳晌川：「外頭可有空置的廂間？」

「屬下方才已查探過，此地下暗廊共八間廂房，現下還餘一間，裡頭無人。」

湛明珩點點頭，交代他們手腳俐落乾淨些，而後領走了納蘭崢。

兩人雖到了空置的廂間，卻因不欲惹眼無法點燭，闔緊門後四周霎時大暗，伸手不見五指，納蘭崢目力不及湛明珩，因而險些跌跤。

湛明珩只得摟抱著她走，將她帶到床榻，隨即走開了些。

納蘭崢問了他陳晌川等人的事，這才曉得，此前這些手下是埋伏在江陽營地周邊，只是為避免被探子發現，不敢離得太近，後來營地出事，新兵們換了個場子，他們一時未能跟上，頗是一番輾轉才追至此地。虧得到來及時，且順利繞開眼線偷摸著混進來。

納蘭崢相信衛洵的手下非是庸人，要錯亂那些姑娘的神志記憶並不困難，只是明日狄人一盤問，倘使七個女子俱都答得模糊，怕得惹人起疑。

湛明珩便低聲與她解釋：「只對妳、我及耿丁這三間房動手腳，其餘的便叫他們自己解決。左右未中藥，口風不會鬆，睡個姑娘於他們也不難。」

她點點頭，聽他說及「中藥」，遲疑道：「你可還好？」她瞧不見他，只記得他方才與陳晌川一來一去時似乎還挺鎮定的，現下聽聲音也似乎沒有不對勁。

湛明珩默了默沒答，許久才走遠幾步，含糊地「嗯」了一聲。

她有些奇怪，他既無事，忽然躲她做什麼？

她看不清情狀，不大放心他，起身上前在案桌上摸索了一陣，摸著了一只茶壺才道：

「這裡有茶水，你可要喝些？」她方才察覺他掌心滾燙，似乎很熱。

「得了吧……誰曉得會不會又有古怪？」他說罷走得更遠些，在一旁的一張美人榻上盤膝坐下。「這會兒出不去，今夜便在此地將就吧。妳先去床榻上歇息，我等李槐替我解了藥便來陪妳。」

納蘭崢只得聽他的，脫了靴爬上床榻，卻是方才和衣躺下，便聽一個古怪的女聲從一牆之隔外傳了來。起先還是輕微的，沒幾下便拔高了，到後來竟一聲響過一聲，隱約還混雜著床板「嘎吱嘎吱」的晃動，及男人粗重的喘息。

隔壁那間是吳彪。饒是納蘭崢不經人事，也該猜到是怎麼回事了。

她有些尷尬，不敢說話，不想如是沈默一番過後，房內也響起有些粗重的喘息，似乎是湛明珩被這聲音激得難受。

納蘭崢不曉得他如何了，只得爬起來小聲叫他的名字，卻沒聽到回應。

她猶豫一下，爬下床，小心翼翼摸索著尋著了面架，借茶水潤濕了一條錦帕，隨即向聲來處走，行至一半忽聽他道：「妳別過來……」聽聲音似很急很喘。

她不是不曉得此刻不該過去，卻實在放心不下他。他畢竟中了藥，倘使不解，也不曉得會不會出岔子，萬一危及了性命呢？李槐一直不到，總不能如此乾等吧？她擰了帕子替他擦擦也好。

卻不想這一靠近就被他嚇了一跳。他渾身皆是淋漓的汗，衣裳從裡至外俱都濕透了，整個人燙得像個火爐似的。

湛明珩原本是盤膝坐在美人榻上，準備閉目靜氣，卻不想隔壁吳彪動靜太大，惹得他一時心神動搖。這藥似乎愈是壓抑愈興風作浪，他此前憋了太久，如今更是一下子起了勢頭。

納蘭崢慌亂地替他擦拭額頭。他起先還思忖如此或許有些用，因而由得她來，誰知她於他本身便已是藥，時常叫他發作，如今她就近在咫尺，兩層藥竟重疊在一道。

他睜開眼，攥停了她的手腕，沙啞道：「妳別管我，回去歇息。」見她不動，低聲怒斥道：「妳再不走……我就當真不曉得要做什麼了！」

納蘭崢如何不明白他的意思，被他吼得大顫一下，卻仍未動作，沈默良久後低聲道：「湛明珩……你……你要不……」她吞吞吐吐半晌，下了決心道：「你想做什麼，做便是了！」

湛明珩的眸光閃了閃。有那麼一刻，他甚至覺得自己快要不管不顧將她壓在身下了，卻忽然記起當初雨夜暗室的情形；記起這一路艱辛磨難，無數次九死一生；記起那些無枝可依、顛沛流離的日夜，便是一個激靈，將一切亟待暴起的勢頭俱都壓了下去。

他的喉結動了動，竟然平靜了一些。「納蘭崢，我現下不會這麼對妳，妳回去歇息。」

納蘭崢一時心緒萬千，似乎想告訴他，她如今當真不在意洞房花燭了，歷經過那般坎坷，唯餘與他一道好好活著這一個心願，什麼名分、儀式，於她俱都不要緊了，她早已視他如夫。

只是話到嘴邊，察覺到他百般隱忍克制，就又說不出口了。即便她當真心甘情願，如此過後，他必然更覺虧欠於她。他的肩膀太沈重了，如何能再背負這般虧欠？

她感到不妥，也覺方才出口過於衝動，想了想忽靈光一閃，道：「我……我聽說也不是只那一個法子，你或者能夠……能夠拿手……」

湛明珩一愣。他當然曉得她說的法子，只是素來自視甚高，不屑自己那般做罷了，何況她也在屋裡，叫他如何下得了手？

但他此刻不及思量那些，只盯著她問：「妳一個閨閣小姐，聽誰說這等話的？」

納蘭崢的臉早便紅透了，答道：「是吳彪……」

若非情形不允許，湛明珩恐怕是要揍吳彪一頓了。怎地哪都有他插一腳！

他氣得「嘶嘶」直吸氣，覺得小嬌妻的耳朵都被玷污了，納蘭崢卻道他是憋得難受，想了想也就明白了他的顧慮。他怕是放不下架子當著她的面那般做，可此刻外面有眼線，她也出不去啊。

她怕他出岔子，也顧不了那許多，他做不得，只好靠她。

她捋起袖子便道：「我……我替你來吧！」說罷就去抽解他的腰帶，一副要宰豬的凶悍模樣。一心想著，好不容易下了決心，便該打鐵趁熱，否則恐得一鼓作氣，再而衰，三而竭了！

湛明珩嚇了一跳，要掙扎，此刻卻渾身不得勁，竟被她輕易放倒在美人榻上。

見她順勢便跪在他膝上，他頓時眩暈起來，竟覺有生之年，死也無憾了。

可納蘭崢臨了門卻猶豫起來，伸了伸手，再伸了伸手，就是下不去。烏漆嘛黑一片，她什麼也瞧不見，最終拿了一根食指，以極小極小的幅度摸索著探出去，一觸碰那烙鐵似的東西，便被嚇了一跳，慌忙縮了回來。

湛明珩渾身大顫一下，覺得自己快死了，咬牙切齒地道：「納蘭崢……妳在試水溫？」

納蘭崢的「一鼓作氣」生生被他這句話給逼退了回去。她哭喪了臉，只覺哪怕瞧不見也壯不夠膽，囁嚅道：「要不然……要不然還是你自己來吧。」一說罷往後縮了幾步，扭頭就要爬下榻子。

湛明珩被她氣得冒火，伸手一拽將她拽了回來，一把攥過她的手。「既如此，就一道來！」

納蘭崢今夜才算明白了什麼叫真正的騎虎難下。被迫屈膝跪在美人榻上，也不知何時是個頭。到得後來沒了手勁不說，竟是腰背痠軟，渾身都跟著洩了氣，幾乎不曉得自己在做什麼，全憑他攥著她的手把控。

湛明珩安生了，她也顧不得那一片黏膩，趴在他身上起不來了。

夜漸寂，只餘一室的喘息。

納蘭崢如是趴了好一會兒才後知後覺眼下情狀，手撐著榻子想起身，卻起到一半一個手軟又跌了回去。

這事著實太折騰人了。說到底湛明珩也不大有經驗，未給她擺好妥當的姿勢，加之她頭一遭心裡羞怯慌張，故而渾身皆是緊繃，自然連手臂至腰肢俱都痠軟。

湛明珩方才喘停，被她這一壓頓時又氣急了。

她嚇了一跳，感覺貼著自己的烙鐵複又有起來的勢頭，出口都哆嗦了一下。「你……我、我動不得了……」

方才便是太久了，累得換了一回手，再要來一遭，她幾乎不敢想。

他默了一下，曉得方才是受不住那藥，發狠了些，也難怪她如此。他一手撐著榻子，一手將她支起來，推了推她。「我曉得，沒事了，妳去洗一洗。」

實則他尚未全好，但如此已然無礙，忍忍便能過去，此前也不是沒忍過，只是這時候不敢再與她貼著，因而只得叫她自己去忙活。

納蘭崢聽他聲色平穩，鬆了口氣，拿起一邊的帕子擦手，隨即起身。

外頭布了眼線，故而連打盆清水來皆是奢侈，只得繼續借那壺茶水。她在盆裡絞帕子時手都在抖，半晌才得以絞乾，將擰成一條的帕子圈在手裡後，內心又起一陣恍惚。

她雖年紀尚小，手指卻比一般女孩家生得纖長，可饒是如此，方才圈那東西時，竟也未能多餘幾分，此刻回想不免慶幸，虧得他隱忍了。聽聽隔壁吳彪的動靜，再思及據說吳彪是不如他的，她便生出一股後怕來。

她出了一會兒神，一時未有動作，忽聽湛明珩喚道：「洄洄？」

他多在哄她時才叫她小名，此刻卻不須得要哄，也不知是為何？她愣了一下，摸索著往回走。「我沒事，帕子只一方，先替你洗。」她不過衣裳弄髒了點，他卻是要貼身使的。

湛明珩聞言，心都化成了一灘水。

他從前在她跟前多有藏避那些反應，一則是覺自己跟禽獸似的，怪丟面子，二則何嘗不是因她太小，只怕此物污穢，連叫她瞧見都是對她的褻瀆。

方才看她一動不動，真道她是嫌上了他，如今聽她毫不在意地要伺候他，才算安下了心。

他攔了她的手，接過帕子笑了一聲。「我自己來，妳莫點火了。」

第六十二章

納蘭崢聞言又是一臉的滾燙，朝後退一步，等他擦拭完了再主動接過帕子去清洗。

兩人折騰完就乏了。納蘭崢沾枕便睡了過去，湛明珩原本怕藥性再起，睡在美人榻，下半宿卻反倒被冷醒，覺得沒大礙便偷偷摸摸鑽進她的被褥。

不想如此竟作起了不乾淨的夢，滿腦子皆是上半宿那一幕。於她，這屋裡是一片漆黑，可他卻能瞧清楚個大致輪廓，因而入夢回想，便被那白皙的玉指及緋紅的面色刺激得顳顬突突直跳。

睜眼已是青天白日，垂頭即見夢中人貼在他懷裡，兩隻小手緊攥著他的衣襟，氣息吞吐均勻，睡得十分香甜。

她那拱床角的習慣倒是給他治妥帖了，如今總將他當作床角。

昨夜躲藏在此，為免暴露連窗也不得開，他透過窗紙瞧了眼外邊天光，欲意起身確認外頭情形，卻是方才動了一下，納蘭崢便醒了。

猝不及防一個四目相對。

天光敞亮，不再如夜裡那般好似隔了層紗，兩人好像一下子想到了一塊去，一個眼神閃躲，一個滿面通紅，隨即齊齊暴起，猛一翻身背對了彼此。

卻是如此一番動作過後，皆覺自己躲是應當的，對方卻無理，故而又齊齊忿氣地扭回身，異口同聲質問道：「你——」繼而一道停了沒說下去。

湛明珩被她氣笑，為免驚動隔壁，小聲道：「納蘭崢，我守身如玉十九年，如今清白都交代了出去，妳拿了我的竟還敢躲我？」

「……」這是什麼強撐檯面的無賴說辭？敢情他那東西有清不清白的分別，她的手便沒有了？夜裡是隻服服帖帖的貓，還「洄洄、洄洄」地喊她呢，白日竟就成老虎了！

她想罵他，卻委屈得罵都罵不出口，撇撇嘴低聲道：「你就過河拆橋吧……」說罷紅了眼圈，慢騰騰背過身去。

湛明珩慌了。畢竟中藥這事著實丟臉，他本想藉此化解一下內心尷尬，哪曉得會惹她傷心，見狀也顧不得顏面，那臉皮才幾文錢一兩啊。

他磨蹭磨蹭靠過去，趴在她肩上去瞅她臉色。「生氣了？」

納蘭崢閉眼不作聲。

他只得動手動腳起來，攬過她的腰，將她往自己身前貼了貼，又去抓了她的手過來。「手還疼不疼？我替妳揉揉。」

納蘭崢忍不住睜開眼，回頭氣惱道：「哎呀你……」能不能不說這話啊，她這手中感覺又來了！

實則這妮子的確十分好哄，湛明珩低笑一聲，趁勢在她鼻尖吻了一下。「好了好了，是我得了便宜還賣乖，我與妳道歉。」說罷一面揉搓她的小手。

納蘭崢撇撇嘴。「你知道便好。」

見她仍舊不大爽利，他只得再貼著她的臉道：「洄洄，不是我刻意哄妳，昨夜當真很舒暢……」舒暢得他愛慘了她這沁涼的小手。

只是他終歸拉不大下臉，因而沒往下說，抓了她的手親了一口她的指尖道：「成婚尚且不能，來日軍營裡頭若是方便，妳便替我這麼來。」

納蘭崢羞極。「你……你想得美！」

兩人壓著聲氣，窸窸窣窣鬧了一陣，怕誤了時辰才不得不起身。陳晌川等人將姑娘們處置得十分妥帖，七人因此順利回了營地；至於李槐，這會兒才匆匆趕至。

湛明珩臨上馬車前，穿越茫茫人海遠遠瞥了他一眼，眼底寒芒盡露，嘴角卻掛著笑意。

遲得好，遲得妙。

馬車內的氛圍有些古怪。耿丁看起來不大自在，時不時瞥一眼卓木青，似乎有話憋著不敢問。納蘭崢不知她那處昨夜發生了什麼事，只瞧卓木青一臉坦然，絲毫未有異樣。

見此，她也不免感慨起來。實則湛明珩當真挺寵她的，莫說帝王家，即便哪個世家大族，也絕無男子替未婚妻守身如玉的道理。瞧瞧卓木青，亦是個對已故未婚妻情有獨鍾的，卻不過將房事視作消遣一般，一夜過後泰然處之。這馬車裡其他男子也是如此，倘使她未記錯，他們皆是家中有了妻室孩兒的。

思及此，她便心軟了。湛明珩對她好，處處顧忌她，她也不可太小氣，恃寵而驕，該替他做的，還得做才是。

湛明珩可不曉得身邊的小嬌妻此刻有了什麼叫他順意的領悟，待馬車出城入林，臨近營地，忽似警兆突生，一個正襟危坐，瞧了卓木青一眼。

卓木青亦是同樣反應，拈開車簾一角往外望了一眼，隨即向他點點頭。

納蘭崢並非習武之人，這方面不如他們敏銳，因而全然不清楚發生何事，見兩人神情肅穆，只猜測林中約莫是來了什麼人，只是此刻外頭還有趕車的車夫在，她不敢多問，面露憂色地看向身邊人。

湛明珩悄悄拍拍她的手背示意安心，待再行一會兒，則叫停了馬車，藉口說要去林中小解。

車夫不疑有他，放了行。湛明珩倒也挺快的，一會兒工夫便回來了，繼續與吳彪等人有說有笑。

馬車轆轆行進，絲毫不見端倪，直至回到營地，納蘭崢才得以尋機問他。

湛明珩撇開耳目後與她解釋：「方才有千餘人埋伏在林中。」

她嚇了一跳，隨即很快想通了。「可是自己人？」

他點點頭。「領頭的是妳祖父早年舊部、此前的貴州都指揮使李鮮忠。狄人演了那一齣戲，他得知消息後憤懣不平，便策劃了此番行動，欲意跟隨咱們的馬車摸清營地方位，好將軍營一鍋端了。」

「李指揮使此前見過你，如此說來，你可是暴露了？」

「倒虧得見過我，方能省去多餘口舌，叫人暫且撤了回去。他既是如此情狀仍無投誠之意，便是忠心為國的良將，曉得我的身分也無妨。妳祖父信得過的人，我亦信得過。」

納蘭崢點點頭，蹙眉道：「你既是將人撤走，可是有了接下來的計畫？」

「我已命李指揮使前往整頓雲貴川隴不願投誠的將士，準備暗中安排這些人與咱們一樣假意投誠王庭，混入各地軍營，以待來日反擊。」

納蘭崢聽罷展了眉。「如此便太好了。」將士們有了主心骨，可免於飛蛾撲火，她與湛明珩也不再是孤軍奮戰。

歸京之期，終得見眉目。

聽聞此好消息，她方才覺得心內舒暢一些，便忽感小腹一陣隱隱墜痛，皺起了眉頭。

湛明珩被她一嚇，忙扶住她問：「怎麼了？」

倒也沒怎地，只是好巧不巧碰上月事。自昨年秋在承乾宮「喜逢」癸水以來，此番是第二遭，與初回隔了約莫半個年頭。

納蘭崢前些時日方才自覺慶幸，得虧年紀小，月事尚未規律，在軍營裡頭也可自在方便些，省去一樁麻煩，如今想來，果真不該高興得太早。

她為此不免有些哭笑不得，只嘆世事多巧合，回回月事竟都要湊在湛明珩跟前。

昨年秋，太醫院的太醫便曾囑咐她須悉心調理，切不可馬虎，否則恐患宮寒之症。湛明珩自此對她相當著緊，逼迫她喝了好長一陣子的湯藥，亦將那藥枕一個個地往國公府送，卻是離京後兵荒馬亂，時常朝不保夕，無可避免地耽擱了此事，眼下瞧她疼得厲害，真真恨極了自己的大意。

納蘭崢入夜後睡得不安穩，如何躺法皆覺不對勁，又因手腕的絲線與隔壁床的湛明珩連在一起，不敢翻來覆去地擾他，便蜷縮成一團默默地熬。

湛明珩哪裡會不曉得，乾脆趁同屋幾人入眠後，爬去她的床鋪替她照上回那般揉搓小腹，為此幾乎一夜無眠，以至翌日清早起得晚了，叫吳彪發現兩人睡在同一張床鋪上，複是好一頓天雷滾滾般的驚嘆。

耿丁約莫是因此察覺了納蘭崢的異樣，便尋機偷溜出營，去林中替她採了些有益疏通經脈、活絡氣血的藥草來，交給湛明珩。他謝過後便假稱納蘭崢的舊疾犯了，想法子賄賂了伙房的人，替她熬了湯藥來。

卻是屋漏偏逢連夜雨，納蘭崢這頭尚未好完全，上頭便下了令，命全營即日起恢復練兵。翌日天矇矇亮，武教頭的鞭子就一鞭鞭打在營房的木門上，催促新兵們起身。

納蘭崢對此並不意外。原先在江陽軍營得以舒舒服服吃吃睡睡，是因卓乙琅尚未挑揀出精兵來，如今既然戲已作了、場子也換了，必不可能再供眾人白吃白喝。況且倘使她未猜錯，卓乙琅的野心絕不僅僅止於大穆的半壁江山。

他是遲早要打進穆京城去的。

她拖著副堪稱殘破的身子，起來蹲了一早的馬步，只覺腰背皆要散架了，卻不敢因此有絲毫的懈怠。管他們這一片的武教頭十分凶狠，逮著個偷懶的，提鞭就是一頓抽。她挨不挨得住尚且不論，恐怕在那鞭子觸碰到她的皮肉前，湛明珩便會先與武教頭動起粗來。

如今人為刀俎，已為魚肉，她不敢連累他，只日盼夜盼這小日子能快快過去。

如此熬了兩日，倒真依她所願送走了月事，一下輕便不少。

湛明珩因她此前在承乾宮的那一遭苦難，後特意尋太醫打聽過此事，故而也並非如起頭那般全然不懂，聽她說已無礙了，便疑惑問她，何以此番如此快就走乾淨了？

納蘭崢前世也有過經驗，自然曉得這般不大對勁，怕是身子出了毛病，卻怕他為此冒險請來李槐，是以不敢道出實情，只與他打馬虎眼，說她年紀尚小，還沒個準頭呢。

湛明珩太瞭解她，曉得她撒謊是個什麼模樣，猶豫兩日才終於下了決心，待黃昏練完了兵，便借由撇開了納蘭崢，私下暗暗向同為女兒身的耿丁詢問此事。

以他身分，放下身段問這等事，著實叫聞者吃驚。耿丁被他支來河岸已十分意外，聽罷更覺奇異，只是思及他素日對納蘭崢的著緊，倒也想通了。

她只比納蘭崢年長一歲，亦尚未出閣，因而起先不大好意思答他，緩了好一會兒，卻見他神情認真而肅穆，才硬著頭皮道：「我只略懂一些醫術，因而不敢說得確切，只覺即便年紀尚小，照理亦不該如此快……她底子弱，氣血虧，原本也比旁的姑娘難過一些，加之此事頗受心緒打擾，多煩憂則易出岔子。如今教頭看得緊，什麼都得訓，就算是男子也日日叫苦連天，她哪裡受得了？恐怕是擔心連累了你，故而內心煎熬。照她眼下這般情形，下回也不知是否有準數，長此以往很可能誤了大事，但你莫將此事告訴她，免得她越發多愁思。」

湛明珩曉得她說的「大事」是什麼。納蘭崢如今這情形，若不妥善處置，怕是要誤了來日生育的。他攥了拳，沈默良久後方才鬆開，點點頭道：「我明白了，多謝妳。」

耿丁搖搖頭示意不必，想了想再道：「她極為敏銳，你最好也莫太過擔憂，免得被瞧出異狀。我回頭便將活絡氣血的藥草畫出來給你，你身手好，偷溜出營比我容易，可如前次那般熬了湯藥叫她喝。只是藥物終歸為下策，要緊的還是體格。」她說罷頓了頓。「有些話不中聽，但我還是說了。我知你們身分不一般，可偏是嬌養的姑娘才更易出這等岔子，咱們西華的貴家小姐可未有這般的。照我瞧，她如今日日操練未必是壞事，你若過於著緊她，叫她這也不做那也不做的，反倒對她不好。」

湛明珩聞言稍彎了一下嘴角。「西華的貴家小姐說得不錯。」

耿丁聽罷也不繞彎了，跟著笑了一下。「殿下謬讚。」說完很快又收斂笑意。「殿下既已查到我的身分，想必也知我是站在哪一邊的人，可否告知於我，王木大哥究竟是誰呢？」

湛明珩與耿丁說完話回到營房，便見卓木青與吳彪皆跑沒了影，只有納蘭崢獨自坐在床鋪邊數銅板，聽聞腳步聲，瞥了他一眼，繼而低頭繼續數。

他不明所以地上前，在她身邊坐下。「妳好端端的數銅板做什麼，我是沒給妳銀錢花了嗎？」

納蘭崢頭也不抬，將十個銅板來來回回地數，不冷不熱地道：「我就是瞧瞧，我數第幾遍時，你才會回來。」

湛明珩一愣，隨即懂了她意有所指，道：「那快別數了，我都回來了。」說罷將那滿是銅臭味的東西都給她撇開，抓來她的手握在掌心。

她冷冷看他一眼。「我數了一百二十七遍了，河岸的風可好吹？」

他偷瞄了四周一眼，確信無人，便摟過她笑道：「風裡頭沒妳，不好吹。我是去與耿丁談卓木青的事，妳莫生氣。」

納蘭崢這下倒是迅速收斂起陰陽怪氣的態度，被他的話轉移了注意力。「這兩人果真有什麼關聯？」

湛明珩聞言默了一下。

他豈是為哄媳婦出賣兄弟的人？沒錯，他是。

他咳了一聲清清嗓子，一面耳聽八方以確保無人靠近，一面低聲解釋：「耿丁原叫耿昭夜，出身狄王庭世家大族，是耿家第四女，故此番化名為『丁』。她的父親乃卓木青手底下一員老將，十分忠心，亦極擅行兵打仗，此次一路護送卓木青自王宮逃奔至貴州，半途犧牲了。他因料知這一路凶多吉少，將耿丁一道帶離王城後，將她暫且安頓在蜀地，並替她捏造了一個假身分。後耿丁輾轉得知父親身死的噩耗，便決意混入軍營，伺機接近卓乙琅，打算替他報仇。」

納蘭崢聽罷緩了好一會兒，想了想問：「如此說來，她可是知曉了卓木青的身分？」

湛明珩搖搖頭，又點點頭。「她原道卓木青是與她父親一道死了的，此番為報仇孤身而來，並不曾期望尋見幫手；況且她雖為世家女，後也隨卓木青的隊伍一道逃離王城，也不過曾與他有過一、二回的接觸，此番他容貌大改，她自然認不得。只是前次在玉仙閣，陳晌川尚未趕至，卓木青便出手替她擋了那姑娘一時半刻，叫她無意瞧見了他小臂的傷疤。那傷疤是逃亡途中新添的，彼時隊伍裡活人所剩無幾，她被父親叫去替他包紮，故而記得十分清楚；加之她對妳我身分亦有懷疑，再聯想起此前我與卓木青合作一事，便猜得了究竟。」

「倒是巧了。只是我有些奇怪，照這說法，卓木青該是見過她，此番竟也未認出人來？」

湛明珩聞言笑了一下。「怕還真是。且不論那木頭此前是否有心仔細瞧過耿丁的臉，她如今也是改易了容貌，如何能輕易被識破？」

納蘭崢點點頭，方才的醋意已然消散無蹤，抬起眼來瞧他。「所以耿丁是為確認卓木青的身分才與你去了河岸邊？」

他伸手揉揉她的腦袋。「那是自然，否則我還與她談什麼風花雪月的不成？只是此事終歸非我可以做主，因而我也未與她道明實情，只叫她自己去問卓木青。」

他說罷似又記起方才耿丁所言，神色黯了黯，卻很快恢復了平靜，低頭在她眉心吻了一下，沒頭沒尾來了一句。「洄洄，再給我些時日，我會盡快帶妳回京的。」

第六十三章

天日漸漸地長了。斷鳴營裡添了不少新兵，數月後，已成蜀地人數最多、兵種最雜的練兵營。

此地的士兵不須屯田，故而操練便越發嚴苛一些。新兵們起頭不分兵種，幾乎什麼都得學上一些，虧得後來熬出頭，武藝實在不精的便做了鑄造、運輸、伙夫之類的粗活。納蘭崢的箭術師承湛明珩，自然差不了，因而與他一道分去練弓弩。

吳彪這個「神射手」原本也該與兩人一道的，卻不知為何從沒個準頭，最終一頭霧水地要大刀去了。

相較穆京，蜀地的夏來得早，卻反而要比北邊稍稍涼爽一些，叫納蘭崢覺得幾分宜人。只是得在這般日頭下操弓射弋，仍舊舒爽不到哪裡去，故而總盼望黃昏時分練完了兵能好好去沐浴一番。

孟夏尚且算得上自在，入了仲夏，可謂成日黏膩，納蘭崢回回忍耐不得，急催湛明珩下河去。湛明珩也樂得高興，自是但願長「泡」不復醒。

如是這般捱過了季夏，八月的一日，湛明珩興沖沖拉納蘭崢去了素日幽會的那池湯泉，到了卻不先沐浴，神秘兮兮地揀了一旁的大石坐下，要她猜猜京城裡出了什麼大喜事？

納蘭崢是曉得的，他數月來忙於謀劃歸京，斷鳴營裡及雲貴川隴等地籠絡人心的手段自不必說，京城那頭的安排也是分毫未曾懈怠，故而儘管天南海北，那處的消息一樣到得了他的耳朵。

她聞言便問：「莫非能夠歸京了？」只是語氣卻有些不可置信的意味。

湛明珩雖在此前許諾過她，可她也曉得，凡事講求天時地利人和，歸京尤其急不得，急了便易錯，一步錯則功虧一簣，滿盤皆輸，她以為如今尚還缺了時機。

湛明珩被她問得一噎，默了默。「倒不是這一樁。」

納蘭崢怕自己期許太大，叫他內心歉疚，主動挽了他的臂彎道：「我不是著急歸京，如今天氣日漸涼爽了，蜀地也挺好的，樂得逍遙自在。」

他也不表露什麼，聞言一笑。「妳可是怕回京後被關進府裡，不得日日與我共浴？」

這下換納蘭崢噎了，剜他一眼，鬆手離他遠了些，方才那番小鳥依人的作態立刻沒了影，淡索索道：「沒個正經。是有什麼喜事了，還不快說。」

湛明珩低咳兩聲，鄭重道：「是妳魏國公府的喜事。」

她聞言一滯。「莫不是說，我三姊嫁人了？」納蘭涓年已及笄，按說的確該訂親了，她與這個姊姊的關係較親近，因此心內更是好奇，複又湊了過去。「嫁的是哪門哪戶，對方男子可是良婿？」

湛明珩偏頭瞧她。「這我如何知曉，只是身分、相貌、品學皆不算差，只比我矮了那麼一截吧。」說罷伸出手指頭比了一下，見她已有催促之意，才不賣關子。「此人年二十二，姓顧，名池生，表字照庭，任大穆朝戶部侍郎。妳以為是否堪為良婿？」

納蘭崢張了小嘴愣住，半晌才回味過來，湛明珩說，顧池生做了她的三姊夫。

湛明珩見狀伸手去捏她的臉蛋，狠狠揉了一把道：「妳愣著做什麼，難不成是不高興？」

她怎會不高興，只是心內意外，故而一時沒反應過來罷了。畢竟她離京前，三姊的親事尚未著落，魏國公府也與公儀府相當疏遠冷淡，如何會與顧池生搭上干係呢？

她想了想道：「顧侍郎年輕有為，品貌俱佳，我自然替三姊高興。只是覺得奇怪，父親與公儀閣老的關係何時這般融洽了……」她說到這裡忽然一頓，驚訝道：「莫不是說——」

湛明珩曉得她猜到了，點點頭道：「不是妳父親與公儀閣老關係融洽了，而是顧照庭與他斷了師生情分。」

此事已有相當一段時日，早在他被廢時，朝中便生出師生二人不和的傳言，只是湛明珩藏了私心，不願讓納蘭崢曉得太多顧池生的事，是以未與她講罷了。

納蘭崢聞言沈默下來。實則她也曉得，顧池生在貴州事發不久後便坐上了戶部第二把手的位置，怕與湛明珩暗中提拔不無關係。她不能夠肯定的是，他此舉究竟單單是希望顧池生能夠做個光風霽月的純臣，還是有意籠絡他？

湛明珩見她這般，大約知曉她內心疑惑，主動道：「當初提拔顧照庭，非是我料知後事，刻意將他豎作靶子，只因朝中形勢嚴峻，戶部私弊頻生，而他心向清明，擔得起這個位置。公儀閣老有二心一事，也是我離京後方才確信，否則是否提拔他，恐怕尚存疑慮。」

他是怕她誤會，覺得他不擇手段利用了顧池生，故而迂迴地與她解釋。納蘭崢自然也是信他的，何況他說得不無道理。忠君與師恩，孰輕孰重難論，湛明珩如何會冒險？得虧顧池生後來不曾辜負他的期望，擇忠君而棄師恩，甚至如今娶了三姊，更表明了內心立場。

這的確是樁大喜事，不論於魏國公府或於湛明珩。只是納蘭崢卻不免蹙起了眉，問道：「倘使公儀閣老當真做過不利於你的事，來日歸京，你當拿他如何？」

湛明珩不意她不關心顧池生，反而提及了公儀歇，答道：「國有國法，非我一人說了算數，現下我手頭也未掌握證據，尚且無法斷言。妳關心這個做什麼？」

納蘭崢搖搖頭，笑笑道：「沒什麼，好奇問問。」

湛明珩聞言也未多追究，似是思忖起別樁事。

納蘭崢見他如此，便湊他近一些。「近日可是遇上了什麼煩心事？總瞧你苦大仇深的，卓大哥也是。」

他想了想，伸手攬過她。「是咱們或許快要回京了。」

她靠著他的肩半抬起頭。「既是得以回京，你怎地不高興？」

湛明珩搖搖頭，示意沒有的事，道：「當然高興。」

未過幾日，納蘭崢便曉得他何以心事重重了。

許是雙生子的心思確有微妙相連之處，卓木青直覺有異，及早察知卓乙琅或有起兵之意，而這看似憑空生出的猜測，卻與湛明珩此前查得的雲貴川隴各地兵力調集情形不謀而合。

八月末旬，歷經大半載休養生息，卓乙琅親率三十萬先鋒軍，踏破了大穆的關隘，由湖廣切入，短短數日，直逼大穆腹地。

九月伊始，先鋒軍刀鋒一側，雷霆般火速北上，整支軍隊持續縱向深入，直朝穆京而去。

九月下旬，包括斷鳴營在內的雲貴川隴四地新兵作後續補給軍隊受命前往支援。

十月中旬，先鋒軍一路告捷，西華的青色戰旗飄揚在河北省境內。至此，穆京可望。

是夜，納蘭崢等人身在河北省境外等候軍令指示。

這一路北上，她漸漸明白湛明珩此前的深思熟慮從何來。此戰於湖廣至穆京一線的百姓無疑是一場禍患，可於他卻反倒是翻盤一搏的好時機。大穆的江山在湛遠鄴治下愈是分崩離析，來日朝臣便將愈多倒向他這一邊。是以於私，他不該出手阻止此戰，甚至當往裡頭添柴加薪，可於公於心，他做不到作壁上觀，更無法不擇生冷。

湛遠鄴為奪嫡能夠置百姓於水火，而不至良心不安，他反覆思量許久，無論如何效仿不來，反倒冒險傳信回京，將此戰情機要及早知會衛洵，囑託他務必聯手右軍都督府與中軍都督府做好布防。

右軍都督府原本的下轄地早在此前割地求和後盡歸狄人所有，湛遠鄴有意藉此打壓魏國公府，故而索性架空了納蘭遠。誰知湛明珩安置在朝中的暗樁幾番聯名上書，道右軍都督府不可虛設，否則大穆西境恐遭滅頂之災。湛遠鄴沒辦法，只得從頭劃分五軍都督府下轄的衛所。

只是他也使了一招陰的，因知曉中軍都督府左都督謝豈林與魏國公府及昭盛帝關係甚深，便乘機從中分去了他的一部分統兵權，交還與納蘭遠。

如此一來，右軍都督府與中軍都督府這兩塊於他而言暫且無法馴服的地界，勢力總和便無上漲。

可湛遠鄴防備不及的是衛洵。他將衛洵安插在對京城戍衛至關重要的後軍都督府裡頭，自以為如此便徹底掌控了京城命脈，卻反倒恰好給了「死而復生」的湛明珩還擊的可能。

卓乙琅預備攻入京城的前夜，明河在天，星月交輝。

世人皆知的是，大穆的天又要變了；世人不知的是，這一次，誰將浴血歸來。

是夜，河北、山西兩省交界處，太行山腳下臨時搭建的營帳內，湛明珩支走了吳彪，與卓木青一道商議接下來的計畫。

軍營上下三千將士，尚無人知曉他們要反。

與附近幾支來自雲貴川隴各地的補給軍一樣，這群「童子雞」在不必要的情形下不上戰場，他們落在後方，確保先鋒軍的糧秣軍需。卓乙琅雖談不上多信任這些漢人，卻也不可能料到，幾支群龍無首，入伍方才大半載，被拿來充當補給兵的隊伍能夠反得起來，何況穆京在望，江山易主在即，此刻策反無異於自掘墳墓，故而才將先鋒軍的後方放心交給他們。

卓木青聽了湛明珩的計畫，點點頭道：「天馬行空。」說罷補充了一句：「但我喜歡。」

湛明珩朗聲一笑。「知我者莫若卓兄是也。臨陣策反便交給我了，你來安排行軍路線。」

十月下旬的天已是很涼，兩位天之驕子在這麼個風都擋不牢靠的破落營帳裡，以後勤補給兵的身分偷偷摸摸布置行軍路線；納蘭崢則與耿丁一道坐在外頭不遠的柴火堆旁暖手，順帶替二人望望風。

納蘭崢在發呆。離京一年有餘，歷經大半載軍營生涯，幾乎叫她快要忘了自己原先過的是怎樣錦衣玉食的日子，以至如今竟平白生出幾分茫然。

思念親人是必然，卻因了那股不真實的恍惚之感，似乎說不上高興，亦說不上不高興。

耿丁見四下無人，偏頭低聲問她：「瞧妳這模樣，可是近鄉情怯了？」

納蘭崢點點頭。「或許是有些不適應。但我畢竟自幼生長於此，很快便會從頭習慣。倒是妳，一路北上背井離鄉，此戰過後，如若大仇得報，可想好了前路？」

她笑起來。「怎地，不肯給我個女將當？我瞧你大穆打仗不行，這一路壓根難以抵擋。卓乙琅打仗也不厲害，卻只短短兩個月便攻入京城，倘若換了世子來，怕只須花上一半工夫。妳莫不如與妳家殿下說說，聘我做女將，來日再逢戰事，或許還能替你們撐個場面。」

她口中的「世子」自然是卓木青。

四人「廝混」在一道大半載，已是相當熟絡，又因年紀、身分相仿，故而時常聚在營房內說吳彪聽不懂的玩笑，就連卓木青那個木頭如今話都多了一些。

納蘭崢聽罷笑出聲。「那是殿下的計策。倘若死守，你西華的鐵騎只會更殘害我大穆的百姓，故而不如做做戲便繳械收場，反還少些兵損呢。何況，也不瞧瞧此番坐鎮京中的人是何等貨色，倘使換了殿下就截然不同了。」

耿丁見她神色驕傲，也不與她爭卓木青和湛明珩究竟誰打仗更厲害，只道：「那妳倒是聘我不聘？」

「倘使此戰得勝，殿下自然願意留妳在京，但看妳是否肯做這女將了。」

耿丁聽罷笑了笑，似乎十分滿意這答案，卻沒有說話。

兩相沈默裡，納蘭崢盯著柴火堆上方跳躍的火星出了一會兒神，已料知她心內所想，問道：「妳可是打算與卓大哥一道回王城去？」

她未直截了當地答，似有若無地嘆一聲道：「早在當日，他與我承認身分，我便已在他跟前起下軍誓，決意秉從父親，此生效忠於他。儘管照父親遺志，或許是不願我再涉足王庭紛擾，但我既機緣巧合之下遇見他、遇見你們，便相信天意該當如此。此戰若得勝，他必要回到王城，做我西華的王。只是他如今容貌不再，卓乙琅也幾乎殺盡了知曉當年真相的人，欲意正名談何容易？我必要盡我所能，助他一臂之力……我也想做恣意快活之人，留在穆京從頭來過有何不好？但世子無法捨棄王庭，而我亦無法捨棄世子。」

她說及此忽然撐地站起，將手遙遙指向遠處蒼茫的太行山。「我西華有一傳說，星月交輝之夜，向山神許願，心誠者將得天意成全。」說罷回頭看納蘭崢。「妳可有心願要許？」

納蘭崢抬頭望向太行山脈與湛色蒼穹相接的一線，起身上前道：「願戰火消弭，蒼生太平，盛世長存，知己不負。」

耿丁一彎嘴角，隨她目光一道遠眺，淡淡道：「終我一生，願當如是。」

翌日，西華先鋒軍舉兵入京。京軍三大營抵死廝拚，留京武將齊齊坐鎮嚴守。卓乙琅遭遇了北上一路以來的最大抵抗，整整七日圍困卻久攻不下。

第八日下令駐紮在太行山一帶的補給軍臨時前往支援作戰。

軍令下達，補給兵們即刻整裝待發。卻是點完了兵，斷鳴營三千將士的隊伍裡忽然響起一個聲音。「中校尉，標下有一事請問。」

申圖是王庭派來領兵入京的副將，聞言瞥向湛明珩，立刻便惱了。一個小兵，臨陣關頭囉嗦什麼。

他視若未聞，張口便要宣布開拔，預備與太行山一帶其餘七支隊伍火速會合。

湛明珩卻氣定神閒地繼續問下去。「申校尉，咱們的盔甲呢？」說罷一步步從隊伍當中走出，隨手拍了幾下前邊一名士兵的戎裝。「咱們是後勤補給兵，本無須亦無資格配備盔甲，但此番王庭命咱們上陣殺敵，難不成是打算叫咱們穿這牛皮甲去？」

申圖眉心一跳，心知不妙，霍然抬首道：「弓弩手，叫他閉嘴！」

回答他的是「砰」一聲大響。哨臺上的弓弩手自高頂摔落，霎時化作一灘爛泥。

隨即遠遠傳來一個聲音。「不必喊了，都死乾淨了。」

眾將士聞言回頭望去，便見原本守在各個哨臺的狄人頭子俱都沒了影。卓木青負著左手屹立在那處，右手掌心那柄明晃晃的刀子閃著耀目的血光。

申圖瞠目結舌。「你們……你們這是要造反不成！」

湛明珩緩緩向他逼近。「申校尉，您點兵時分明察覺少了名將士，卻毫無所謂……這並非您的過錯，而是王庭的。王庭不在意咱們漢人的性命，多一個，少一個，無關痛癢。」

「來人，將此兩名賊子給……」

他話未說完，湛明珩人已到了，手中匕首往他喉嚨口一壓，一招擒下，瞥向四面蠢蠢欲動將要湧來的狄人。「誰膽敢再上前一步？」

申圖不意他出手如此迅猛，眥目欲裂之下竟也一時沒了聲氣。

湛明珩冷笑一聲，望向面前詫異萬分、騷動欲起的眾人。「眾將士可曾聽聞輕兵一說？

所謂輕兵，便是輕裝上陣，不背盔甲，拿人肉板子衝鋒陷陣在前的士兵。如今王庭臨時指派我們上陣殺敵，卻不曾讓我們配備盔甲，眾將士以為這是何意？說得委婉些，我們是輕兵隊；說得勇猛些，或者該叫敢死隊。」

底下被點醒的眾人霎時一片譁然。

「我們總說狄人乃無法馴化的異族，可狄人又何曾當真視我們若同胞？不論我們如何做牛做馬，如何效忠王上，於王庭而言，漢人只是用以陣前犧牲的肉盾。駐紮在太行山腳下的八支後勤隊伍總計近三萬將士，遠超一般補給軍該有的配置，諸位以為這是為何？」他說罷頓了頓。「穆京久攻不下，為保證生力軍能夠持續作戰，王庭希望我們替狄人去死。狄人——欲意叫漢人去殺漢人！」

已有人攥緊了拳頭。

「諸位可知，雲貴川隴各地的新兵營何以兵種如此繁雜？那是因王庭早便算計好了。漢人是不值得信任的，終有一日要將咱們這些一道出生入死過的弟兄打散，逐個併入西華的正規軍當中，如此方可安王上的心，當然，前提是我們皆能活到那時。」他說罷頓了頓。「不僅如此，王庭甚至早便試探過營中每位將士的底子。想必在場諸位無人能忘孟春時節的那一場大火，實則稍稍一想便能察覺其中用意——營地裡何以事前備好了乾茅草，所謂要將我們趕盡殺絕的蜀地老兵何以弄得猛火油櫃這般厲害的火器，又是何以能夠將每間營房悄無聲息地落了鎖。將士們，放火燒營的人不是咱們的同胞，而恰恰是賊喊捉賊的——王庭！」

四下一片驚怒，已有人摔了手中兵械，憤然甩手。「娘嗝，老子不幹了！」

湛明珩瞇起眼。「將士們，切莫急著丟掉你們的兵械。答我一問，狄人既待漢人不仁，我們手中的長槍——當向何方？」

有人帶頭吶喊出聲：「狄人——」

恰此刻，忽聞馬蹄聲震，剎那逼近，如龍吟虎嘯，響遏行雲。

三千將士道狄人來襲，自發結成軍陣，手持刀槍護衛彼此。卻見當先一騎，馬上人背插赤色戰旗，奔入營門急急勒馬，小跑至湛明珩跟前抱拳屈膝跪下，聲色清晰道：「啟稟殿下，太行山腳下七支隊伍已全數整束完畢，靜候您的差遣！」正是與湛明珩等人一樣蟄伏了大半載的李鮮忠。

三千將士聞言齊齊愣住。

湛明珩低頭瞧了眼已然嚇得臉色發白的申圖，彎起嘴角一笑。「申校尉，死在我大穆皇長孫的手裡，您不算冤吧？」

說罷俐落按下刀鋒。

第六十四章

太行山一帶的補給軍開拔後三日，穆京城外營地內氣氛古怪沈悶。守營的西華士兵時不時瞥一眼天邊翻捲堆低的團雲，感到一股山雨欲起的壓迫重重襲來。

王帳內，流水般彙入的緊要軍情幾乎將案桌淹沒，待揮退了一波斥候兵，卓乙琅疲倦地揉了揉眉心。

總是這般，一如上回面臨貴陽，眼看就要吃上肉，那肉卻像長了腳，自己會跑。但此番卻又有不同，彼時他有湛遠鄴裡應外合，如今，卻是在與整個大穆為敵。

國破在即，整個穆京幾乎凝聚成一塊鐵板，不至兵窮糧盡，恐當真難以攻克。

何況恰如耿丁所言，卓乙琅的心計要得漂亮，於行軍打仗一事卻遠不如卓木青，否則也不至於此前敗給了納蘭崢。再者說，他不從武，運籌帷幄是天生將才的本事，一般人身在陣後，難免得有疏漏。

一旁的親信見他愁眉不展，小心翼翼寬慰道：「王上，屬下愚見，大穆眼下不過困獸之鬥罷了，咱們南面的補給源源不斷，且也已截斷了他們北邊那一路的支援，京城抵抗不了多少時日了。」大不了就是多些兵損，拚個你死我殘。

卓乙琅閉目靠住椅背，拿纖長的食指虛虛點住他。「但你不覺奇怪嗎？北上這一路，孤的軍隊屢戰屢勝，甚至多有兵不血刃，孤原道大穆氣數已盡，入了京城卻遇凶猛抵抗。大穆既尚存如此實力，何以一路將城池拱手相讓？」

「王上之意，或是湛遠鄴刻意誘咱們深入？」

他搖搖頭。「便是料定他無可能刻意誘我西華將士深入，孤才消除疑慮，一路直上。此前割地求和一事已致大穆朝臣和百姓多有不滿，儘管他禍水東引，卻非長久之計。廢太孫已死，即便遭人唾罵也不過一時，大穆的江山如今在他手中，人們最終仍要怨怪在他的頭上。此番孤毀諾在前，興兵起戰，於他可謂奇恥大辱，他死守嚴防尚且來不及，絕無放任孤攻入京城的道理。」

昭盛帝畢竟還吊著口氣，朝中也尚餘別的皇子，鹿死誰手猶未可知。倘使他未猜錯，湛遠鄴如今必然已是焦頭爛額，即便僥倖守住穆京，來日也免不了遭那些利齒能牙的朝臣口誅筆伐。

湛明珩身死不過大半載，除卻原本的暗樁與心腹，滿朝文武到底皆非容他掌控，且遇契機，當初那些一葉障目的朝臣回過頭來再看，難保不會瞧出端倪。

這也是卓乙琅匆忙休養生息後便舉兵攻伐的緣由。利用大穆皇室間的內鬥，除掉兩個，剩下一個殺敵一千自損八百的，不等他徹底站穩腳跟即趁虛而入。

思及此，他驀然睜眼，一下坐直了身子。

湛遠鄴絕無誘敵深入的道理，且由京軍三大營的凶猛火力可見，大穆也非任人宰割的魚肉。既然如此，唯一的解釋只能是，北上一路被什麼人作了手腳，而這個人，當是湛遠鄴的敵人。

他的眼底剎那間湧動起詭譎的顏色，忽然問：「你可還記得，孟春時節孤曾與你說，孤心內不安，總覺兄長似乎沒有死？」

那親信聞言點點頭道：「屬下記得。您彼時命暗衛四處查探無果，因王庭內部動盪，亟待整治，只得暫且擱下此事。屬下愚見，您已剷除了他的心腹舊部，即便他未身死，也理當掀不起風浪來，至多在這世間某處角落苟且偷生罷了。」

卓乙琅極緩極緩地站起身來。「倘使只他一人，自然掀不起風浪……但若沒死的不只是他呢？」他說罷，在密報堆積如山的案桌上一通翻找，抽出一卷陳舊的畫，遞給親信。「快馬加鞭往太行山方向去，務必阻截補給軍入京，察看隊伍裡是否有畫上人！」

「屬下領命。」

八支補給隊伍裡，騎兵與步兵的數目約莫三七分，行軍速度理當快不起來；何況太行山脈橫亙在前，以這群新兵的能耐，或多選擇繞山而行。如此一算，開拔三日，先鋒騎兵至多穿越半個河北省，步兵們則該在更遠的地方才是。

然卓乙琅的人卻撲了個空，連人家屁股也沒摸上一把。

消息傳回營地，卓乙琅沈默許久，最終道：「不必追了，除了他們，當世再無人能夠做到如此。」

親信面露憂色。「王上，如今腹背受敵，將士們該當如何？」

「既是腹背受敵，便要化敵為友。放消息給湛遠鄴，就說湛明珩回來了，我欲意代勞，挾天子以令之，望他好好考量，助我西華將士攻入皇宮。」

「是！」

一日後，京城失守，狄人的鐵騎絡繹湧入，走了百官上朝時須下馬步行的長安左門，堪為刻意挑釁之舉。

是夜，狄人破承天門入端門。端門之內，以中軍都督府左都督謝豈林為首的京軍主力嚴陣以待，魏國公納蘭遠與晉國公姚儲率麾下將士協同作戰。年紀輕輕便承襲了爵位的忠毅伯衛洵及宣遠侯明淮則緊隨在後抗敵。

金鑾殿內聚集了文臣裡的數十英傑，誓與國共存亡；錦衣衛及皇子皇孫們則留守後方，護衛於太甯宮前，確保昭盛帝的安危。

再一日，端門失守，狄人殺至午門，同日夜裡再入金鑾門。前方不遠即是整個大穆的威嚴所在。至此，金鑾殿可望。

翌日天矇矇亮，穆軍被迫接連退守，狄人的衝鋒將士一度將要撞破金鑾殿的殿門。

卓乙琅親自來了，他高踞馬上，於漢白玉天階下遙遙望向那座瑰麗堂皇的殿宇，卻是眉間陰雲聚攏，毫無得勝喜色。

湛遠鄴沒有答應與他合作，否則他此刻早該攻入太甯宮。

但儘管如此，他還是殺來了。

事已至此，退路全無，不過成王敗寇。他比兄長慢了一步出世，如今想與老天打個賭，看看這一回，究竟誰更快一些？

血染天階，橫屍遍地。日頭漸漸升起，金光布灑大地，一線燦亮一點點移攏過來，照見將士們面上厚厚一層灰泥與血漬。

苦戰十幾日，人人皆已筋疲骨乏，至強弩之末。

可偌大一個皇宮，瓊樓玉宇，雕梁畫棟，朱金兩色在日頭下交相輝映，依舊不變往昔肅穆，恍似堅不可摧。

戰得累了，他們就回頭望一眼身後巍峨不倒的金鑾殿，繼而咬咬牙，再戰。

狄人扯著嗓子，以不大流利的漢語一遍遍催促他們莫再負隅頑抗。

天階這方的人愈戰愈少，卻有愈來愈多的冷箭射在金鑾殿的殿門上。一眾不畏死的文臣早在皇宮失守前便來了，約莫占了留京文官的六成，從六品以下官員至內閣輔臣，這些無能上陣殺敵卻心存傲骨的人緘默無言，緊盯殿門。

一旦此門被破，大穆便真的亡了。這一刻的朝廷不分派系，無謂黨爭，他們皆是大穆的子民，隨時預備以身殉國。幾名舊日相互扯脖子瞪眼、爭得唾沫橫飛的文官竟在這個關頭消泯了仇怨。

外面的殺戮聲漸漸地歇了下來，想也知是將士們力竭不敵了。一名老淚縱橫的文臣忽然拔劍出鞘，顫巍巍地將刀鋒橫向脖頸，吶喊道：「天要亡我大穆，天要亡我大穆啊——」

原本死寂的金鑾殿鬧哄起來，絕望的氣息瀰漫開來，有人隨之悲泣出聲。

顧池生見狀疾步上前，一把奪過他手中的劍。「張大人，大穆一息尚存，您如何能及早自絕生路？」說罷面向眾臣，鏗鏘道：「諸位大人，請聽下官幾言。如今國難當頭，我大穆兵微將寡，下官心知諸位大人願以身許國，拋頭顱、灑熱血，全忠義鐵膽。可這一片丹心，兩行清淚，該當留待山河傾覆一刻。試想，倘若諸位此刻拔劍自刎，下一刻乾坤扭轉，社稷猶在，那麼，失去了諸位棟梁的大穆，才是真正亡國了！下官在此懇請諸位大人，必要與陛下、與大穆最末一位將士——戰至最後！」

這席話畢，大殿內一陣窸窣過後，復又靜了下來。顧池生說罷將劍回鞘，劍光閃爍一瞬，他不曉得自己是不是瞧錯了——大殿那頭的公儀歇面色凜然，望著他的眼底，卻似乎微微含笑。

誠如文臣所想，外頭的將士們的確抵擋不牢，連素可以一敵百的謝豈林也身負數箭，連退幾丈，被落在後方的納蘭遠勉強扶穩了才未倒下。

此情此景，已無所謂什麼身先士卒。將也是卒。

明淮一刀刺穿一人胸膛，回頭看衛洵。「你小子，方才叫我再撐一刻，如今一刻到了，說好的援軍呢？」

衛洵白他一眼。「你倒計算得精明，有這時辰廢話，莫不如省些力氣繼續撐！你噍氣前，若援軍仍舊不來，我衛洵就到陰曹地府與你姓！」說罷一個彎身險險避開劈面一刀，忍不住低聲罵了一句粗話。「湛明珩，你真他娘的慢！」

明淮未聽清楚他後頭那話，只嗤笑道：「你就胡扯吧！都這時候了，怕真是陰曹地府的鬼軍才會來！」

他話音剛落，金鑾門外忽傳來一陣振聾發聵的喊殺聲。鐵蹄踏踏，塵煙滾滾，落在那向的狄人一下子被沖得人仰馬翻。

將士們下意識以為敵軍複又來了一波，心內正起絕望，抬眼一剎，卻瞧見赤色的「穆」字旌旗獵獵翻捲，一線騎兵以破竹建瓴之勢突奔而至。

一瞬間，無數人心底皆是一愣。

江山盡失，山河不在，哪來的援軍？

等等，援軍為何穿了狄人的戎裝？

一線騎兵正中，一馬當先的那人高揚起右臂，朝半空中打了個「往前殺」的手勢，與此同時吶喊道：「兒郎們，殺一個色的，莫砍錯了人！」

大敵當前，眾將士一陣哄笑。

吳彪當先應道：「色盲的弟兄們跟著我吳彪放心殺——」

明淮聽見前邊那道熟悉的聲音，一陣神魂顛倒，顯見得去了三魄似的，險些吃了敵人一刀，幸虧被衛洵一把扯了過去。

他呆呆地靠著衛洵的胳膊，揉了揉眼睛，連殺敵都忘了。「真是鬼軍啊……」

那死了大半載的人，可不是從陰曹地府來的鬼軍嗎？

很快也有其他將士認出了湛明珩，難為他們一頭霧水之下卻還勉強記得此刻情狀，下意識提起刀繼續掄。起頭幾刀是盲目而木愣的，待幾道熱血濺上臉面，忽有什麼東西復甦了，原本死灰一般的心剎那間翻湧起浪潮。

不會看錯的，這麼多雙眼，不會看錯的。

皇太孫回來了！

皇太孫竟還活著！

生死存亡，一髮千鈞，那人如神祇般從天而降，山窮水盡處，為大穆劈一條光明坦途。

援軍忽至的消息很快傳遍了整座皇宮，太監和宮娥們歡喜得失了分寸，一路奔相走告，聚攏在太甯宮的皇子皇孫與後宮妃嬪們，驚訝錯愕之餘，齊齊鬆了口氣。

金鑾殿的門緩緩開啟了，一干老臣望著那面赤色旌旗熱淚滂沱。

瞧著陣前廝殺、指揮若定的那人，忽有人想通了一切環節，心內悔意萬千。

戰事幾乎呈現一面倒的態勢。眼見卓乙琅被一干親衛簇擁著掉轉馬頭，卓木青一揚鞭子追了上去，耿丁緊隨其後。

湛明珩未曾言語，目送他策馬奔出金鑾門，隨即繼續回頭往前殺。納蘭崢被吳彪、吳壯、錢響等人緊緊護持在當中，落他一個身位。

四人皆知，三百個日夜風雨同舟，至此該當分道揚鑣。

狄人很快被殺得潰不成軍。大半個時辰過後，金鑾殿前已是一片安寧。激越的歡聲響徹了整個天階，以至連司禮監太監的喊話都被淹沒了，待到瞧見一眾皇子皇孫簇擁著誰走來，趙公公與如妃娘娘攙扶昭盛帝坐上了金鑾殿的龍座，眾將士才恍惚驚醒，惶恐伏倒。

這是一年來，他們頭一遭瞧見昭盛帝。

眾人俱都垂首而跪，因而未能看見，聖上面色憔悴，乾瘦得幾乎可說形容枯槁。

他似乎發不出聲來，只得叫趙公公代為傳話，喊眾人起身，再問湛明珩可有話說？

湛明珩垂眼默了一瞬。戰事方才了結，金鑾殿前尚是血流伏屍，一大堆爛攤子急須收拾，皇祖父卻在此刻拖著病軀，竭力坐上金鑾殿的龍座。他曉得他的苦心，故而不願辜負，頷首道：「孫兒有話說。」

昭盛帝面上不露顏色，招手示意他入殿來。

納蘭崢見狀忙上前去，伸手替他卸除鎧甲，脫去腰間佩劍。

鎧甲只幾副，是此前從狄人身上扒下來的。她因那玩意不合身，也穿得疲累，方才戰事結束已及早卸了，但湛明珩尚且穿著，如此自然不合禮數。

湛明珩伸展了雙臂，由她替自己料理，完了隨即低聲道：「跟我來。」說罷也未留給她反應的時機，向天階走去。

納蘭崢只得跟了上去，落在他身後。

她想，她曉得湛明珩此舉用意。

天階共一百四十四級，每三十六級逢一臺面。兩人一步步往上走去，姿態莊重而肅穆。待緩緩行至最後一個臺面，距金鑾殿大敞的殿門一步之遙，湛明珩忽然停住，撩袍跪下。

納蘭崢旋即跪在他身後，錯開一些位置，但聽身前人平靜清晰地道：「孫兒戴罪之身，未蒙聖赦，不敢入殿，懇請皇祖父容許孫兒當此時機，陳情以白己身。」

昭盛帝略一抬手，示意他說。

「孫兒欲陳之情，當由昨年九月說起。昨年九月，孫兒於趕赴貴州途中，自一批山賊手裡截獲大量用以賑濟救災的官銀，故而行至貴陽府後，即刻清查此案。此案牽扯廣大，以貴州布政使蔡紀昌為首，其下涉嫌貪墨者共計大小官員八十二名。然未及孫兒徹查，十月十九，碩皇叔戰敗被俘，狄王庭以激烈言辭威脅朝廷務必遣人前往和談。孫兒無奈拋下貴州災民，領兵趕赴邊關，後由與孫兒隨行的魏國公府四小姐代勞，將涉案官員安排押送回京。

「十一月初旬，孫兒領兵入狄，於邊境異常守備察知狄王庭並非欲與孫兒和談，而恰恰意在誘引孫兒深入敵營，好就此將我數萬大穆將士一網打盡，孫兒不得不及早防備，先發制人，奪其糧草，舉兵攻入敵營。孫兒救得碩皇叔後，即刻安排親衛將其護送回京，隨即得知狄人雷霆火速攻至貴陽，而孫兒身在敵境，救援不及。軍情緊急，孫兒無法回頭，故而冒險攻入狄王宮，斬殺狄老王，意圖以此牽制貴陽狄軍，旋即啟程趕赴貴陽。」

金鑾殿內已有人瞪大了眼。此前朝中顛倒黑白的說辭，可不是這般的。

「幸而魏國公府四小姐臨危不亂，當即安排貴州全境布防，於孫兒趕赴不及時坐鎮軍中，指揮若定，率領貴州衛及貴州前衛一萬一千八百名將士對陣狄人三萬先鋒軍，守城整整七日七夜，未得鄰城一根糧草支援。最終，一萬一千八百名將士僅存千餘，值此窮途末路之際，納蘭小姐派人護衛百姓棄城躲避，以身犯險站上城頭，以激軍中士氣，欲與貴陽共存亡。然不料有人假傳諭令，稱孫兒安排鄰城封鎖城門，拒絕流民入內，以至貴陽百姓險些盡數身死！甚至當孫兒率兵趕至，擊退敵軍，此前默不發聲、吝嗇支援的畢節衛、平壩衛與龍里衛忽以狄人姿態大舉攻入已然兵力空虛的貴陽，聲稱倘使孫兒不現身，便要屠淨一城百姓！」

不知是誰沒忍住，倒吸了一口冷氣。

「此遭屠城，貴陽百姓死傷三成，孫兒在鄰里支援下僥倖逃過一劫，卻在離城後再遭暗殺。孫兒重傷躲避山中，其間，有人劫得本該已歸京的碩皇叔，對貴陽與孫兒故技重施。其後，孫兒被廢除太孫身分，然暗殺仍未間斷，孫兒的護衛湛允最終以身相代，慷慨替孫兒赴死。孫兒蟄伏山中一月，換得一副自由身，卻是大穆半壁江山盡失，無法歸京，唯有潛入狄軍軍營，以待良機。蟄伏軍中大半載，孫兒暗中籠絡雲貴川隴各地新兵，層層布置，以至今日，終得為大穆效犬馬之勞！此心昭昭，日月可鑑，孫兒不求名、不求功，唯願皇祖父明察！」說罷，大拜下去。

跪伏在他身後的納蘭崢同樣一個大拜，道：「啟稟陛下，臣女納蘭崢與天階下三萬忠烈將士，願替皇長孫請願！」

三萬將士齊齊跪伏下去，高聲喊道：「願替皇長孫請願——」

第六十五章

數萬屍骨未及收殮，尚且橫陳於金鑾殿前，在這般蒼涼頹靡裡，卻前有皇長孫激昂陳情，後有三萬將士慷慨請願。

留在殿外傷痕累累的武將們為此睜大了雙目，彷彿看見大穆中興的曙光。

有人忽記起昨年仲夏，西域使節大鬧承乾宮時，納蘭氏女曾說過的話。她說，龍生而為龍，縱使一朝墜落淺灘，流離四海，裂骨斷掌，他依然是龍。

彼時誰也不曾料想，此言竟會一語成讖。

此情此景，饒是金鑾殿內見慣場面的文臣們，也覺心神動搖，情難自已。即便眼下只聽皇長孫空口白說，不見鐵證，但顯見得多數人已暗暗信了。

自古只奸佞小人或混淆聖聽，民心卻不會作假，亦不能說謊。何況今日大穆遭難，全憑皇長孫挽狂瀾於既倒，方才所見之萬馬奔騰景象，叫人如何能與此前傳聞裡色字當頭、好戰喜功、棄城捨民、畏罪潛逃，害得大穆失卻半壁江山的人聯想到一處去？

再者如皇長孫所言，所謂「美色誤國」的納蘭氏女竟曾為國為民立下這般汗馬功勞，著實傲骨錚錚，可嘆可敬。

這一雙男女，一個是鬚眉氣概，一個是巾幗情懷，當稱風華絕代，堪為大穆中興之主！

思及此，眾人亦不免替皇長孫覺得心寒。短短數言陳情，道不盡隕雹飛霜之悲，臥薪嚐膽之涼，顛沛流離之苦，兵荒馬亂之難。誰也無法真正知曉，那荊棘滿布的一路，此刻跪在殿前的這一雙男女究竟是以何等心志步步為營地走來。

良久後，文臣裡有一人出列，撩袍跪下，拱手向前道：「微臣懇請陛下，下旨徹查此案，如皇長孫所言不虛，當還貴州萬餘將士一個公道，還大穆河山一片清明坦蕩！」說罷，重重叩首。

正是顧池生。

隨後緊接著有幾名文臣跟著出列，一個個行至殿中。「臣附議——」

旋即再有更多人上前來。「臣等附議——」

偌大一個金鑾殿，一時間附議之聲鑿鑿切切。

昭盛帝起頭始終無波無瀾地聽著，恍若受苦受難的不是親孫似的，卻在此刻，終於露出些許疲憊的笑意。

趙公公得他眼色暗示，望向跪在文臣佇列當中的一人，替他道：「盧大人，陛下聽聞都察院此前已搜集了貴州三處衛所謀逆罪證，只因戰事耽擱未及呈與豫王殿下，如今當可奏明。」

都御史盧粥頷首應下，稱將即刻回衙署整理罪文。

眾人心內一片驚詫，納蘭崢卻是感懷至極。

昭盛帝病倒後遭困太甯宮整整一年有餘，成日被灌迷魂湯藥，本就孱弱的身子為此越發支撐不住，多數時候皆神志不清。幸而後因衛洵得湛遠鄴信任，其長姊如妃有了幾回近身的時機，得以將湛明珩蟄伏草野的真相悄悄告知，才叫他勉力打起了精神。

天子爺在朝數十年，也非輕易能被架空，故而此後趁偶有清醒片刻，即在四面嚴密監視下暗中替湛明珩鋪路，諸如都察院這樁事，便是其中之一。今日更打鐵趁熱，揀此良機欲意替親孫翻案，且起先假作漠然模樣，便是要引得群臣皆站出來替湛明珩說話，可謂真真用心良苦。

只是她內心也隱隱有幾分擔憂。如此雷厲風行的態勢，究竟是出於為政者對朝臣與人心的掌控，還是單單只因為人祖父者恐時日無多，恨不能盡快替孫兒擺平一切才好？

納蘭崢偷偷看了一眼湛明珩微微顫動的臂膀，忽記起七年前臥雲山行宮內，天子爺曾對彼時年僅十二的他說：「皇祖父答應過你，該是你的，一樣也不會少。」

她緊緊咬著唇，於無聲處揪心長嘆。

大穆史上最別具一格的朝議就這麼散了。湛明珩安排親衛護送昭盛帝回太甯宮，在周邊布置妥當後，領了一行武將去收拾皇宮與京城留下的一堆爛攤子。因形勢嚴峻，不及顧得上納蘭崢，只匆匆交代她先去承乾宮，在他那處過兩日，待外頭亂子徹底清除，安生後再回魏國公府。

眼見他忙得焦頭爛額，她自不會與他添亂，即便思念家中姨娘與弟弟也須忍得。

納蘭遠亦思女心切，卻是外頭一片焦土，身在國公之位責無旁貸，故而只與她打了個照面，囑咐她幾句，叫她聽話好生歇著。

納蘭崢目送父親走遠，心內也覺無言酸楚。比起分離一個年頭的姨娘和弟弟，她與父親已有近兩年不得見了。她心知他方才幾度欲言又止是為何，這般鐵血硬漢，竟在她面前紅了眼圈，想是這些時日以來始終自責此前離京北伐，未能護她周全，叫她流離在外，吃盡苦頭吧。

行軍顛簸數日，納蘭崢也著實疲乏了，倒是比湛明珩這個原先的主人家先一步踏入他的寢殿，被婢女們服侍著沐浴後，倒頭栽進了被褥裡。

承乾宮貴為東宮，實則不只是她，便連湛明珩如今也無資格踏足。只是情形特殊，故而也沒人顧得上這些細枝末節，何況照朝議時所聞，湛明珩的太孫之位或許不久便該恢復了。

一覺醒來已是夜深，她渾身痠軟，數日乃至一年來積累的乏累皆隨心裡頭那根弦的鬆下如潮水般湧來，一時竟連置身何處都迷糊不清。直至替她守夜的婢女問她可有吩咐，方才驚覺已回京了。

婢女見狀去熱了飯食，再請來太醫替她診脈，說殿下尚未回宮，是此前托人傳信回來交代了這些的。

納蘭崢沒什麼胃口，瞧見一堆許久未碰的精緻膳食也嚥不下去。太醫替她診了脈，所言無非是氣血虧損，須安心靜養，以湯藥調理一段時日。

這大半載來，她的體格倒是變好了，只是月事仍偶有推延，聽見這話也不覺奇怪，謝過後便繼續睡了回去。

翌日再醒仍未見湛明珩。她洗漱完，吃過早食、喝了湯藥，就逮了個婢女詢問外頭情形。這才曉得湛明珩黎明時分回來過一趟，見她熟睡便未叫醒她，過後匆匆忙忙又走了。至於外頭，想是仍舊兵荒馬亂的。

她歇過後覺得舒暢了些，左右無事，也出不得此間寢殿，便叫人拾掇起屋子來。承乾宮空置了一年有餘，雖日日皆有灑掃，卻畢竟少了些人氣，將那些花花草草、玉器擺設稍稍挪幾分就好多了。

婢女們也絲毫不在意她這番自作主張的舉動，乖順得那叫一個指哪打哪。

殿下黎明回宮，實則在床榻上逗留了一番，攬了納蘭小姐好一會兒才走，就衝那柔情似水的目光，誰還能沒個眼力見，不聽未來女主子的話？

生死與共、相依為命攢出來的情分，到底是她們這些下人不可遙想的。

納蘭崢方才布置完，便聽婢女說，承乾宮外頭有一位自稱耿姓的女將士求見。她一愣，請進一瞧，果真是耿丁，約莫是怕不合禮數，故而刻意表明了女兒身。

她尚未及卸甲，一副行色匆匆的模樣，看來也受了些輕傷，將婢女遞來的茶水一飲而盡後開門見山道：「卓乙琅跑了。」

納蘭崢聞言一哽，一面請人為她料理傷勢，一面細問，這才知原來卓乙琅早便做好了兩手準備，秘密安排一支私軍留在城內，待突圍出宮便被護持走了。卓木青彼時尚未能夠正名，故而受阻太大，單槍匹馬難敵四手。

納蘭崢對她口中用詞略有疑問，道：「何來私軍一說？」

耿丁神色凝重地沈默了一會兒，才答：「這正是我奉世子之命，來此與妳說明此事的緣由。殿下在外奔波忙碌，便由妳輾轉告知。」

納蘭崢也嚴肅起來。「妳說。」

「世子懷疑，那支私軍來自北面羯族。」

她眉心一跳，不免繃緊了身子。「卓乙琅這兩年的手段的確是由羯商入境起始的，殿下也曾懷疑他與羯人暗中或有交易。」

「此外還有一層，妳或也知曉，世子的生母擁有一半羯人血統。」

她點點頭。此事她是知情的，湛明珩與她說過，卓木青能夠脫胎換骨，也是靠這位生母自極北苦寒之地求得的秘藥。

「世子不會放過卓乙琅的，只是他如今北上遠逃，恐將入羯境，西華卻是一團糟亂，亟待整治，怕得來日再算這筆帳了。世子欲意提醒殿下的只方才那一點，旁的不必我多說，殿下自該懂得如何防備北域。」她說罷站起身來。「好了，我與世子該回王城了。」

「天高路遠，你們預備如何出關？」

耿丁一彎嘴角。「自然是率軍光明正大地出關去。世子將大穆的半壁江山還給了殿下，當作回報，殿下許諾對留守在南下這一路的西華將士既往不咎。」

「那便好。」她相信，只須湛明珩與卓木青在朝一日，大穆與西華之間便可安寧無戰了。

納蘭崢目送耿丁走出幾步，忽然叫住了她。「昭夜。」

她聽得這名倒是愣了愣，還道她是要忸忸怩怩說什麼道別的話，回過身卻聽她道：「莫叫耿丁了，昭夜很好，妳要記得，妳是位姑娘。」

耿丁微微錯愕，似乎隱約聽懂了她的暗示。

納蘭崢抿了唇，狡黠一笑。「活人與許永遠趕不及死人，但既然活著，便該向前不是？我會請人製好鳳冠霞帔，待妳來日出嫁，送去王城賀妳新婚，妳可莫叫我失望。」

漸近黃昏，湛明珩才終於回到承乾宮，想是已初步整頓完畢，剩下的交由下邊人去做即可。

納蘭崢見他滿身的風霜與血泥，替他卸下鎧甲後便想伺候他沐浴，卻被他捏了手腕攔下。「我先送妳回府，過後再洗。」

她一愣之下明白過來。如今既已回京，有些禮數便不可隨意壞了。她從前自然也講究這些，卻是習慣了草野日子，反倒一時思慮不周。

實則她內心隱隱察覺到了，不論是此前金鑾殿前那一番鑿鑿之言，或是眼下如此著急送她回府，皆是湛明珩在費心替她鋪路，路的盡頭，便是大穆將來的鳳位。

她的出身不算是好，本就難免遭人閒言碎語，何況湛明珩此前因她失行，被那些個牙尖嘴利的參得狗血淋頭，他底下那一派的朝臣或許當真不大喜歡她。好不容易文武百官當面替她正了名，如今萬不可再給人落下話柄，否則來日難保不會再逢一遭血雨腥風。

她想通這些就長了心眼，也不再小女子姿態，等湛明珩換了身輕便乾淨的衣裳便隨他走了。乘轎輦出宮後瞧見前面停了兩輛馬車，後頭那輛聽說裝了滿滿一摞益氣養血的滋補品及名貴藥材。

湛明珩知她不怕「吃」苦，卻真怕吃苦，見她眼色頗是畏懼，便出言叮囑威脅：「此前妳我離京，鳳嬷嬷也搬出了國公府，這兩日便會重新回來替妳打點事物，親自盯緊了妳。」他現下怕是懂得當年鳳嬷嬷百般阻撓兩人私下往來的苦心，決計洗心革面了吧。

納蘭崢頓感心內一陣鬱結，卻也只得忍痛「嗯」了一聲，跟他上了前面那輛馬車。

待車馬轆轆行出午門，隱約可透過翻飛的車簾瞧見外邊損毀了的雕欄玉砌，她為此不免生出一股後怕。

倘若不是湛明珩與卓木青安排的行軍路線及領軍手段堪稱卓絕，近乎奇跡般趕至京城，江山易主當真並非不可能。

思及此，她問出了這幾日始終關切卻無從得知的事。「陛下身子可還好？」

昭盛帝於她、於魏國公府皆可謂恩重如山，她身在承乾宮，原本自該去太甯宮探視。只因顧忌湛遠鄴，怕出了承乾宮，離開錦衣衛的護持，有個萬一再叫他擄走，故而不敢添亂。

畢竟湛遠鄴這些時日的作態著實叫她覺得古怪。聽聞他此前拒絕了卓乙琅欲意與他合作的提議，並在後來親率一眾錦衣衛防守於太甯宮前，鼓動皇子皇孫們務必與大穆力戰至最後一刻，一副相當為國為政、關切聖上的模樣。

湛明珩擊退敵軍後，他也未曾阻撓昭盛帝上朝，甚至在本不必要的情形下，帶了一眾皇子皇孫入金鑾殿，稱皇長孫既是凱旋歸來，此前之事想必另有隱情，手足們萬不可寒了皇長孫的心。再緊接著，又主動幫襯著一道收拾京城裡頭的殘局。

他會拒絕卓乙琅倒是不奇怪，畢竟此人先前便已失信毀約過一次，如今直奔大穆江山而來，對皇位勢在必得，他若應了，以卓乙琅出爾反爾、無所顧忌的行事作風，即便當真除去湛明珩，殺了昭盛帝，大穆的江山也必然不是他的了。

一個亡國的皇子會是什麼下場，想也可知。因此這時候，對付卓乙琅可比對付湛明珩要緊，他還沒蠢到受他矇騙、任他擺布的地步。

但納蘭崢想不大通的是後來那些。當日情形混亂，他分明隨手揀個聖上龍體抱恙的藉口便可繼續替昭盛帝出面代理朝事，甚至大可不必叫皇子皇孫親臨，加深對湛明珩的同情與感激，為何偏這般苦心作戲呢？

他既到了這關頭仍不肯暴露醜態，只能說明他很可能尚留有後手。

畢竟謀逆案暫且只查至衛所這一層，尚未順藤摸瓜牽累到他，即便湛明珩恢復太孫身分，也未必能夠在當下就將他連窩端了。

她想事情想得出神，不防湛明珩忽然叫了她一聲，這才記起方才是她主動挑起的話頭，可他答了什麼，她卻漏聽了。

她當即不好意思道：「你再說一遍，我走神了。」

湛明珩的臉黑得太厲害了，眼睛都快瞇成了一柄尖刀，咬牙切齒道：「不說了！」

她想個事情罷了，想的還是他的事情呢，他這是鬧什麼脾氣？

納蘭崢拿手肘推推他。「我只是一時想去了別處，你倒說說，陛下的身子究竟如何了？」

湛明珩一愣，眼底多了幾分不可思議。「妳從這句起便沒聽了？」

是啊，他還絮絮叨叨說了什麼別的話不成？

原以為湛明珩得越發生氣，卻不想他的臉色反倒好看了一些，道：「我說，這幾日停了那毒害人的湯藥後，皇祖父好了些許，好歹神志清楚了，只是恐怕已無力還朝，須得留在太甯宮靜養。」

納蘭崢嘆口氣，點點頭。「說起來，是否能將這湯藥當作缺口，藉此查查湛遠鄴呢？」

衛所那邊查起來著實麻煩，這等錯綜複雜的謀逆大案，沒個數月恐怕審不乾淨，等一級級順上來，誰知是否能給湛遠鄴定罪，確實是夜長夢多。倘使能證實湯藥的確有毒，且是出自湛遠鄴之手，或許能更快扳倒他。

湛明珩卻搖搖頭。「我自然在查此事，但以湛遠鄴的謹慎心性，必然不會在如此致命的環節落下把柄，恐怕至多抓著個替罪羊。不過總歸如今我回來了，處置他只是遲與早的差別，妳不必多添憂思。」

「如今這些亂糟糟的事沒有一件可安心交與旁人，你雖親力親為，也莫累壞了身子。」說罷真有點心疼地伸手撫了撫他的眼圈。

湛明珩由她摸了幾把，攥了她的手，垂眼覷她道：「妳就不好奇，我方才還說了什麼？」

納蘭嵘這下有些反應過來了。能叫他因她失神而發脾氣的事，恐怕是跟她密切有關的才對。

她想了想問：「莫不是說，你提了咱們的婚事？」

第六十六章

湛明珩冷哼一聲。「沒有，是妳現下主動提的。」

還真是睚眥必報。她一噎，清了清嗓道：「好好好，是我提的，那你可大發慈悲告訴我吧！」

他這才舒爽了些，目視前方不看她。「皇祖父的意思，希望我們趕在年關裡盡快完婚。」

納蘭崢複又一噎。這回倒非是因為湛明珩，而是這句話背後的涵義。昭盛帝急著要他們完婚，恐怕是想自己時日無多，怕哪天撒手去了，屆時大舉國喪，兩人這樁婚事得再拖延不說，他也不能親眼瞧見孫兒大喜了。

她內心一時酸澀，剛想開口說話，卻聽湛明珩頓了頓繼續道：「但我以數萬將士屍骨未寒為由拒絕了。」說罷看向納蘭崢。「洄洄，妳可會怪我？」

納蘭崢捶他一拳，生氣道：「你問的這叫什麼話，便是你應下了，我也要叫你回頭再去推拒的！」她有這麼不識大體嗎？

湛明珩將她的手拿過來握在掌心，笑道：「人心裡有個念想，總好過萬事了卻，凡塵可拋。我也是想皇祖父能多撐些時日，好歹叫我再陪他老人家守一回歲，盡盡孝道。但大婚前的事宜確是要開始準備的，我過幾日約莫便能恢復身分，禮部已照太孫規制去擇定納采問名禮期，妳先歇息一陣子，得空則多聽鳳嬤嬤講講規矩，到時一樁樁的，有妳忙活。」

納蘭崢前世幼時隱約聽聞過太子納妃的盛況，曉得前後諸儀繁複得足可叫人愁掉三千髮絲，想來太孫與太子的規制當是相同，那些儀禮行程恐怕比兵法書還難背，一時不敢小覷此事，鄭重地點了點頭。

湛明珩見她毫無怨言地應下了，覷她一眼道：「妳當真不急？」

「那是自然，我有什麼可急的？」他如今還敢娶旁人不成？

他輕飄飄瞥她一眼。「那是誰今早黎明非攥著我的衣襟，將我往她被褥裡拽不可的？」

「……」

她還做過這等事嗎？她怎麼不記得了。

湛明珩「呵呵」一笑，顯然說得更起勁一些。「我不過回宮喝盞茶，小坐片刻，竟就遭了妳的毒手，險些爬不起身。照我看，妳不早些嫁來，恐怕在國公府是睡不得踏實的了！」

納蘭崢剜他一眼，根本不作辯解，只一針見血地道：「那麼大個承乾宮哪兒不能坐，你為何非到我榻子上來？有本事離我遠一些好了！」

「妳……我自己的寢宮，我愛上哪上哪！我貪戀承乾宮的床榻不成？鳩占鵲巢還如此理直氣壯。」

「那你來日可別求我占你的巢！」

湛明珩被氣笑，長手一伸掐了她的腦袋按在懷裡。「妳這還未嫁來，便已思忖起與我分床了？」

納蘭崢氣也喘不過來，掙扎了半晌大喊道：「湛明珩，你謀殺未婚妻啊！」

他十分邪性地冷笑一聲。「要殺要剮也得等上了床榻！」

卻不料話音方落，馬車便停穩了。鬧得不可開交的兩人動作齊齊一頓，聽得車夫正色道：「殿下、納蘭小姐，魏國公府到了。」不知為何，語氣聽來有些不忍心。

納蘭崢斂了色，理理縐巴巴的衣裳，等車夫掀開車簾，方及起身，就見府門口站了一排的人。

祖母、母親、姨娘、弟弟，甚至是七歲的峻哥兒，俱都微微錯愕地站在燦爛的夕陽下望著她，以及她身後的皇長孫。

他們……顯然都聽見了方才那句葷話。

納蘭崢和湛明珩化成了兩座石雕。

七歲的納蘭峻眨著烏溜溜的眼，頗是童言無忌地小聲問納蘭嶸：「哥哥，殿下為何要將四姊姊抓去床榻上又殺又剮呢？」這也太殘忍了吧，四姊姊犯什麼錯了？

納蘭嶸低咳一聲，無從回答。這場面太尷尬了，本道是一家子轟轟烈烈、歡歡喜喜將姊姊簇擁進府門的，這下子，他險些盈眶的熱淚都給收了回去。

瞧姊姊彎身僵在那處，臉燒得通紅的模樣，想她大約也是內心百般煎熬。但長輩在場，他也不好搶著出口替她解圍，只暗暗驚訝，姊姊與皇長孫究竟是經歷了什麼，尤其後者，怎竟出言如此不上道了？

胡氏與謝氏自然比小輩鎮定多了，一愣過後就要給湛明珩行禮。哪知人家皇長孫卻擺了一副落荒而逃的架勢，清了清嗓，聲色平穩卻迅速地道：「老夫人與夫人不必多禮，改日再來拜訪。」一說罷悄悄伸指戳了一下納蘭崢的後背，示意她趕緊下車。

待她遊魂似的踏下，就聽身後咕嚕嚕一陣響動，回頭一看，湛明珩連人帶馬車跑沒了影。

真是太卑鄙了！

納蘭崢被他賣了，連姨娘何以出現在此都未來得及顧，是過後被迎進屋才曉得，原是湛明珩和父親一道在外處置公務，回宮前與他許諾，說一會兒將送她回府，父親又輾轉託手下將消息帶回府中，一家人瞧時辰差不多了，故才候在此處。

至於阮氏，此前納蘭崢的繡鞋被送回府，為母者崩潰痛哭之下不意讓納蘭遠曉得了她裝瘋賣傻的事，因此想通了她的苦心，覺得實在歉疚與不忍。又想她多年隱忍，心性堅毅，口風也緊，且是一心為了納蘭崢好，故悄悄將真相告知與她。此後偶爾得空，也去青山居看望過她幾回。

今日阮氏能與胡氏和謝氏一道出來迎納蘭崢，且穿著也體面大方，不難瞧出這一年多來在國公府過得不差。

納蘭崢得知此事後，因不大明瞭母親對姨娘的態度，也不敢當眾人面與她顯得太親暱熱絡，壞了尊卑規矩，叫母親看不慣，再針對於她，只給姨娘使了個眼色，示意一會兒將去青山居單獨看望她，繼而便與母親及祖母說起了話。

納蘭遠只將她假死的事告訴阮氏一人，胡氏與謝氏是前幾日方才知曉，如今能夠這般從容自若，已是緩了幾天的結果。

納蘭崢瞧得出來，她們的驚喜是真的，祖母甚至還與她掏心窩，說從前的確對她刻薄了些，自她走後，真是每每見了她手抄的佛經便要落淚，前幾日得知真相，氣得她險些沒將守口如瓶的兒子扒層皮。

這話自然是說笑的，卻聽得她心內十分柔軟，只是也忍不住替父親緩頰。畢竟她究竟有沒有死透，本身是不要緊的，可一旦真相暴露，便會連累湛明珩。父親也是如履薄冰，不得不謹慎行事。

以謝氏的性子，自不會說從前如何如何地錯了，態度卻是比從前和藹不少，且此番確實感念納蘭崢。畢竟她與皇長孫得以歸京，不只是救了魏國公府，也一併救了謝家。

一家子女眷孩童和和氣氣用了晚膳。見父親尚未得空歸府，納蘭崢便去青山居看望阮氏。

阮氏初始尚有幾分拘謹。裝瘋這麼些年，她幾乎都不曉得該如何與納蘭崢相處了，反倒是納蘭崢寬慰了她，說自己實則早在松山寺那會兒便已猜得真相，只因曉得她的苦心，也知她不願承認，故而一直沒有揭穿。

阮氏這才放開一些，責怪起她，說是方才瞧見皇長孫的面容，才知當年所謂的明三少爺原就是他，真叫她白白操了一肚子心，一個勁地考量，究竟是明三少爺好呢，還是皇長孫好？

納蘭崢一時哭笑不得，倒險些忘了自己曾拿此事欺騙過姨娘。她與湛明珩定下婚約後，便不曾再向姨娘提過明三少爺，而姨娘回府兩年多，俱都待在這與世隔絕的青山居裡，幾乎不通消息，自然始終不知此事。

納蘭崢只得與她致歉，又關切詢問母親這些日子是否為難了她？

阮氏搖搖頭，倒說沒有。她這才知曉，繼二姊死於非命，長姊也因思慮過重以至小產後，身子一直不大康健，卻堅持帶了昀哥兒隨夫遠走。母親覺得兩個姐兒命途如此多舛，與她的教養及早些年對姨娘犯下的惡行不無關係，為替在外吃苦的納蘭汀及如今嫁去顧家的納蘭涓祈福，便誠心向佛，為人也和善不少。

納蘭崢鬆了口氣。若非如此，待她出嫁後無法近身照拂姨娘，還不知得多擔憂，只是一面也著實可惜長姊。納蘭汀早年仰慕顧池生，後歡喜地嫁給杜才齡，何嘗不與前者有幾分干係。畢竟這兩人一個是狀元郎，一個是探花郎，一樣皆是公儀閣老的門生，且都在戶部任職，總想著許是差不了多少的。

可以杜才齡好色的脾性，恐真不算是良婿，她此番追他去流放地，多半是顧忌昀哥兒。

她自己的名聲也就罷了，可在京城這地界，一個自幼沒爹的孩子是萬不能立足的。

阮氏與納蘭崢說了會兒話，便催促她趕緊去瞧瞧嶸哥兒，說這孩子想她想得厲害，一年多來竟畫了數十幅她的小像，俱都藏在屋裡當寶貝。

納蘭崢聽罷有些訝異，無奈此刻夜已深，怕姊弟倆久別重逢，嘮得晚了耽擱歇息，左右來日方長，便托下人給納蘭嶸傳了話，示意改日再尋他說話。

說是改日，納蘭崢卻在翌日清早便去了弟弟的東籬院。

納蘭嶸如今也有了單獨闢出的院子，且這名頗具詩意，她多看了匾額幾眼，只覺字跡隱約有些眼熟，見之如逢朗月清風，頓感一身的乾淨通透。

思及顧池生與魏國公府如今的關係，她心裡冒出個念頭，詢問之下果不其然聽弟弟答：「的確是姊夫題的，姊姊竟認得他的字跡。」

納蘭崢當下嗔怪道：「談不上認得，只是個模糊猜測，你這話可莫去外頭講。」給某個小肚雞腸的聽說了，又不知得掀起什麼驚濤駭浪。

只是既然起了這話頭，納蘭崢也就多問了幾句顧池生與納蘭涓的近況，這才知，此樁親事初始是父親的意思。

這一年多，顧池生因政治上的選擇，與魏國公府多有往來，許是一來二去的，父親就替三姊相中了他，而顧池生也並未駁他的面子。

大婚是在孟夏，彼時場面十分隆重熱鬧，顧家給的排場甚至遠勝過此前杜家給納蘭汀的，淮安的長輩不論親疏也都到了個齊全，似乎很滿意此樁親事。

顧池生與故家往來甚少，且生母早已過世，納蘭涓嫁去京城顧府，連個婆媳紛爭也斷不會有，必然是享福的。聽聞此前他陪納蘭涓歸寧，亦是一派和和美美，細緻入微，叫納蘭遠很是歡喜。

能得顧池生珍視，納蘭崢也替三姊高興。

納蘭涓兒時的處境雖比她好上一些，卻遠不如納蘭汀與納蘭沁。謝氏因生她時落了病根，整整七年無孕，多少遷怒於她，對她不若對旁的姐兒好。故她自幼生性怯懦，略顯卑微，遇人遇事皆小心翼翼，倒與幼年的顧池生有些相似。

納蘭崢存了前世記憶，即便兒時再受冷落也依舊開朗，不會真成了多愁善感之人，可納蘭涓卻不是。雖說後來家裡添了峻哥兒，謝氏對她緩和不少，可性子已養成，再難改過來。

納蘭崢是真有些心疼，所幸如今有顧池生待她好。

問完這些，她記起姨娘說的畫，便出言向弟弟討要。納蘭嶸大大方方地，一股腦將三十幾幅皆捧了出來。

倒是十分逼真，也將她畫得極好看。畫裡頭各式各樣的情境都有，她在小廚房裡做點心的、在書房裡唸書的，或是站在小杌子上搭葡萄架的。

她不覺莞爾，一面翻看一面聽弟弟講。這才曉得，或許龍鳳胎確實有些奧妙在其中，弟弟一直隱約知曉她還活著，只因猜測事關緊要，誰也不曾告訴。

局。

納蘭崢正誇著他呢，忽然瞧見一幅著墨風格略有不同的。

畫中的她落坐一方木輪椅，靠在桌沿邊，手裡拈了顆玉子，咬唇皺眉，似在思索如何破局。

她略一愣神。此畫所作，似是她在父親書房與顧池生對弈的場面。

納蘭嶸見狀解釋：「哦，姊姊，這一幅是姊夫畫的。我初始畫得不好，故而向他請教一番，他知我欲意畫妳，得空便替我作了幅樣子。」

納蘭崢該聽見了，卻恍若未聞，神情看似幾分呆滯，直至聽見弟弟叫她才回過神來，不再說畫，皺眉叮囑道：「你該稱呼他為『三姊夫』才是。」

納蘭嶸聞言很不解。他不過是覺得省去一字顯得親暱些，如今也沒有其他姊夫在身邊，故不至於會混淆，可聽姊姊如此說，也就點點頭「哦」了一聲。

姊弟倆還未翻完畫卷，便見一名下人進來說，老太太請四小姐過去一趟。

納蘭崢便摸摸弟弟的腦袋，示意他將畫收起，她回頭再來瞧，繼而去了祖母的院子。

一進正堂，卻見不只是祖母，父親與母親也在兩邊座上，且三人齊齊以一種嚴肅的眼光審視著她，恍若她犯了什麼彌天大錯似的。

她不覺得心虛，卻當真一頭霧水，給三名長輩分別請了安後才見祖母稍稍放寬了顏色，對她笑說：「無甚大事，妳父親忙了一夜方才歸府，過來與我請安，我想你們父女二人許久未見，便叫了妳。」

納蘭崢的確甚是思念父親，卻不大明白，祖母何以如此著急？

她心內擔憂起來，得祖母首肯後落了坐，問道：「父親，可是外頭出了什麼岔子？還是說，您受傷了？」否則他何以顯得坐立不安，背脊緊貼椅背、手足僵硬的樣子。

納蘭遠笑得尷尬。「外頭無事，父親也只受了些小傷，妳且安心。」

納蘭崢將信將疑地點點頭，再悄悄去瞧祖母與母親的坐姿，似乎亦不十分自然，整個正堂瀰漫了一股古怪的氣息，一時竟無人言語，四下死寂。

她正暗自納悶，忽見一名丫鬟緩步進來，手裡捧了個玉盤，上邊擱著一盞茶。奇怪的是，這名丫鬟的走姿也不大對勁，仔細一看，甚至眉頭微微皺起。

魏國公府的丫鬟何時這般不懂禮數了？

那丫鬟恰及行至她跟前，對頭的納蘭遠忽然道：「崢姐兒，妳離家多時，許久不曾盡孝，還不快接過了替妳祖母端去？」

納蘭崢不敢違拗，忙起身接過，卻是接過一剎便忍不住步子一頓，低頭瞧去。

這茶盞不知為何沒有覆好蓋頭，故而茶水味道四溢，直往她鼻端竄。

可這是什麼茶水，怎地氣味如此難以言說？

她愣了一瞬，忽然記起此前以手替湛明珩去火，後落於她身的那黏膩汁液……好像就是這個氣味。那鹹澀腥氣著實太鮮明，叫她如何也不能忘記。

她一剎思緒飄至天南海北遠，記起當夜種種，不覺面頰泛紅。

卻聽父親催促道：「崢姐兒？」語氣竟微微發顫。

她霎時記起眼下情狀，連忙回神，也顧不得思量這究竟是什麼奇怪的茶水，就給祖母端去。

胡氏眼光閃動，卻未飲下，只道今兒個起得早，此刻略有睏乏，欲意歇歇，叫納蘭崢先行回桃華居。

待她疑惑至極地出了院子，正堂裡的三名長輩也坐不住了。胡氏惶恐地看向納蘭遠。「我兒，你可瞧見崢姐兒方才的臉色？」

謝氏也是驚訝至極。「老爺，莫非當真……」

納蘭遠一個暴跳起身，整個屋子都似隨之震動了幾分。「好他個……好他個……！」畜生！

胡氏眼見他往外走，急急忙忙喝道：「我兒！你這是去哪？」

但見他提了一把腰間佩劍，氣得沒了禮數，頭也不回地道：「承乾宮！」

第六十七章

胡氏驚得手發顫，唯恐兒子怒極失卻分寸，去狠狠痛揍皇長孫一頓，壞了君臣之禮，趕緊喊了院中下人阻攔。

納蘭遠是武將出身，身量魁梧高大不說，此刻勃然大怒之下自不留手，長臂一揮就接連倒了一串下人，院中霎時咿咿呀呀成一片。

但見素日對下和善的國公爺拔了劍指著他們。「誰人膽敢再攔！」說罷趁眾人嚇得哆嗦，冷哼一聲，收了劍大步流星朝府門外走去，連馬車也不安排，徑直跨上一匹快馬，一抖韁繩疾馳而出。

胡氏聽得下人回報此樁情形，一顆心都揪作一團。她這兒子素是疼愛崢姐兒，此番料得皇長孫怕已對她做了僭越之事，如何能不著急氣憤？

這事說到底還是她做得不妥。

此前無意聽見湛明珩與納蘭崢說的那句葷話，胡氏與謝氏看似風輕雲淡，卻當真吃了不小的一驚。都是過來人，這男女間的關係該是如何親暱才能輕易將此等葷話出口，她們內心明鏡似的。何況見納蘭崢聽了那話根本不曾表露絲毫厭惡反感之色，卻反作一副女孩家羞怯姿態，天曉得已聽了多少回了！

兩人因此留了個心眼，後進到府內，看似與納蘭崢閒談，實則悄悄注意她的舉手投足，見她仍似閨閣少女模樣，稍稍鬆了口氣，卻是試探問她一年多來可有受人欺辱時，見她忙擺起手，道皇長孫晝夜不分、寸步弗離守她於近旁，絕不曾叫她吃了旁人的虧。

兩人聞言心內俱都一陣慨嘆。這丫頭怎就聽不明白呢，她們自然曉得皇長孫絕不肯叫她吃了旁人的虧，可不保證他自己不會叫她吃虧啊！

什麼晝夜不分、寸步弗離的，雖知她這般講是為叫她們放心，可她們循著這些詞往深處想像，卻是越發不得安了。

這郎有情、妹有意，也都不算小了，貼身相處如何能沒個擦槍走火的時候！

故而後來，胡氏暗地囑咐桃華居的丫鬟們留意此事，最好貼身伺候納蘭崢時能夠不動聲色查個確切。卻是不知出於何故，納蘭崢對丫鬟們頗為防備，甚至沐浴時多半親力親為。做下人的哪敢違拗主子，只將情形如數回報給胡氏。

這下胡氏和謝氏徹底慌了心神。這小丫頭素來伶牙俐齒，口風又緊，若有心瞞她們，怕是套不出話來，且說到底，她幼年與兩人皆不大親近，她們也不好硬生生地問，免得叫她尷尬難堪，便商議是否有旁的法子可試探一二？不想正商議至關鍵處呢，恰逢納蘭遠來請安，將前因後果聽了個一清二楚。

納蘭遠初始也是不信的，只道婦人們心思多，卻也不敢小覷此事，怕小女兒真受了欺負，他這為人父者稀裡糊塗不知，故而在謝氏的一名丫鬟提議石楠花一法時，雖曉得如此不大上道，恐有失長輩風範，到底也沒拒絕。
石楠花本非這季節生長，卻因此花一可入藥，二可驅蟲，此前當季，府內幾名下人便收集了一些存放起來，眼下恰可拿得出手，且那腥氣尤濃。
胡氏思及此，當真又悔又恨，只覺不該聽了這主意，如今竟叫兒子「殺」去了宮裡，眉頭深蹙地盯著謝氏，眼底微有責怪的意思。
謝氏內心冤枉，也不好說什麼，思來想去道：「母親，不如我去尋一趟長姊？」
胡氏立刻冷斥：「胡鬧！現下去尋皇后娘娘，豈非不打自招了？且等老爺回來再說吧！」
一旁的下人聞言，小心翼翼去給她捶背，一面問：「老太太，那這茶……？」
她這才皺皺鼻子，揮揮手惱道：「還不快拿下去！」
納蘭遠已到了承乾宮。他一路奔馬，又吹了一遭刺骨冷風，倒叫他起始那股欲意宰湛明珩幾刀的衝動壓了下去，只是臉色依舊不好看，眼底也是一片肅殺。
湛明珩正在書房內呵欠連天地擬文書，絲毫不知風雨欲來，一個呵欠未及打至一半，忽聽宮人稟報說魏國公來了，他一愣之下趕緊示意請進，見那報事的太監仍舊立於原地，就問：「杵著做什麼，還有何事？」
那太監默了一下，為難道：「回稟殿下，奴才見國公爺面色不豫，故自作主張多提醒殿下一句。」

納蘭遠來承乾宮尋他本就奇怪，還面色不豫？他一下坐直了身板，嚴肅起來，顯見得瞌睡都跑沒了影，不一會兒就見納蘭遠隨宮人進來，果真一副殺氣騰騰的模樣。

他坐不住了，不及他步至跟前就起身道：「國公爺，這是怎地，可是洄洄出了什麼岔子？」

還洄洄？納蘭遠瞧見他這無辜困惑的臉，真想一腳過去踹翻了前頭這面案桌，卻是一瞧侍候在旁大大小小的宮人，登時一噎。

湛明珩哪會沒點眼力，當即揮退眾人，將門窗給闔了個嚴實，再問。

納蘭遠張了張嘴，又張了張嘴，本道千言萬語可出口，罵他個狗血淋頭，可到了關鍵處忽覺無法啟齒了。

湛明珩急得心跳都快了。「國公爺，究竟生了何事？」他再不說，他就要奪門而出奔去魏國公府了！

納蘭遠一咬牙，怒道：「小女無礙！只是小女隨殿下流落在外日久，殿下捫心自問，可曾做過對不起她的事？」他已是顧忌君臣身分，故而客氣稱他一聲「殿下」了，否則只怕言辭要更激烈些。

湛明珩一愣，一頭霧水地答道：「若真捫心自問，叫洄洄與我流落在外吃苦已是極對不起她。當初您身在邊關，是我防備不周，當擔得此責，我亦心內愧疚，只思忖著等過幾日手頭公務忙完了，再登門拜訪與您致歉。但於旁處……」他想了想，再想了想，覺得納蘭遠的用詞有些古怪，似乎非指這樁事，默了默道：「我一不曾在外沾花惹草，二不曾有意苛待虧薄，著實未對不起過洄洄，您此番前來，可是因她與您說了什麼受委屈的事？倘使如此，您不妨告訴我，既然她覺得委屈，便一定是我的過錯，我必然好好補償她。」

老子信了你的花言巧語！

納蘭遠尚在氣頭上，見他此番態度雖絲毫不見從前目中無人、不可一世的架勢，可算相當誠懇，卻仍舊冒火道：「臣便不與殿下繞彎了。臣此番前來，只為向殿下求證一點，殿下是否真不顧小女清白，對她做了逾越之事？否則她……否則她何以認得石楠花的氣味！」

湛明珩剎那回過味來，「轟」一下傻在原地。

他腦子裡起始是一片空白，卻是空白過後，忽又冒出當夜玉仙閣內種種景象，記起那玉指纏繞滋味，眼神變得閃爍起來。

嘩，好小子！竟當著未來丈人的面心猿意馬！

納蘭遠見狀恍似逮著了妖孽正形，霎時臉色鐵青。

湛明珩正暗自回味著呢，頓覺四下一涼，似有般般殺機迎面襲來，他猛然回神，結舌道：「不是……國公爺，您聽我解釋！」

「你還預備作何解釋！」解釋如何辱了他家崢姐兒的清白不成？他也是男人，哪會瞧不懂方才那眼色意味著什麼，若非進宮照規矩在門口卸了佩劍，恐怕此刻真要拔出鞘了！

湛明珩情急之下顧不得內心尷尬與身分次序，且納蘭遠也的確是從小看他到大的長輩，故伸出三根指頭作發誓狀。「國公爺，我與您保證，泂泂真是完璧之身，若非如此，我湛明珩現下便遭天打雷劈。」

碧空如洗，萬里無雲，哪來的雷？他抬頭望一眼天際，似乎覺得如此不夠證明清白，補充道：「……斷、斷子絕孫也成！」

這誓夠毒。納蘭遠上下起伏的胸脯稍稍定了些，狐疑地瞧他一眼。「殿下此話當真？」已然稱呼回「殿下」。

「自然當真。」湛明珩心知此情此景已避無可避，只得將事情原委一一道來，當然，省去了實際情狀。

納蘭遠一面聽一面訝異瞠目，消化了半晌才問：「除此情非得已之際，可還有旁的？」

湛明珩忙搖頭。「絕沒有了。」他非是敢做不敢當。雖彼時的確曾與納蘭崢戲言，望她此後多來幾回，可後來軍營裡練兵著實太折騰人，她日日疲乏至極，他根本沒忍得下心，皆是自己強壓了下去，故而當真只有那一遭。

納蘭遠終於稍稍緩和了臉色。

站在他跟前的是小輩沒錯，卻也是大穆未來的天子，與他隔著君臣的界限，他如此怒髮衝冠興師問罪已是僭越，本就不能真拿湛明珩如何。可如今這孩子竟連中藥這等丟臉面的事都清楚道來，而非尋了其他藉口，足可見得對納蘭家的重視。

儘管如此做法仍叫他替小女兒覺得委屈，卻到底不似起頭那般冒火了。他尚且無從得知兩個孩子這一路究竟是如何跋涉而來，聽聞這等險事，一腔憤怒也多化作了心疼。一個尚未及笄，一個不至弱冠，多少九死一生，多少艱難坎坷……罷了、罷了！

湛明珩的確是顧念納蘭崢，也知納蘭遠非是恃寵而驕的臣子，才不氣不惱，耐心說這些的。眼見他氣消一些，便親自斟茶，請他落坐。

兩人尷尬對坐一會兒，好歹鬆快了，和和氣氣談了起來。聽納蘭遠問起此前一路情狀，湛明珩也俱都仔細回答，後又出言和他商議與納蘭崢的婚期。

皇太孫的婚儀，納蘭遠是沒有資格決定日期的，就連湛明珩自己也無法全然拿主意，至多不過從禮部呈來的幾個選擇裡挑揀一個順意的，故納蘭遠也曉得，他此番算是給足了自己面子。

納蘭遠從單子上列出的幾個吉日裡擇了正月十六。湛明珩毫無異議，當下執筆圈下，命人將單子即刻送往禮部。

待諸事商榷完畢，納蘭遠提出最後一個請求。「殿下方才說要致歉，卻是不必了，既然婚期已近，臣懇請殿下這段時日莫再與小女碰面。軍營裡的事，殿下雖未與外詳說，卻免不得有人回過頭來細品，要對小女所遇浮想聯翩，以至閒言碎語。臣希望殿下能夠顧念小女，莫叫她再受那等委屈。」

湛明珩聞言垂了垂眼，很快便答：「既是為她好，國公爺說如何便如何。還有一樁事，您方才提及她對身邊丫鬟頗為防備，我想了想，許是桃華居的下人皆在此前被遣散，如今重又安了一批生面孔，她一時不習慣的緣故。且因先前被人於閨房擄走，如今難免留有戒備，下意識小心謹慎些。我這邊有名伺候過她的丫鬟叫『岫玉』，倒可免她提心吊膽；此外，為汲取教訓，還得有個貼身護衛她的人才好。我已命錦衣衛破格錄用一名原皇祖父身邊的女子暗衛，此人決計可信，便與岫玉一道去桃華居當差，您看如何？」

耳聽得他言談間對崢姐兒瞭若指掌，且處處關照，細緻有加，納蘭遠起初的怒火已然消散得差不多了。

實則他原先生氣，不全是因這番誤會。他雖多年來對此樁親事多有思量準備，但後來人在北域禦敵，皇家一聲招呼沒打地就賜了婚，難免叫他有些不舒坦。如此便罷了，等他鬼門關前打個來回，凱旋歸京後，竟聽滿朝皆在傳崢姐兒美色誤國的風言風語，再過不久，又得知那樁假死的消息。

接二連三地，為人父者當真痛心冒火。雖湛明珩自己也是吃盡苦頭，但納蘭遠以為，他就是該擔這責的。如今瞧他一來敢做敢當，二來也對崢姐兒呵護備至，甚至甘願放低身段，才算稍稍寬了心。

回府後得胡氏與謝氏詢問，納蘭遠自不會將未來女婿的醜事說給婦人們嚼舌根，主動替湛明珩尋了個藉口，只說誤會一場，不過是崢姐兒替他清洗過貼身衣物的關係。

胡氏與謝氏也跟著鬆了口氣。

納蘭崢對此事從頭至尾不知情。見鳳嬤嬤領著岫玉與一名叫「井硯」的女護衛一道隨父親回了府，說是皇長孫的意思，只道他二人一塊在忙公務，故而順便安排了這些人一路。

她也的的確確感覺到些許古怪。譬如此前在軍營裡，她與湛明珩皆是自己洗自己的衣裳，卻不知為何竟被祖母誤會她替他忙碌操持了？只是鳳嬤嬤一回府便教她這個那個的，叫她忙得腳不點地，壓根沒時辰思量這些細枝末節。

大半個月後就是納采問名禮。雖說三法司尚未將謀逆大案清查徹底，但湛明珩臨危救國，冤情已然洗刷，故而恢復了太孫身分，一切典禮皆照皇太子的規制辦。

此前及早擇定日期後，昭盛帝已命官員前往太廟祭告，以犢祭牲，添輔祝文。漸近期日，皇宮裡一天便布置起來。金鑾殿前設好了御座，由鴻臚寺設制案節案於御座前，內官監禮部陳禮物於文樓下，教坊司設中和樂於殿內，錦衣衛設鹵簿於丹陛丹墀。再見禮部設采輿、教坊司設大樂，俱都恭候於金鑾門前。

這場面光說熱鬧已不夠，足可稱莊嚴隆重了。

魏國公府為迎接翌日的使節儀仗也是好一番準備，等消息傳來，說昭盛帝主持完宮內儀典，浩蕩喜豔的儀仗隊已出金鑾門左門，便是人人「嚴陣以待」，一陣緊繃。

待儀仗隊行至魏國公府敞亮闊氣的正門，當先可見高踞馬上、身穿吉服的正副二使，繼而再有儀仗大樂分列，正中為采輿。

國公府眾人照規矩謹慎行事，迎禮官及主婚人入內。兩者依禮分立正堂東西，禮官宣布奉制聘皇太孫妃，後由正副兩名使節主持納采問名禮，其間說辭、站位、跪拜幅度及方向俱都一板一眼，連納蘭遠也覺儀式隆重得頗顯壓迫，兩次「四拜禮」順利完畢後才算鬆口氣。

納采問名時，納蘭崢不須出面，是再過幾日的納徵告期冊封禮才有得忙活。

只是她也算千軍萬馬當前氣定神閒的人了，自不至於被這般場面唬住，且在鳳嬤嬤教導下已然將儀典諸禮爛熟於心，當日一身都麗具服出席，經女官與宮人簇擁受讚、受冊，但見儀態端莊，絲毫不露怯色，傳至宮中，一時也釀就一段佳話。

第六十八章

納徵時送來的東西頗叫人眼花繚亂，禮單列了足足九尺長，當先可見符合太孫妃規制的玉谷圭、珠翠燕居冠、白玉鈎碾鳳文佩等上百樣衣飾，其後是價值不菲的金子、花銀、珍珠、寶鈔，又有各色綾羅紗緞與錦被、漆箱及胭脂，再見胡桃纏糖、蜜餞、圓餅等吃食。而大婚當日須著霞帔等物及紅杖、絳引幡等儀仗也由內官一併及早送至。

納蘭崢忙得連記掛湛明珩的時辰都沒有，好不容易年前諸禮完畢，已是臘月中旬，她歇養了幾日，陡然記起一樁要緊的事，大了膽子向鳳嬤嬤請示，望她能准許自己入宮一趟。

鳳嬤嬤得了魏國公囑照看緊她，當下一口回絕，即便納蘭崢與她百般解釋，苦稱翌日乃一位故人忌日，此番是想與太孫一道去祭拜他，卻也不見鳳嬤嬤有絲毫鬆口的跡象。

她曉得婚期已近，如此的確於禮不合，若非因此前湛允絕筆信內所述黃金臺之約，也絕不會提此無理請求，聽罷只得悶聲回了房。不想翌日卻聽下人回稟，說老爺今兒個休沐，受宣須得入宮一趟，問她是否要同去？

納蘭崢一愣之下想通了其中環節。昭盛帝如今撒手不問朝政，安心養病於太甯宮，成日多只操心湛明珩，想來不知從何曉得了納蘭崢的這份心思，故才下了道瞞天過海的旨意吧。

她為此謝過父親，再懇請父親代為謝過聖上隆恩，一路上也不知講了兩位長輩多少好話，像是將下半輩子的讚詞及早都說盡了。

納蘭遠知她出閣在即，近日裡格外孝順懂事，時常侍奉長輩左右，竭力彌補此前離家多時的缺憾，可一面聽她天花亂墜，卻也一面忍不住哀嘆嫁出去的女兒真如潑出去的水，顯見得眼下是父不如夫了。

馬車緩緩行近午門時，父女倆聽見前頭傳來一陣嘈雜響動，似是有人與守門的侍衛起了爭執。

一個粗嗓門豪氣道：「你去裡頭通稟一聲，就說我是斷鳴營的神射手吳彪，太孫殿下保管給我八抬大轎抬進去！」

一個聲音在旁勸阻。「你胡說什麼沒規沒矩的！」轉而道：「這位爺，實在抱歉，能否請您通融通融？」赫然是吳壯的聲音。

「實在見不著就罷了……」這個是錢響。

三人好說歹說，正懊惱著呢，忽見幾名侍衛目光一閃，看向他們身後，繼而齊齊屈膝下跪。「參見魏國公。」

一回頭，就見一輛深黑大漆的馬車停在原地，顯見得車身寬敞，雕紋氣派，極盡富麗奢靡。

吳壯暗暗「嘶」了一聲。「魏國公」這三個字似乎在哪聽過？隨即便聞車內傳來一個渾厚低沈的男聲。「此三名將士是我的友人，替他們備了車駕，好生領往承乾宮。」

幾名侍衛不敢有異，趕緊照做。

吳彪一陣欣喜一陣驚訝，待步入承乾宮的宮道，就見吳壯猛地一拍大腿。「我嘚個天，記起來了！方才那可是顧小兄弟她爹？」

說罷就見迎面拐角處繞過來一行人，恰是納蘭崢和緊隨在後的岫玉與井硯。

納蘭崢見狀，回頭瞧岫玉一眼，露出幾分無奈神色。

她如今將要及笄，且婚期漸近，凡事皆須較從前更謹慎，方才為了避諱外男，刻意擇了別的彎路，耽擱了好一會兒，卻不想仍舊與他們碰上了面。想來是這三人一路有說有笑，邊走邊賞玩，故而才這般磨蹭。

既是撞上，再躲便失禮了。她只得上前去，接過吳壯的話。「正是家父沒錯。」

三人看清她的臉容，險些齊齊掉了一地的下巴。

不識字的吳彪：美，太他娘的美了！

唸過幾行書的吳壯與錢響：美若天仙、美不勝收、美絕人寰！

眼見前面不遠的嬌小人兒裹在雪白底樣、綠萼梅刺繡的披氅裡，凝脂般的肌膚微微透紅，烏亮的眼底略含幾分禮貌笑意，頰邊梨渦若隱若現……他們一個個都想狠狠踩一腳自己的靴子。

這姑娘不是顧小兄弟是誰？當初得是多有眼無珠，才能大半載認不出她的女兒身啊！尤其吳彪，當真萬分後悔。實則他的鳥在見到納蘭崢的第一眼就給了他提示，可他竟愣是未能弄明白那日它格外膨脹的緣由。

岫玉與井硯跟在納蘭崢身後一截，一瞧對面三人虎狼般的眼色，頓時不爽利了。身量高眺，不輸男子的井硯當先上前一大步，將納蘭崢擋了個死，目光森冷，一隻手扣向腰間繡春刀，似乎隨時預備拔刀出鞘。

吳彪見她這般，一樣十分不滿。「嘿，我說，這就不夠意思了！咱們與顧小兄弟是生死之交，曾同……」

吳壯和錢響一道猛然出手，死死捣住了他的嘴，悄聲道：「你不要命了！」

實則關乎此前軍營諸事細節，斷鳴營的將士皆被湛明珩關照了封口。一來，大夥兒的命都是太孫給的，本就肯聽話；二來也是曉得，太孫既是重情重義給了面子，他們便不該敬酒不吃吃罰酒，否則滅個口還不容易？故而俱都十分守規矩。

吳彪此番無意失言，臉色倏爾一白。

納蘭崢給岫玉使了個眼色。

岫玉見狀心領神會，上前一步道：「方才之言，小姐權當不曾聽過，還望諸位將太孫吩咐謹記在心。」說罷伸手一引。「請吧。」

吳壯與錢響趕緊謝過，一人一邊架起吳彪走了。

湛明珩正在書房裡來回踱步轉悠。最初知曉納蘭崢的關切心意時，他是無比激越的，甚至揮退了方圓一里的下人以圖清靜。早在三刻鐘前就聽宮人回稟她來了，至今仍遲遲不見人影，也不知被承乾宮哪處角落的秀麗景致給絆住腳步？她這般愛瞧，來日可不有得是時機瞧。此番一別兩個月，循規蹈矩的，連信箋往來也不曾有，就不能好好衝他來？

思及此，他越發不高興了，一眼瞧見一旁一方臥榻，順勢和衣不脫靴地躺下去，繼而閉眼側耳細聽。待辨及腳步聲漸近，便趕緊如病入膏肓之人一般大咳了起來。

卻忽聽身後一個粗獷的男聲訝異道：「呀，殿下金體……哦不，銀體欠安？」

他素來反應快，一耳朵聽清來人身分，臉未及黑，人先暴起，當下拿食指虛虛戳了吳彪的鼻梁骨罵道：「什麼金體銀體，那你是不是銅體鐵體？」說罷朝四面喊：「是誰准這三名歹人進我書房的？」喊完才記得，下人都被他揮退走了。

他話音剛落，槅扇外便再進來一人，眼見得是盈盈款款，一步一履婀娜多姿，好似攜香而行。

久別重逢第一眼，納蘭崢就瞧見了齜牙咧嘴、面目猙獰，額角青筋暴起的未婚夫。

湛明珩霎時思量明白前因後果，神色大緩，甚至嘴角勾起點笑意，盯著納蘭崢頓也不頓地接話道：「准得漂亮！」

納蘭崢憋著笑瞪他一眼，隨即瞥了瞥書房裡間的方向。

湛明珩點點頭示意她進去，轉頭心情大好地問三人：「怎地，尋我何事？」竟也未再擺太孫的架子。

吳壯與錢響齊齊給他行禮，吳彪卻傻在原地，目光像給納蘭崢黏住般一路緊追，見她緩緩踱步向裡，跟在後面的侍女則伸手解開她的披氅，似乎下一剎便可叫他窺見包裹在內的曼妙身段。

湛明珩翻臉比翻書還快，一下子斂了笑意，大步上前單手一拎，將他狠狠摜至地面。

「你眼睛往哪放？不要我給你剜了！」

如此一番天旋地轉後，別說納蘭崢，吳彪怕連爹媽也快不認得了。

納蘭崢哭笑不得，卻也不再多作停留，進到裡間揀了張玫瑰椅坐下，捧起手爐聽外邊幾人談話。這才曉得，原來錢響準備歸鄉去了，特意來與湛明珩道謝別過的。

此人原先之所以總瞧湛明珩不順眼，無非見他似乎出身富貴，而錢響的髮妻恰是跟了當地一個有錢有勢的大財主跑了，故而此後格外憤世嫉俗，總跟錢過不去。湛明珩得知了他的境遇，回京後隨手往底下差使，便將他那位鑽進錢眼裡的髮妻給揪了出來，且順帶查了查所謂的大財主，剛巧給他查出個姦污罪來。

錢響如今便要意氣風發地回鄉收拾人了。

湛明珩不願納蘭崢多等，且心內也的確煎熬急迫，沒說幾句就叫宮人將他們領下去好好伺候宴請一頓，拿山珍海味打發了三人。

接著他大步踱至內間，給岫玉與井硯使了個眼色。

兩人十分識趣地退下了。

納蘭崢將手爐擱去一邊，起身上前，稍稍踮足，替他將攢了人後縐巴巴的衣襟撫平一些，道：「你送客也送得太快了些，畢竟同僚一場。」

見她靠近，湛明珩的呼吸霎時一緊。總覺兩個月不見，眼前的人似乎哪裡不同了，不只舉手投足間的風華氣度，亦不只越發姣好惹眼的面容身段，像還有別的什麼。

他擰眉思索半晌方才恍然大悟——是她如今渾身上下皆透出一股溫柔情意，幾分體恤，像極了為人妻者。醒悟一剎，他快意地鬆了眉頭。

納蘭崢卻瞥見了，抬眼橫他。「可是我哪處說錯了？」

湛明珩搖頭，笑意幾乎從眼角漫至眼尾，將她的手攥在掌心道：「當然不錯。」說罷低垂了頭像要去親她的唇瓣。

卻是唇角將將相觸時被納蘭崢給推拒了。就見她紅了臉，氣急道：「你別……我隨父親一道來的。」言下之意，就怕被他吃完一頓，腫了張嘴回去。

湛明珩動作一滯，停了下來。是他美人在懷，思慮不周了。他此前遭遇過一番尷尬，自不願叫臉皮薄的她重蹈覆轍，只得吞了吞口水忍了。

既是叼不著肉，他也就不願在這逼仄的裡間燒火了，一手拎起腳邊三罈佳釀，一手牽著她往外走。「走吧，去黃金臺。」

當世存黃金臺兩處，一為河北省境內，戰國時期燕昭王所築，亦稱招賢臺；二為大穆開國太祖皇求賢若渴，有感於史，於武英殿附近仿建。說起來，這也是大穆朝重武輕文的伊始。而彼時湛允在信中所提，便是後邊這一處。

兩人未帶隨從，因心緒飄放得遠，一路皆是沈默無言，待到了黃金臺亦是心照不宣，各捧一罈酒祭了天地。過後，湛明珩沒說一句話，只負手立於原地，眼望天際良久，直至不大暖融的日頭當空了，方才再牽起納蘭崢往停在不遠的轎輦走。

她亦如他，相信英靈在天，自當瞧見此情此景，無須出口多言。被攙扶著上了轎輦才微微偏過頭，盯著他不大明朗的側臉，鄭重道：「湛明珩，咱們就快相識八個年頭了，很久以前我是你的友，從今往後便是你的妻。」有人離開了，可她還在。

他聽罷緩緩眨了一次眼，「嗯」了一聲，繼而在她堅定的神色裡伸手替她捋過一絲被風吹落在嘴角的鬢髮，望著她笑道：「妳吃頭髮不嫌髒？」

一如彼時韶光三月皇家春獵，景泰宮裡頭一次對她失禮那般。

她抿唇一笑，似乎想通了什麼，目視前方低聲嘟囔道：「原來當年就『包藏禍心』了啊。」

湛明珩一愣，冷哼一聲想否認，卻記起她方才那番話，一時心內柔軟，舌頭打了幾回架，最終彆扭道：「妳愛這麼想就是這麼個樣吧！」

第六十九章

祭拜完後，納蘭崢便隨父親回了府。

臨近年節，魏國公府裡裡外外張燈結綵，好不熱鬧。加之此前納采納徵的喜色尚未消散，這個年過得可謂喜上加喜。除夕當夜，一家老少一道守歲，納蘭遠喝多了，說是懊悔揀了正月十六這個日子，就該緩幾年再許納蘭崢出閣的，這不，眼下已是這輩子最後一回與她一道守歲了。

納蘭崢一面勸他喝酒傷身，莫再豪飲，一面忍不住落淚，內心感慨萬千，竟及早哭上了。

出了年關，婚事後續諸儀複又張羅起來，她忙得壓根沒時辰多愁善感。似只一眨眼的工夫，就見宮裡的內官送來了催妝禮。

正月十六，大婚親迎當日，湛明珩先在皇宮裡受醮戒禮。逢吉時，鴻臚寺出身的兩名贊引人身穿朝服，於文華殿門前恭候，見太孫步出便行叩首禮，繼而與侍從官一道將他引至金鑾門，由左門入內。

滿朝文武俱都盛服出席，待響遏行雲的擂鼓聲起過三次後，便見昭盛帝頭戴通天冠、身著絳紗袍而出。百官在大樂聲裡齊整跪伏叩首，遠望如江潮傾倒，浩浩蕩蕩。

昭盛帝的臉色看起來並不康健，原本該當安心臥床的，卻是兒孫們左勸右勸，好說歹說，也沒能攔得住他躬身主持醮戒，甚至等湛明珩一板一眼全了跪儀及啐酒諸禮後，親口出言戒命，聲色洪亮道：「往迎爾相，承我宗事，勗帥以敬。」

湛明珩執禮的手微微一顫。他曉得皇祖父為這句話苦熬了多久，也曉得他已多時不得響亮言語，短短十二字，怕是竭盡了氣力。以他耳力，甚至能聽見話音剛落，就從皇祖父的喉嚨底傳來一陣細微的顫響。

他強自按捺憂色，默了一瞬後頷首答：「臣謹受命。」隨即在一旁贊引人的高喝聲裡複再行禮。

待醮戒完畢，湛明珩去搭建在午門外的幕次裡頭褪下袞冕，換上符合太孫規制的朱色皮弁服，一面伸展手臂由人伺候穿戴，一面交代身後的錦衣衛副指揮使方決。「派人顧好皇祖父，看緊太甯宮，親迎隊伍出午門後，任何人未經容許不得以任何緣由靠近太甯宮方圓一里。凡擅闖者，一律……」他說到這裡一頓，想起今兒個是什麼日子，最終在方決困惑的眼光裡繼續道：「一律拿下候審。」

方決頷首應是，領命下去。

湛明珩忙碌時，納蘭崢亦在魏國公府受醮戒禮，場面雖比不得金鑾門前滿朝文武集聚一堂的壯闊景象，卻也一樣十分隆重。

她先是穿了身朱金疊色的燕居冠服，隨納蘭遠與謝氏一道去往祠堂，在祖宗跟前行了諸禮，再到正堂聽長輩的戒命。

阮氏也一道出面了，顯見得很緊張，不知是激越或是不捨，眼圈泛紅，只跟在謝氏後面輕聲道了一句便了。

納蘭崢頓覺鼻端酸楚，卻不敢在這等吉時掉淚，拚命忍下，好歹捱過了最叫為人子女感懷的醮戒禮，就被一眾丫鬟婢女攙回去有條不紊地換起親迎時須著的翟衣。

待穿戴完畢，歇息片刻，便聽府門外隱隱約約傳來了樂聲，隨後似有贊引者跪請皇太孫降輅。

與事前算好的吉時掐得一分不差。

岫玉聞聲俯下身，在納蘭崢耳邊悄悄欣喜道：「小姐，申正了！」

她聽見外邊動靜就已曉得，只得回頭無奈地剜一眼身後人。「妳每隔一刻鐘便報一回時辰，是想叫我這心都跳出嗓子眼不成？」

岫玉卻壓根未聽明白她說什麼。她出了個大神，饒是女子也被這驀然偏頭、似怒似嗔的一眼瞧了個三魂不存，七魄不復，一剎骨騰肉飛。

起頭遠遠透過銅鏡瞧婢女們替納蘭崢點妝，尚且未能望出究竟，如今妝成，擱眼皮子底下一瞅，先見額間花鈿燦亮一閃，再見眉如遠山，霞飛雙頰，往下是微微啟開一線的秀麗朱唇，與懸在雪色耳垂晃悠的墜子，及頭頂九翬四鳳冠上鑲嵌的翡翠珠花、垂墜的珠結相襯，堪為顛倒眾生的豔絕之色。

納蘭崢見她目光閃爍，一味張著小嘴發呆，道是面上哪處妝點得不對，趕緊回頭往銅鏡瞅。卻恰在此刻聽聞外邊贊引者一聲高過一聲，似乎是湛明珩穿過中門的幕次，人已至中堂了。

她的呼吸越發急促起來，一顆心上上下下跳竄得厲害。年前與湛明珩在承乾宮別過，他曾戲說她大婚當日莫要緊張得摸不著北，彼時她胸有成竹，甚至反嗤笑他可別一腳踩空了門檻，跌個四腳朝天，誰知如今光是安安分分坐著，就已上氣不接下氣了。

似乎相識再久，到此刻也像全然歸至起始，一如當年雲戎書院隔花初見，她被他牽了手避於茂密矮叢，為此嗅見他周身淡淡的龍涎香氣，陌生而忐忑。

兩名女執事在此間等候片刻，便替她蒙上喜帕，攙著她緩緩走了出去。還十分體恤，曉得她難免緊張腿軟，故而借了大半的力道給她。

中堂裡，主婚人與主母一左一右分列東西，湛明珩靜候當中，內官們齊整地垂首跟在他後面。

納蘭崢被引至主母謝氏的下首位置停下，繼而悄悄抬起眼看向湛明珩。透過喜帕朦朦朧朧瞧見他行止從容，自內官手中接過一對活雁，睽睽眾目裡默然行了雁奠禮，在香案前幾退幾進，幾拜幾起，自始至終冷靜自持，謹慎守禮，不曾朝她這向瞥過一眼。

思及此，她趕緊收回目光。這目光旁人察覺不到，湛明珩這等練家子卻不會不知，一會兒可要被他拿來笑話她了。

禮畢後，湛明珩當先退出去，由引禮官開道步至中門外邊。女轎夫舉了鳳轎候在中門內，待納蘭崢款款行至，內官便在外頭跪請皇太孫複再行入中門，替太孫妃揭轎簾。

這節骨眼可說是兩人在行合巹禮前靠得最近的一剎了。湛明珩哪肯放過，一手負於身後，一手揭開轎簾，在她彎身而入時稍稍俯首，低聲笑道：「方才瞧我瞧得可還滿意？」

果真被他發現了。

納蘭崢心內一陣羞惱，此刻卻是回不得嘴，且他也重新站直了身子，她只得隔著喜帕狠狠瞪他，像要將那張俊俏的臉剜出個血窟窿似的。

湛明珩一彎嘴角，將轎簾擱下，隔絕了這般飽含「濃情密意」的注視。

待太孫妃入鳳轎，皇太孫入輅車，內官起一聲高喝：「升轎升輅——」儀仗隊便以極盡莊嚴之勢向皇宮緩緩行去。碩大一面赤色的絳引幡迎風獵獵翻捲，整個隊伍遠望宛若一條細長蜿蜒的遊龍。因午時過後，沿道車馬一律禁行，一路上除卻樂聲再無其餘響動。

天色漸暗，由長安左門入午門後，隨行的車駕儀仗、官舍官軍、侍衛侍從俱都止了步。湛明珩改乘輿車，納蘭崢則另行換了一頂鳳轎。

她端坐轎中，腰背筆挺，手心卻沁出了汗。

接下來就要入承乾宮的內殿行合巹禮了。

待轎子緩緩在殿門口停穩，天已然黑透。納蘭崢遠遠瞥見湛明珩似乎被引入殿內稍候，而她則被女官們簇擁著去幕次裡頭，揭了喜帕，修整妝容與衣飾。

照大穆皇室的婚制，揭喜帕這一環節是不由皇子來做。沒了層遮羞布，她那顆心更是七上八下，好不容易從幕次裡出來，端了儀態入殿，一眼瞧見湛明珩竟覺呼吸一窒。

她是眼下方才將他看清楚。一身氣度非凡的皮弁服，上為朱色絳紗袍，下為紅裳，黃色的玉圭上尖下方，垂於領下正中位置；衣飾玉珮兩組，俱都是雕雲龍紋描金了的，白色的綬帶掐在腰間，威儀逼人。

再移目往上，但見頭頂皮弁玉珠簪紐耀人，朱纓繫在他的頸側，襯得他膚白唇豔。他的眼望著她，似乎含了幾分篤定的笑意。

湛明珩的確在篤定，篤定她瞧見他後必有緊張至氣急的一刻。但他也著實端不大住了，全靠平素面對滿朝文武時擺慣了的那份肅穆在死死支撐。

此前親迎，他顧忌禮數未曾多看，更沒能瞧見她的臉容，如今相對而立，得以窺見全貌，當真被惹得移不開眼。

昨日尚且含苞待放的小人兒如今已出落得亭亭玉立，螓首蛾眉，娉婷婀娜。她站在那處，張燈結綵的大殿及投於她後方天幕的燦亮星辰俱皆黯了顏色。

納蘭崢或許不曉得，在湛明珩眼底，她這一身華貴得體的青紵絲繡翟衣，已然成了瞧不見的廢物。

虧得吉時未至，兩人才能夠如此堂而皇之地你瞅我來我瞅你，瞅得起勁。待贊禮人掐準了時辰，便不得不轉開目光，站定了拜位，繼而互行拜禮，完了便是合巹。

皇室的合巹禮極為考究，素有「三飲三饌」之說。也就是每一回交杯過後，皆要在女官服侍下輔以吃食。

殿內布置喜慶，正中一張足有丈長的案桌上頭擱著各式金器盤盞，各有象徵的胡桃木碗、胡桃木托、胡桃木種子等物，羅列得相當齊整。

兩人一道坐下後便被奉上斟了七分酒液的金爵，各執一爵，雙臂相纏，湊至對方唇角。納蘭崢勞碌了整日，此刻手都有些不大聽使喚，爵中酒液微微震顫，蕩漾起波紋。湛明珩垂眼一瞧，悄悄扣緊她的手臂，借力給她，才算全了第一回合巹。

如此反覆三回，吃了三樣象徵吉祥如意的點心才算禮畢。女官們及贊禮者彙至一線退了下去，再有一行婢女上前，預備服侍湛明珩與納蘭崢各自沐浴更衣。

兩人至此仍未能說得上話。

內殿至淨房有一段路，恰好用作消食。納蘭崢卸下一身重負才覺鬆快，入了浴桶後被服侍著好生揉搓開筋骨。水氣氤氳得厲害，叫她昏昏沈沈，疲累得睡了過去，直至身邊的婢女硬生生喚了她好幾聲，方才起身穿戴好，遊魂似的前往寢殿。

湛明珩比她先拾掇完，一身常服襯得肩寬腰窄，坐在拔步床的床沿翻著本什麼冊子，眼見得多數時候眉頭深鎖，偶爾露出些恍然大悟的神色，似乎看得十分入迷。且是入迷得忘了側耳細聽，以至納蘭崢離床榻只剩一丈遠了方才頓下翻頁的手，迅速將冊子往袖子裡一藏。

虧得納蘭崢尚且有些迷糊，也未全然看清，等湊近了才奇怪問：「你翻什麼呢？這麼認真。」

湛明珩泰然自若，正色道：「本想處理個公文，既然妳來了便不翻了。」說罷給四下婢女使了個眼色，示意她們退下，繼而拉她一道在床沿坐下。

納蘭崢睏倦時反應要比平日遲鈍一些，揉揉眼睛「哦」了一聲。

湛明珩瞧她這冷淡的瞌睡模樣，臉登時就黑了。「妳是幾日幾夜沒得合眼了？」

她也自覺不該，霎時停下揉眼的動作，強打起精神，朝他笑了一下。「是浴桶的水太暖和，我在裡面睡了一覺，還未醒神。」說罷就覺湛明珩死死盯著她的臉，一瞬不瞬。

她奇怪地摸摸臉蛋。「我的妝沒洗乾淨？」她只顧睡覺，的確都不記得自己何時洗了妝，全交由婢女們打理了。

湛明珩竟「嗯」了一聲，隨即拽起她的手腕，將她摟進懷裡，也沒個徵兆就去叼她的唇瓣，一面含糊道：「沒洗乾淨，我來……洗……」

納蘭崢一下醒過神來，徹底記起了此刻情狀。

先前與他同床共枕慣了，一道坐在床沿也覺無甚緊張，竟是在浴桶裡睡了一覺就忘了今時已不同往日。她的餘光瞥見一旁燃得正旺的喜燭，心也似與那火苗一般竄動起來。

湛明珩高挺的鼻梁隨著這番動作抵向了她的臉頰，觸及之處恍惚一片滾燙。

但他並不急於攫取濕潤芬芳，只在她兩處唇角來回輾轉多時後繞行別處，一路吻過她的鼻尖、眉心，再落下吞咬她微微染了層紅暈的耳垂。

納蘭崢無須再勉力強打支撐，因為她太精神了，精神得渾身每處關節都起了戰慄。鋪天蓋地皆是他驚心熟悉的氣息，反反覆覆的耳鬢廝磨裡，也不知是忐忑或是沒力，她被他吻得喘息不止，手腳綿軟，只得任他施為。

湛明珩見她面泛紅潮，鬈曲的睫毛因雙眼緊閉不停打顫，再按捺不住，順勢就將她放倒，卻是手方才伸出，還不及抽起她腰間繫帶，就被她推了胸膛一把。

人都在他身下了，還妄想推得開他？他動作一頓，支起手肘，好整以暇地垂眼看她，似是預備好好瞧她忽然喊停是想做什麼？畢竟此前有過太多回戛然而止的經驗，他早已被她練就得能將體內那團火掌控自如了。

可納蘭崢也實在不曉得自己想做什麼，只是總覺方才那一覺睡得極不對勁，將她醞釀了一整日的心緒都給攆跑了，故而缺了點準備，心內有些不安。

她盯著他，乾嚥了一口口水，眼珠子一轉，情急之下口不擇言道：「湛明珩，我們……」

湛明珩微笑，沈聲問：「嗯？」

「多久沒對弈了啊？」

「……」

納蘭崢見他啞然，揪準了時機道：「你陪我下盤棋吧，好不好？」眼光裡透出十二萬分的期許。
湛明珩也沒了起先的從容，咬牙切齒起來。「妳確定？」
她點頭如搗蒜。
他深吸一口氣，忍耐道：「下完了呢？」
「完了就……」她面露難色，曉得他是有意調侃，卻是此刻有求於人，沒法不應，只得心一橫，含蓄道：「就隨你。」
於是乎，洞房花燭夜，良辰美景時，皇太孫與太孫妃就這樣在寬敞的拔步床裡相對棋盤而坐，對起了弈。
湛明珩鬱卒地托腮於案沿，下手卻絲毫不留情，噼哩啪啦地將納蘭崢落的子堵得出門無路，一面狀似漫不經心地冷言冷語道：「納蘭崢，妳的棋藝退步了啊。」似含教訓之意。
她本就是只想拖延些時辰罷了，壓根沒心思下棋，更別提靜下心來破他的局了，故而一路失守，招招皆被殺退，眼見一盤棋不過半盞茶工夫就要了結，只得哭喪著臉看他。「你不能讓讓我嗎？」
讓讓她？讓讓她是要將這棋下到天亮去？
湛明珩冷哼一聲。「妳不是素來不喜別人讓妳？」
納蘭崢面上帶了些討好的笑意。「你如今不是『別人』了嘛！」
這話聽著總算還挺舒心。湛明珩覷她一眼，揀了個空處落棋，讓她一子。

只是一盤棋終歸下不了太久，再過半盞茶，納蘭崢還是輸了。眼見棋盤被收走，湛明珩欺身過來，拔步床內複又歸於一片曖昧，她忽然摸起了肚子。「湛明珩……」

他的臉已快黑成焦炭，一面靠近她，一面眯起眼冷聲道：「妳有本事就說妳肚子餓，然後豪吃一頓，再說妳要消食，消完了再摸一遍肚子，說妳想去大解。」

他怎麼知道的！他是她肚子裡的蛔蟲不成！

納蘭崢被他逼至床角，只好覥著臉尷尬道：「只是有一點點餓，不吃也沒事的。」

湛明珩卻充滿邪氣地笑了一下。「不吃？餓壞了可如何是好，當然得吃了。」

她眼睛一亮。「真的嗎？這會兒御膳房還存了什麼吃食？」

「呵呵。御膳房沒有吃食了，妳跟前倒有。」說罷忽然湊上去，俯首拿嘴一把扯開她的衣襟，低啞道：「吃我就是了……」

一刻鐘後的納蘭崢勉力瞧了一眼將她圍堵在床角，一手錮住她肩，一手四處游移的人，頭昏腦脹地想，到底是誰吃誰啊？

他這一頓埋頭苦吃也太久了，即便她得了床角倚靠，身子依舊一陣陣地發顫發軟，像是隨時都能癱倒下去。

湛明珩百轉千迴地品攫甜果，聽她萬般隱忍卻仍不住破碎出聲，只覺心曠神怡，再不得顧忌她，稍稍變換個姿勢，趁她尚且茫然無措，一個乾脆狠狠躍馬橫戟而上。

納蘭崢毫無防備，吃痛之下險些吶喊出聲，方才化作一灘爛泥的身子複又繃緊，眼眶裡一下溢出淚花，也不知是因這一刻的徹底交托而激越涕零，或是當真疼得受不住，啼哭似地叫他：「湛、湛明珩……」

湛明珩也因此舉失卻了此前不緊不慢的步調，拚命喘了一陣才壓抑下什麼。他停在那處，一面輕柔吻去她頰邊淚花及額間細汗，一面疼惜道：「洄洄，不哭，我輕一些……」

燭影搖紅裡，無數起始細微，後越發不得抑制的響動激盪迴旋在殿內。身在其中之人，宛似於大海之上駕一船星輝悠悠蕩蕩而行。

逐浪飛花，漂泊無期。

第七十章

納蘭崢都不曉得自己是如何捱到頭的，只覺那句「輕一些」當真不過哄騙哄騙她罷了。正當渾身痠軟時，她隱約記起昨年曾花了多久解他的藥，內心便越發絕望翻湧。偏她說話不能，想出口罵他，張嘴卻是難以抑制的斷續嗚咽，反叫他征伐之意愈濃。

她還記得羞，只好咬牙閉嘴。直至迎來那移山倒海、日月顛覆一般的傾注，幾乎兩眼一抹黑就要暈厥過去，不想身上那人洩了一股勁，驀地朝她壓了下來，竟活生生將她給壓清明了，繼而便聽他趴在她肩窩一陣急喘，淋漓的汗水盡數淌下。

連湛明珩都成了這般，更不必說納蘭崢。她亦將正月過成了仲夏，一頭及腰烏髮濕了大半，鬢髮黏連，面色酡紅，像中了暑熱似的透不過氣來，只得勉力拿手去推他。

湛明珩被這輕飄軟綿的一推給推醒了神，隨即意識到自己初嚐那深入骨髓、斷腸銷魂的滋味，酣暢過後失了分寸，怕是要將她給悶壞了。

他連忙一個翻身坐起，目光因此倏地掠過拔步床內的旖旎全貌，下腹登時再一緊，喉結滾了滾，忍不住將癱軟在旁的嬌小人兒給抱了起來。

一股滾燙的黏膩因此番動作順腿淌下，納蘭崢下意識低頭去看，不意隨這一眼連帶瞧見那將她折騰得半死的東西複又抬頭，速度之快叫人難以置信，以至她一時震驚得忘了害臊，瞪大眼盯緊了他。

湛明珩瞧見她這等目光，將她托舉在掌，往自己身前一壓。「再來？」

納蘭崢被這面對面的抵撞惹得一陣眩暈，感覺到他目光灼灼，而那滾燙就碾在她腿間，好像亟待闖入似的，霎時嚇得渾身僵硬，不敢動彈，別開眼小聲道：「不……不行，明早還得朝見呢，你趕緊放我去沐浴。」似乎曉得無法動之以情，故而曉之以理。

湛明珩當真捨不得放開她，可大婚完接連幾日皆是繁複的典禮，幾乎一刻不得停歇，她頭一次已然遭罪，他也著實不忍心再給她添累，最終只好艱難地克制下馳騁的動作，吻了下她近在咫尺的鼻尖，沈聲道：「今夜暫且放過妳……我陪妳去。」

「不要！」

聽她乾脆回絕，他也不惱，低頭瞧了她一眼，隨即笑道：「那妳試試，走得了路就由妳。」說罷鬆開她，像安一尊大佛似的將她安在床沿。

納蘭崢羞惱地撈了衣裳穿上，憋著股氣站穩了，卻是方才一挪步就渾身沒了力，大腿根連帶膝蓋齊齊一軟，將將就要栽倒下去。

虧得湛明珩早已披完衣等在後邊，將她攔腰打橫抱起，垂頭笑道：「還逞強？」

的確太痛了，起先是撕裂的痛，眼下成了腫痛。她咬著唇捱在他懷裡，極盡控訴道：「……你就欺負人吧！」

湛明珩低笑一聲，抱著她大步走出。

堂堂皇太孫竟一個婢女也沒喚，躬身伺候太孫妃洗澡。納蘭崢人在桶中，無從推阻，包括後來回到床榻，他不容拒絕地親手替她上藥，整個過程，她都像一隻被一宰再宰的羔羊。可她也不得不承認，除了發羞，她內心也隱隱有幾分欣喜、幾分動容。

畢竟無人比她更懂得他的彆扭性子了，換作八年前，她必然不會相信，那個滿臉凶相搶她玉鐲的少年後有一日會這般對她。

湛明珩將她安頓好了，叮囑她先歇息，轉頭就去沐浴，回來時手腳放得很輕，本道她該睡熟了，卻一眼瞧見她靠著玉枕揉眼睛，似乎還在強撐眼皮。

他霎時斂了色上前。「妳累成這般還不睡？」

納蘭崢聽他來了，趕緊替他將被褥捋平整，抿了抿唇笑道：「我想等你回來。」

洞房花燭夜豈有孤枕睡去的道理？她與他雖早已不是誰投個桃誰再報個李的關係了，可他既已全然不像個皇太孫的模樣，破天荒般地對她，她自然也欲意待他好一些，留個熟睡的冷背脊給他算什麼？

湛明珩聞言，內心一陣柔軟一陣激越，也不怪她不聽話了，反倒恨不得將她揉進骨血裡才好，進到床內就死死摟緊了她，吧唧一下親了口她的臉蛋。「好了，我抱妳睡。」

她忍不住笑出聲。「嗯，你莫太激動，手抖得我難受。」

湛明珩手一頓，臉色一沈。「納蘭崢，妳哪天能不殺風景，好話越得過三句？」卻是話音落了許久也未見回答，低頭一瞧，她已然貼著他睡熟了。

翌日天還未亮，納蘭崢尚在睡夢中，迷迷糊糊間察覺到絲絲縷縷的沁涼之感，似略有幾分粗糙的指腹在哪處來回游移，惹得她很想蜷縮成一團。

她被癢醒，睜眼就見湛明珩坐在床尾，像在替她上第二回藥。

她頓時燒成了一隻蝦，見他分明曉得她醒了卻仍一本正經、雷打不動地繼續，忍不住躲了一下。「我自己來……」

湛明珩抬起眼皮瞥她。「妳太慢，耽誤正事。」

耽誤正事？天曉得他已磨蹭多久了啊，若是早點叫醒她，她怕是這會兒都該洗漱穿戴完了。

她還欲再躲，卻被湛明珩巧勁一掰給錮住。「快好了，莫瞎動，妳可是想一會兒殿前失儀？」

他拿這般要命的東西威脅她，她哪裡還敢亂動？只得咬咬牙隨他去，唰地拎起蓋了半個身子的被褥，蒙了臉一言不發。

湛明珩瞥一眼她不住蜷起、白玉似的腳趾，暗暗一笑，繼續低頭快樂地忙活去了。

照規矩，大婚次日須得朝見兩宮。所謂朝見，與民間婚俗裡給雙親奉茶一環有些相似，只是儀式較之隆重許多。湛明珩的雙親俱都不在，故由帝后為代，「兩宮」便是指昭盛帝的太甯宮與謝皇后的景和宮。

兩人一個冕服一個翟衣隨執事與贊引人出席。納蘭崢腫痛未消，一路端著，走得頗為艱辛，幾經拜起後更覺渾身疲乏痠漲，卻不敢當真殿前失儀，也羞得給長輩知曉內情，哪怕心裡已將湛明珩罵了個狗血淋頭，面上自是巋然不動的得體神態。

卻奈何這對帝后俱是眼尖的。昭盛帝身子孱弱，本不該開口多言，竟在兩人告退時有意低聲叮囑湛明珩一句什麼。納蘭崢彼時正頷首，隱約聽見「分寸」二字及湛明珩尷尬的低咳，內心頓感一陣哭笑不得。

到了謝皇后那處，就換作她被低聲叮囑回宮好生歇息。

納蘭崢與皇家往來多年，頭一回跟這位貴為皇后的姨母打照面，不想卻是這般情狀。等回了承乾宮，氣得她一拳捶打在湛明珩的腰腹上。

湛明珩覺得很無辜，可他不說。倘使讓她曉得，昨夜已是他克制了七分的結果，她豈非再不敢給他碰了？

他不住撓頭，上蒼真是給了他一副叫小姑娘難以承受的軀體啊！

納蘭崢當夜拖著副傷殘的身子早早爬上床榻，避湛明珩如蛇蠍，連給他湊近都不肯；湛明珩就差自縛了雙手雙腳，方才哄得她肯給他抱著睡。虧得一夜相安無事，才重又博得了她的一絲信任。

因當今太后已薨，翌日的盥饋便省了，而將後邊的廟見提至前頭。兩人複是一身盛服前往太廟，因跪拜禮著實太多，待還至宮中，納蘭崢好不容易好些的身板再遭重創，湛明珩屏退了宮人後，親手給她捶腿捏肩。

她本是自覺受不起，可一思及他這般殷勤是為了什麼，便是氣不打一處來，懶於推脫了。

果真夜裡睏意如潮時，就有一隻「鹹豬手」不安分了。納蘭崢的確好了些，原本依他也罷，卻是翌日尚有大婚後續的最後一環，只得打著呵欠與他道：「明日午時宴請群臣，你莫叫我丟臉了成不成。」

湛明珩的手一頓，被美色沖昏的頭腦霎時一片清明。

說得是。儘管他十分想在諸如衛洵與顧池生等人跟前好好炫耀一把，卻是文武百官皆在，她若失了儀態，難免下不了臺，還給有心人落了話柄，只得苦兮兮地將繫帶繫回去。

納蘭崢見他食髓知味後日日擺了張欲求不滿的鬱卒臉，終歸心軟了，朝他懷裡蹭了蹭，哄道：「明晚就依你，快睡。」

翌日的慶宴設於華蓋殿，原本該由昭盛帝躬身主持，卻被湛明珩給勸下了。故而等鴻臚寺官代滿朝文武行完跪儀、致完賀詞，昭盛帝便先行擺駕回太甯宮，餘下的交由孫兒去處置。

午時設宴，龍座空置，湛明珩位列上首，旁側坐了納蘭崢。

華蓋殿乃大穆宮城內三大殿之一，堪與金鑾殿比肩，小處是碧瓦朱甍，丹楹刻桷，大處則闊氣寬綽，富麗雍容。

納蘭崢上一回列席宮宴是兩年前在承乾宮清和殿，被卓乙琅圈了名去的，彼時不過居於極下首的位置，且論規制亦遠不及當下，如今這般文武百官盡收眼底的宏大景象卻是頭一遭。虧得她此前已跟鳳嬤嬤學了許多，因此哪怕心如擂鼓，面上仍摒藏怯色，行止俱端莊得體。

湛明珩倒不擔心她會做不好。說白了，和朝臣往來與行軍打仗有些相似；言談機鋒當可譬之兵法，至於神情姿態，論及根處，最終考驗的不過是定力罷了。而要說定力，這些年大小磨練，她除卻在他跟前依舊隨心而行，不作掩飾，於旁人處已然堪與底下那群老奸巨猾的相比。

果見她此番偶須與朝臣言語，即便不認得那些面孔，卻只聽他幾字引薦就可應對如流，既不束手束腳，顯得小家子氣，又不鋒芒外露，以至越到他前面，分寸掌控可謂無從挑剔。

他暗暗覺得稱心如意時，納蘭崢也在心裡悄悄地想，湛明珩可真是變了。倘使換作三年前，應付這等乏味無趣的宮宴，他大概是從頭至尾擺一張好像誰欠了他八百兩黃金一般的臉，如今竟肯與人談笑風生。

酒過三巡，宴行過半，席間氣氛漸漸鬆快，底下群臣偶有私語，湛明珩也開始與納蘭崢說話，卻是方才偏了個頭，便覺一縷目光隨他此番動作一移，牛皮糖般黏連在兩人之間。

他嘴張至一半停下，回頭冷冷掃了武官席一眼。

納蘭崢原本還不東張西望，只偶爾偷偷瞥過父親幾眼，見狀卻不得不隨他瞧去。如此一眼，就見衛洵拈了只白玉爵看她，一雙光華逼人的眼微微一彎，向她遙遙一敬。

真可謂明目張膽舉杯相邀。

她曉得衛洵早在貴州便已對她斷了心思，此舉單單就是衝著讓湛明珩討嫌來的，故而趕緊收回目光。

湛明珩卻覺自己中計了，氣惱偏頭，剛欲拿納蘭崢問話，就見她接過旁側侍女手中一只琺瑯彩釉瓷壺，轉頭往他空了的杯盞裡斟酒。

纖纖玉指被濃墨重彩的琺瑯瓷襯得柔荑一般，他瞧一眼，回想起這手曾軟綿無力地抵著他的胸膛、攀著他的肩，登時下腹一緊，險些都要在文武百官面前支起「帳篷」來，哪還顧得及責怪她瞧衛洵那一眼？

他將話嚥了下去，不大自在地調整一番坐姿，舉杯抿淨酒液。這壺酒與賜飲群臣的不同，為早年南面諸島來使朝貢所得，據說是以百花釀造而成，味醇色美，香氣沁脾，恰到好處地壓下了他喉間乾渴。

納蘭崢不曉得他的心思，只當是自己賣對了乖，繼續替他斟酒。

過一會兒就見正下方座席有人起身朝這向走來。她微抬眼皮，看見一雙烏黑的皂靴及繡了銀色蟒紋的袍角。

這等場合，且敢隨意行走的，也就是湛遠鄴這位曾代政監國的太孫皇叔了。

此番是她回京後頭一遭近距離與他打照面，回想起此人曾闖她閨房，甚至與她有過隔了層薄薄衣料的親密觸碰，她就渾身發麻，直泛噁心，掩在衣袖裡的手微微打顫。

但湛明珩起身笑迎時，她仍是勉力站起來，垂首平靜端立在他身後一截。

湛明珩對此人的恨意絕不亞於她，卻是如今已然練就了仇人當面含笑自若的氣度，她自然不可扯他後腿。須知滿朝文武當前，一言一行至關重要，湛遠鄴在這節骨眼擺了副敬酒的姿態前來，是想試探湛明珩什麼也好，或欲意激他失態也罷，總歸心存不善。

湛明珩見他走近，不動聲色微一側身，將納蘭崢置於觸手可及的角度擋死。或許也並非當真防備什麼，只是習慣使然，繼而向對面人笑道：「皇叔。」說罷示意一旁的侍女上前去替湛遠鄴手裡的空盞斟酒。

湛遠鄴的確是來賀他新婚的，只是酒液下肚，場面話沒說幾句便拐去了別處。「這幾日你忙婚事，朝會暫歇，倒少有時機逮著你，也不知案子是否查得了眉目？父皇臥病，你可別一時貪樂，耽擱政務。」

此話一出，離得近些的幾名朝臣都斂了色，華蓋殿內的氣氛霎時有些凝滯。

「謀逆」這等詞，任誰也不會輕易掛嘴邊，眾人只是心照不宣，皆曉得所謂「案子」就是從年前拖至年後，當初太孫陳情時言及的那樁事。

湛遠鄴此人本就不苟言笑，一旦神情肅穆起來，一頓宮宴也能吃成朝議一般。

見他毫不心虛避諱，一如從前那般對自己叮嚀教誨，湛明珩笑一聲道：「皇叔，您就非得挑這時辰問？左右姪兒人在承乾宮，您隨時來就是了。」說罷頓了一下，笑意更盛幾分。「案子已有些許眉目，或不久便可水落石出，皇叔大可寬心。此前姪兒離京，您已替姪兒擔了代政監國的責，如今姪兒回來，您卻仍時時往來於刑部與大理寺，多有替姪兒周旋之處，甚至常常勞碌至深夜方才歸府，實在令姪兒……深感歉疚。」

第七十一章

湛遠鄴似乎有些意外他如今口蜜腹劍得厲害，卻神色如常，絲毫不見停頓地道：「你與皇叔客氣什麼？你既心中有數，我便也不多言，回頭再來承乾宮與你敘敘家常。」顯然是準備告辭了。

湛明珩卻搶先一步攔下他道：「姪兒聽聞王妃近日抱恙，故不得出席慶宴，又見您方才似乎無心飲食，不知是否擔憂此事？倘使如此，可須姪兒吩咐太醫院的人替王妃瞧瞧？」說罷似有意若無意地瞥一眼底下一直豎耳在聽的晉國公姚儲。

湛遠鄴笑了笑答：「只是偶感風寒，並無大礙，不必勞動太醫院。」說罷往座席走去。

納蘭崢心內疑問姚疏桐「風寒」一事，但因此刻人多眼雜，不得不暫且按捺下來。鬆了口氣坐下後，卻見已然回座的湛明珩望著湛遠鄴的背影擰起了眉頭。

她循他目光望去，未能辨得古怪，小聲問：「怎麼了？」

他的眉頭蹙得更厲害些，低低道：「……走姿不對。」

納蘭崢聞言還欲再細看，忽聽底下傳來「咚」一聲悶響，與此同時響起幾名宮婢的驚叫，再抬眼，竟見湛遠鄴直直歪倒在殿中，不知何故嘴角溢血、渾身抽搐。

湛明珩霍然起身，群臣亦大驚站起，華蓋殿內霎時一片紛亂。

電光石火間，納蘭崢腦袋裡閃過一個念頭：湛遠鄴方才飲了湛明珩的酒……

她一時未來得及思量其中深意，只見湛明珩快步往下走，厲喝道：「都別靠近！」朝那處圍攏的幾名官員聽罷驀然停步，替他讓開一道口子，見他蹲下身後攥過湛遠鄴的手腕一把脈，繼而扣住他的下顎，往嘴裡張望一番，抬頭瞧向文官席，掃了一圈後看定。

「李太醫，你來。」

此前歸京後被安插進太醫院的李槐聞言趕緊離席上前，替湛明珩接手，扣住湛遠鄴的嘴以免他抽搐時咬了舌。

湛明珩起身接過侍女手中一面錦帕，邊擦拭手上沾染的血污邊吩咐道：「通知太甯宮的御醫拿醫箱來，是中毒。」殿內雖有諸如李槐的太醫在，卻是未隨身攜帶醫箱，而太醫院距離此殿又太遠，反倒太甯宮較近。

聽明白這話意思的眾人一陣驚駭，俱都瞠了眼你瞅我來我瞅你，卻無一敢出言詢問。

納蘭崢始終站在上首，平靜地審視著殿內眾人的神情變化。不論此事前因後果為何，她湊過去都是無用的，這等時候，是個人難免都要心神動搖，她既得此絕佳站位，莫不如好好觀察觀察。

李槐一手扣在湛遠鄴的下顎，一手替他把了把脈象，抬頭道：「殿下，微臣需要銀針。」說罷也曉得醫箱尚未送達，先按壓起他周身大穴作應急處置。

湛明珩見他神色鎮定，便知這毒多半只是看似凶險。等醫箱來了，就瞥一眼圍攏在四面的幾名官員。「還請諸位大人各歸各席，莫擾了李太醫施針。」

今日不分三六九等賜宴百官，可謂群臣彙聚，故而難免有幾個沈不住氣的看熱鬧不嫌事大，也不想想這時候湊過來或將惹上什麼嫌疑。瞧瞧那些品階高或聰明的，俱都站定在座席旁，絲毫未有多餘行動。

李槐滿頭大汗地施完針，眼見湛遠鄴不再抽搐，臉上青黑之氣也漸漸褪去，心內繃緊的弦鬆了鬆，替他攏好衣襟，與後面上來的另幾名太醫商議了幾句什麼，繼而朝湛明珩拱手道：「回稟太孫殿下，豫王殿下暫且無礙了，只是毒素猶在，須得容臣等調配出解藥方可徹底清除。」

湛明珩點點頭，叫人將湛遠鄴抬去附近的寢殿安置，隨即問李槐：「李太醫可知此為何等毒物？」

「回稟殿下，微臣尚且不敢說，須得察看豫王殿下毒發前一刻用過的飲食方才能夠斷言。」

納蘭崢見狀給一旁的侍女使了個眼色，示意她將那壺酒呈上去。

很顯然，湛明珩之所以當眾查案，便是為免給有心人落下話柄。這宮宴是他主持的，且眾人俱都瞧見方才湛遠鄴敬酒那幕，眼下自然是查得越清楚越好。

李槐嗅過酒液後思量片刻，緩緩道：「回稟殿下，微臣疑心此為一種名曰『魚妒草』的植物。魚妒草多生於極北苦寒之地，覆雪則長勢愈盛，中原一帶極為罕見。其本身為藥草，逢椰子花便成劇毒，服用者不出一刻即暴斃身亡，便大羅神仙亦回天乏術。微臣方才所見，豫王殿下毒發之症與其大約吻合，且此酒中亦有椰子花的氣味。」

湛明珩眼底閃過一抹不易輕察的譏誚，淡淡問：「既如此，如何容你救得？」

「請殿下准許微臣察看豫王殿下席間吃食。」

湛明珩伸手示意他請，隨即見他步至席間，眼睛一亮，一指上面一道點心。「是蜂蜜的緣故。此道蜜汁蜂巢糕內添了蜂蜜，可化去魚妒草的部分藥性，藥性弱了，相應而生的毒性也就弱了。」說罷瞅了瞅旁處座席，清點一番點心數目。「豫王殿下當在此前食用了兩塊蜜汁蜂巢糕。」

「照你推斷，皇叔該是何時服下魚妒草的？」

「回稟殿下，魚妒草藥力持久，可在人體內停滯數日不等，故微臣無法斷言。」

湛明珩點點頭。「辛苦李太醫，煩勞李太醫速速調配解藥，務必竭力醫治。」說罷朝一旁吩咐道：「此事當立案，去查豫王爺十日內用過什麼飲食、接觸過什麼人，事無巨細，一律列上單子回報三司。」

納蘭崢略鬆了一口氣。她倒怕湛明珩被這顯而易見的陰謀給氣昏頭，虧得他清醒，文武百官當前如此言語，擺明了告訴眾人他並無隻手遮天之意，而是秉公處置，如此做法已當數眼下最佳。

宮宴至此自然散席，既然癥結在於一味或數日前服下的魚妒草，也就沒有將群臣留下來一一排除嫌疑的必要了。湛明珩揮退眾人後在原地默了一會兒，走回上首位置，一眼瞧見納蘭崢似在神遊天外，便伸出乾淨的那隻手，以指腹摩挲一下她的臉，道：「嚇著了？」

她回過神來，搖搖頭。「我沒事，原本想去送一送父親的。」現下這情形儼然是不能了。

湛明珩「嗯」了一聲，柔聲道：「改日再安排你們父女敘舊。」

話音剛落，身後便突兀地響起一聲乾咳。有人道：「太孫妃膽識過人，見慣風浪，想必不會輕易受驚嚇，殿下怕是多心了。」

卻是衛洵的聲音。

湛明珩回過頭，就見他並未隨群臣一道出殿，而他身旁的顧池生亦是一副去而復返的模樣，兩人似乎有話與他講，故而留了下來。

他霎時黑了張臉，冷淡道：「怎地，你二人尋我有事？」

衛洵也不在意他這前後態度反差，看了眼後邊殿門道：「殿下，關門好說話。」

湛明珩白他一眼，卻仍依他所言，命人將殿門移攏，隨即努了努下巴，示意兩人坐。

衛洵不客氣地落坐，顧池生則客氣地坐下。

「看起來似乎有兩種可能。」衛洵坐定後眨了眨眼道。

湛明珩毫無間隙地接話：「賊喊捉賊與順水推舟。」

衛洵頗感意外地瞥他一眼。「看來你沒被美色沖昏頭腦嘛。」

湛明珩很是好笑地冷哼一聲，下意識偏頭去看納蘭崢的反應，卻見她擰了眉不知在思量什麼，竟是一副未曾聽見的模樣。

「我好像……」

「殿下……」

兩個聲音一道出口，一道止住。納蘭崢與顧池生詫異地對視一眼。

衛洵眼睛都亮了，擺了副欲意看好戲的神色，只見湛明珩的臉一片焦黑，視顧池生若無物，只問納蘭崢：「說。」語氣卻不大好了。

納蘭崢有些尷尬，怕這時候叫顧池生先說會惹湛明珩更不高興，只得硬著頭皮答：「我是想說，我似乎見過有關魚妒草的記載，卻一時記不起是在何處。或者有否可能是早些年在書院時，你送我的那幾本雜記？」

湛明珩搖搖頭。「給妳的那幾本雜記我自己也翻看過。」他顯然對魚妒草不存印象。

納蘭崢咬了咬唇，不解地自語：「這就奇怪了……」那是在哪兒見過呢？

卻忽聽顧池生不問自答地插話道：「殿下，微臣曾於古籍當中見過一種藥草，其性狀與魚妒草相似，不知殿下可否容許微臣將記憶裡的藥草圖樣畫下，拿去向李太醫確認一番？」

他素來守禮，此番不知何故插話，且語氣聽來竟有些著急，似是想阻止納蘭崢記起什麼或說出什麼。

納蘭崢望著他，隱約明白了究竟。

她對魚妒草的記憶太模糊，顯然已是許多年前的印象。倘使顧池生也從某本古籍上見過此物的話，就多半是在公儀府裡了。

顧池生見她神情由疑惑慢慢漸近清明，與她對了個肯定的眼色，示意她暫且不要說話。

湛明珩瞥見他們對視這一眼，總覺兩人間好似有股古怪的默契，而他無從探知緣由，亦無法插足那片境地。他心頭堵得慌，卻是眼下須談論正事，只得姑且緩緩，臉色不大好看地吩咐道：「替顧大人拿紙筆來。」

納蘭崢聽湛明珩語氣不爽利，當下意識到自己失態，趕緊收回目光，也不去看顧池生作畫了，只一味埋頭在旁。

可湛明珩瞧見她這模樣，心裡就更堵了。照她素日行事作風，倘使自覺身正，必是要與他死磕到底的，如今卻竟好像做賊心虛了。

納蘭崢的確心虛，心虛的卻不是與顧池生的交情，而是前世那樁身分。她與湛明珩在外流離一個年頭，生死與共交心後，並非不曾想過或有一日要告訴他這一層，卻是此樁事初始不說，後時間隔得愈久便越發不知該如何開口，未能尋見適當契機就一再被擱置。畢竟她總不好哪天臨時起意，忽然興致勃勃地告訴他，其實她死過一次吧？那未免太嚇人了些。

何況照後來情勢看，她當年的父親竟一直在助湛遠鄴奪嫡，即便她已再世為人，也難免自覺立場尷尬，實在花了許久方才得以接受現實，一時不敢確定，湛明珩知曉此事後是否會心存芥蒂？

顧池生幾筆作成的草圖經人送去太醫院驗證，果不其然的確是魚妒草。湛明珩聽得回報後朝他一努下巴，示意他繼續往下說。他既為此事留在華蓋殿，必然還有後話，總不至於是在哪處無關緊要的地方瞥見過這東西。

顧池生當下明白了他的意思，頷首道：「殿下，此卷古籍是微臣早年在公儀閣老的書房內見過的。」線索要緊，他不得隱瞞不報，卻也不願由納蘭崢道出此事，以免她的身分惹人起疑。

湛明珩被這話吸走了注意力，食指有一下沒一下地敲著桌沿，思索一番問：「你對此事有何看法？」

顧池生斟酌了一番答：「微臣與殿下及衛伯爺所想一致，此事當有兩種可能。其一，或者是誰人出於某種緣由欲意加害豫王爺，故而設計此事，豫王爺及早察知後順水推舟，安排了那一道蜜汁蜂巢糕，如此，既可保全性命，又可拖凶手下水。其二，或者這根本就是豫王爺賊喊捉賊，捏造一連番假線索及假罪證，誘引殿下往裡查探，最終嫁禍誰人。」

「若是非得叫你二選其一呢？」

「微臣以為當選其二，理由是，微臣很可能也被設計在此局中。或者豫王爺恰恰知曉微臣曾見過那卷古籍，為此必將告知殿下，給殿下提供一個查探的方向，而那個方向，正是豫王爺希望殿下去的。」

湛明珩點點頭，他也是這麼想的。

世人皆道「不識廬山真面目，只緣身在此山中」，不想顧池生竟是人在局內，眼卻跳脫局外，審時度勢，無比清醒。

納蘭崢在一旁默默聽著，忍不住緊張地攥起了衣袖。

的確是好心計。一卷古籍證明不了什麼，拿這東西嫁禍人亦太低劣，卻足夠吸引湛明珩的視線，令他順此線索往裡查探，而接下來這一路，必將有旁的證據等著他。

這一招看似簡單，實則極盡玩弄人心，倘若不是湛明珩與顧池生格外縝密，因此陷入被動也未必不可能。

她擰著眉回想方才站在上首位置望見的景象，看了湛明珩一眼。大約是覺得他與朝臣議事，她不好隨意插嘴，故而頗有些小心翼翼。

湛明珩曉得她在外人跟前素來懂得全他的面子，雖心裡仍不大舒坦，可見她這般神情也不忍心視若無睹，便道：「想說什麼就說吧，私下議事，不必顧忌那些。」

顧池生和衛洵下意識往納蘭崢那邊看了一眼，他們顯然都不曾察覺她方才那點神情變化。

納蘭崢聞言，便大了膽子開口：「方才事發突然之際，我曾觀察過殿內的朝臣們。公儀閣老神情肅穆，一如往常雷打不動，晉國公姚大人的臉色則十分古怪。」

衛洵聽罷略顯詫異，隨即看了湛明珩一眼，眼底幾分豔羨之意。是了，換作其他女子遇見這等場面早就嚇得魂飛魄散，不哭哭啼啼都算不錯了，也只有納蘭崢，雖身板嬌弱，卻從不扯人後腿，甚至論智慧論心志皆堪比男子。

思及此，他自嘲似的扯了下嘴角。

納蘭崢卻未注意這些，只在湛明珩的注視下繼續道：「姚大人素來視若珍寶的嫡孫女姚疏桐是湛遠鄴的王妃，因而他與湛遠鄴不論如何也不該針鋒相對，甚至不無可能一道參與了此前貴州一行的陰謀。可方才湛遠鄴莫名昏厥，我卻不曾從姚大人面上瞧見憂色……」她想了想，更肯定幾分。「起先是詫異，繼而似鬆了口氣，再然後像是害怕。他詫異湛遠鄴中毒，期盼湛遠鄴死，害怕湛遠鄴死裡逃生。」

湛明珩接過話頭道：「姚儲此人，說善不能，說惡也未必。湛遠賀生前始終致力奪嫡，其生母姚貴妃又是姚儲的嫡女，有這層關係在，照理說，晉國公府理該成為他最大的助力。可姚儲或是出於忠君事主，或是出於明哲保身，自始至終未曾明確表態。甚至於八年前臥雲山春獵，湛遠賀暗殺我不成，姚儲見他計謀暴露，曉得皇祖父必然不會輕饒，便選擇與他劃清界線，且與姚貴妃亦淡薄了父女關係，以表忠心，過後為尋求一個穩固靠山，又將嫡孫女送去給湛遠鄴做繼妃。這法子的確不錯，倘使湛遠鄴當真手腳乾淨的話。可惜姚儲也未曾料及，他不過是從一個坑跳入了另一個更深的坑罷了。」

納蘭崢緩緩點了點頭。「如此說來，湛遠鄴之所以娶姚疏桐，很可能正是為了叫姚大人陷入兩難境地，最終因了孫女不得不幫襯他。如今湛遠鄴暴露，欲意拖姚大人下馬做擋箭牌，而姚大人自知將成為犧牲品，也十分忌憚湛遠鄴。」

湛明珩笑了笑，誇讚道：「一點就通。」

衛洵瞥了瞥膩歪的一雙人，插話道：「可有一點很奇怪，若是湛遠鄴欲意嫁禍姚儲，何必非得從公儀歙入手？」

湛明珩聞言斂色思量起來，默了默道：「倘使說，湛遠鄴的擋箭牌不只是姚儲，還有公儀歙呢？」說罷似有意若無意地瞥了眼顧池生，卻見他神情無甚變化，反倒扭頭去瞅了納蘭崢；再看納蘭崢，才察覺她垂目頷首，臉色的確不大好看。

湛明珩不由皺了皺眉。且不論納蘭崢聽聞此言何以臉色不對勁，顧池生究竟如何能夠比他更準確地掌控她的情緒？

那種莫名其妙置身於兩人之外的感覺又來了。

衛洵還欲問他何出此言，他卻顯然不大有繼續討論下去的心思了，冷著臉瞥了眼外面天色，道：「天色不早，此事改日再議，我去看看湛遠鄴如何了？」說罷一把拉起尚在出神的納蘭崢往外走。

衛洵回頭看了眼怒氣沖沖的湛明珩，拿手肘戳戳顧池生。「照庭兄，果真還是你厲害啊，能將他氣成那般。咱們的太孫妃回去可有罪受了。」

顧池生將唇抿成薄薄一線，沈默片刻道：「還請衛伯爺謹言慎行，莫再開下官與太孫妃的玩笑了。」

第七十二章

納蘭崢猝不及防險些絆腳，幾乎是被湛明珩連拖帶拽。等上了轎輦，見他一副山雨欲來的模樣，也不敢再繼續渾然忘我地深思公儀歇的事，猶豫片刻，扯了下他的袖子，試探道：「你若是急著去瞧湛遠鄴，不必送我回承乾宮的，莫耽擱了你。」

湛明珩卻理也沒理。

她苦了臉，湊過去一些，挽了他的臂彎道：「你不高興什麼了？與我說說。」她當然曉得他在不高興顧池生的事，可此刻若是主動出言解釋，必然叫他誤會她心虛，還是先裝模作樣問一問才好。

湛明珩垂眼瞧了瞧她挽著自己的手，終於開口，冷冷道：「回去再說。」

納蘭崢本道眼下身在宮道，他不願給旁人聽了去，故而還覺這句「回去再說」頗有道理。誰知回了承乾宮，湛明珩二話不說就將她打橫抱起扔進寢殿內的拔步床，她才後知後覺他究竟是什麼意思。

四面宮婢見狀哪還有不明白的，一溜煙全退下了。納蘭崢見他扔下她後，伸手就抽解腰帶，再瞧一眼避退的宮婢，不敢置信地瞠目結舌道：「湛……湛明珩，這會兒是……」是白日啊！

她一面說一面掙扎爬起，卻是話未說完，人也未全然撐起，就被湛明珩死死壓了回去。

「再一個時辰就天黑了，記得妳昨夜說過的話。」一邊說邊褪她衣裳。

納蘭崢傻得不輕，一眨眼工夫，床榻下就堆起了一疊衣山。她來不及思考湛明珩為何對禮服的脫法也這般熟悉，早已被他吻得氣喘吁吁。

「湛明珩你……莫要無賴！你自己也說了，還有一個時辰才天黑……啊……你嘴放輕些！」她一陣吃痛，拚命去推他腦袋，卻一點推不動，只得苦兮兮地道：「你莫生氣了！我與你解釋……」

卻見他絲毫不停嘴裡動作，含糊道：「解釋什麼？解釋妳跟顧池生有什麼我不清楚的淵源？」

納蘭崢還真是準備解釋這個的。此事多年來始終是他一個心結，如今他都氣成這般，她大不了就咬咬牙不再顧忌，說出真相就是，總好過他老是心裡難受。

她急喘了一陣，勉力道：「是，是有淵源，我與顧侍郎……」話音至此卻換作一聲驚叫。

湛明珩將她雙腿提起，緊扣在他的腰間，在她說出「顧侍郎」三個字的剎那凶猛闖入，隨即難忍地悶哼一聲，喘了幾下道：「納蘭崢，我不想聽，妳不必解釋！」

納蘭崢也當真沒力氣說下去。

三刻鐘後她才曉得，原來洞房花燭夜時，湛明珩當真已是憐惜極了她。此番醋意滔天之下，他竟失卻了克制的耐性，不肯叫她好過了。
這第二遭並不比頭一回好多少，她實則還差兩個多月才真正及笄，著實適應不了他，也不知是難受還是委屈，到後來幾乎放聲哭喊起來。湛明珩卻發了狠，任她抓撓踢捶，就是不肯結束。
直至最後交代了出去，仔細察看時才發覺她的確被他欺負得太慘，默了默方才良心歸位，將她抱在懷裡，好聲好氣道：「起先想解釋什麼，現下可以說了。」
納蘭崢渾身都似廢了般，見他已然自顧自消了火氣，哪裡還肯說，拿手背胡亂抹了把眼淚道：「湛明珩，我不要理你了……」
解釋什麼啊，活該氣死他好了！
納蘭崢說不理他就不理他，勉力撈揀了衣裳動手穿，一聲也不吭。
湛明珩下榻隨意罩了外袍，欲意抱她去沐浴，見她不肯，本想使蠻力動粗，卻是一眼望見她被折騰得一身狼狽，便不敢再蹂躪她嬌嫩的肌膚，給她添疼了。
等她穿好，見她似乎挪不下榻，才輕手輕腳去抱她，將她安在膝上，從背後圈住她，湊到她耳際低聲哄道：「洄洄，是我不好……」
納蘭崢掙不過他，被他出口的熱氣噴得發癢，只好別過頭離他遠些。
湛明珩將她掉轉些許面向，叫她能夠看見他，一手錮緊她，一手往自己身上指指。「妳莫氣了，我也疼著呢。」一副很委屈的樣子。

他衣袍鬆散，因此可見內裡大片肌膚。金尊玉貴的皇太孫本是膚白勝雪，可此前在蜀地風吹日曬，仲夏時節沒少裸露上半身，故而曬成了蜜色。納蘭崢順他所指看去，就見上頭橫七豎八，一道道皆是猙獰血痕，是她方才意識模糊、受不了時抓的，想來後背也該有不少。

她一下瞧清情狀，眼底微露震驚。她前不久才修過指甲，竟也抓他成這般。

納蘭崢一面發羞，一面還記得自己在與他生氣，強裝鎮定地撇開眼冷冷道：「是你活該。」

湛明珩聽她肯搭理他了，哪怕是罵他也高興，趕緊出言附和：「是是，我活該！妳嫌不夠就再多撓幾下。」

誰要碰他了？撓他不費力氣的啊！

她憋著股氣，不看他地道：「你去叫婢女來。」顯見得不肯叫他抱去淨房，而要由宮婢們伺候了。

湛明珩剛欲毛遂自薦，說他搓得一手好澡，就聽外頭太監傳話，稱皇后娘娘聽聞太孫妃擅製糕點，欲意請她去一趟景和宮，好陪她探討探討宮裡新進的幾道點心菜式。聽這聲色，似是謝皇后身邊的公公。

納蘭崢哭喪著一張臉，捶了湛明珩肩頭一拳。

這下可好了，叫她如何起得了身？眼看這白日宣淫的損事都要鬧去景和宮了，他也不怕哪日遭朝臣口誅筆伐！

湛明珩卻將這話在嘴裡回味了一遍，繼而隔著門朝外道：「太孫妃在華蓋殿受了驚，眼下身子不適，怕走動不得。煩勞公公傳話，望皇祖母見諒，我一會兒親自走一趟景和宮。」

外頭的太監應聲告退了。

納蘭崢聽他這般說辭，心內奇怪，暫且忘了與他置氣一事。「皇后娘娘這是……」

湛明珩拿額頭貼她額頭道：「放心，皇祖母不會為難妳，這宮裡也無旁人敢為難妳，妳細細咀嚼這話便知裡邊別有洞天。倘使我未猜錯，皇祖母是欲意尋個由頭，與我商議方才華蓋殿裡的事。皇祖母操持宮宴多年，最清楚裡邊一道道工序與涉及的光祿寺、尚食局、尚膳監大小官員名單，怕是猜得了其中內情。我歸京以來雖清洗不斷，卻終歸時間太短，難免尚存疏漏，方才宮宴出事，便是這三處地方留了漏網之魚。皇祖母憂心宮裡不乾淨，為免人多眼雜，便拿妳作由頭，實則是來暗示我的。」

納蘭崢恍然大悟，推了推他。「那你趕緊去。」

湛明珩親了口她的唇瓣，笑道：「就去。」

她被此舉一激，記起方才的事，羞惱之意湧上心頭，咬咬唇道：「你莫高興太早，我可沒說就原諒你了，等你回來再算。」

「好。」他摸摸她潮紅未褪的臉。「我叫她們進來。」

納蘭崢便讓岫玉等人攙去淨房，眾婢女解了她的衣裳一瞧，好幾個沒忍住，心內詫異震驚之下，不由一陣面紅耳赤，卻不敢多有表露，只默不作聲替她擦洗。

可她也不瞎啊。這些婢女涵養不差，一瞧她們如此臉色，便曉得這情勢必然已厲害得可謂驚為天人。她本道是她見識太少，卻原真是湛明珩折騰太多了！

她氣得牙根癢，岫玉見狀寬慰她幾句。等天色黑了，看太孫遲遲不歸，便照他臨走時吩咐的，命人傳膳進來，叫太孫妃先用。

納蘭崢是真餓了，起頭宮宴便未飽腹，後像跑了十條街一般，連以前軍營練兵都不曾累得這樣。

承乾宮裡的下人都是乾淨的，無人膽敢去外邊多嘴，湛明珩交代叫她不必顧忌禮數，放隨意些便好。故她慢騰騰吃了個飽後，覺坐得撐，就叫岫玉攙她去湛明珩的書房轉轉當作消食。可惜腿心難受，走都走不快，方才進到書房裡點起燭，他就回來了。

他落轎後聽說納蘭崢人在書房，便直奔了去。到後瞧她站在一面博古架前擺弄上頭的珍玩器件，打了個手勢揮退下人後走上前去，從背後環緊她道：「妳既是身子不舒服，還四處走什麼？」

納蘭崢當然早便聽見他來的動靜，聞言偏回頭沒好氣道：「還有臉說呢，是誰將我弄成這般的？」

湛明珩低頭拿下巴摩挲了下她的臉蛋，憤慨道：「就是！哪個畜生膽子如此肥碩，就該拖了去杖責二十大板！」

算他會說話。她憋住不笑，冷哼一聲。「那你倒是杖責了他。」

湛明珩不懷好意地笑了笑，攥起她垂在身側的手。「來，就用這手。」

納蘭崢臉一紅。「你放手！」他要叫她打他屁股不成，真是厚顏無恥！他敢想，她可不敢！

「那妳不杖責了？」他的語氣竟然有些失望。

「我……我嫌手疼！要不然你自罰吧！」

湛明珩默了一下，似乎在腦袋裡過了一遍自罰的場面，臉霎時變得有些扭曲。還是不要了，哄她高興也不能這樣啊。

納蘭崢到底還顧全他顏面，也非真是山中母老虎，眼見他這般就想算了，轉過身去面對他。「好了，你與我保證，下回我不肯的時候，你再不可胡來了。」

這個保證，簡直比自罰還可怕……湛明珩費力地作了一番計較，最終決心應承她。她如今千不甘萬不願的，全將此事當作犧牲自我，無非是因的確不夠適應他，故而品嚐不到其中樂趣，待他多多修練技藝，能勾得她欲罷不能，看她是否仍舊這般態度！

他計較分明了，趕緊在她注視下笑答：「自然自然，都聽妳的。」

納蘭崢就不與他置氣了，伸手替他撫了撫衣襟，卻因此番動作嗅見一些血腥味。她皺皺鼻子，抬起眼來。「你去過刑部大牢了嗎？」

湛明珩不料她鼻子這般靈光，點點頭。「從景和宮出來後去的，審了幾名要犯。」說罷也皺皺鼻子，大約是覺這氣味會衝著她，便放開她道：「我去沐浴，妳在書房等我。」

納蘭崢是曉得的。此前大婚，他怕犯了忌諱，數日不曾出入那等晦暗地方，因此耽擱不少事，如今後續諸禮已畢，也該加緊腳步處置公務。

思及此，她的火氣徹底消了。他如此疲累，她又何苦再惹他多添煩思，便伸手環住他的腰身道：「我今兒個真是動彈不得了，改日伺候你沐浴。」

湛明珩雖內心渴望，卻沒想真勞動她，摸摸她的腦袋道：「好。」說罷笑了一聲。「我給妳找些公文看，免得妳無趣。」

她一愣，就見他回頭將落了鎖的官皮箱打開，從裡面翻出一疊蓋了密印的文書遞給她。看她傻愣著不接，就催促道：「妳來我書房不就是想看這些？妳與我有什麼不能開口的。」

她撇撇嘴。「我這不是怕壞了規矩。」她的確是因關心謀逆案一事，欲意來察看些蛛絲馬跡，只是也沒打算亂翻亂尋，見他明面上沒攤放東西，想他或許是刻意藏起來了，故而打消了念頭，轉頭玩玩博古架上的器件。

都說後宮不得干政，她雖知他待她好，卻也不確信他是否忌諱這些啊？

湛明珩敲了她一記板栗。「在這承乾宮裡，我的話就是規矩，我准的事誰也別想攔，我不准的事誰也別想辦！」

她心內動容，面上卻未曾表露，吃痛似的揉揉腦袋瞪他一眼，接過了文書道：「知道了，你快去吧，完了趕緊用膳。」

湛明珩被推搡走了，回來便見小嬌妻霸占他的椅凳與案桌，翻那卷文書比翻他還認真。

啊呸，她就沒翻過他！

他杵在門邊許久，擺了無數個自認金光閃閃、帥氣逼人，足可惹動天下一干女子神思的姿勢，卻見她從頭至尾皆未瞧見他，甚至連眼皮都不曾抬起一瞬，反是身後忽然傳來一聲驚訝困惑的——「殿下？」

納蘭崢聞聲抬頭，就見湛明珩昂首支肘於門框，身姿分外妖嬈，而他背後，站了一串端著膳食的婢子。

湛明珩的臉霎時黑了。是了，他忘了，他覺得瞧著納蘭崢較為下飯，故而沐完浴就吩咐人傳膳來書房，而他方才瞧她瞧得出神，竟一時不曾注意身後動靜。

那他擺出的那幾個姿勢，這些婢子瞧去了多少？心內又作何感想？

她們不會以為她們家主子瘋了吧？

納蘭崢一頭霧水地盯著湛明珩，只見他忽然一副腰痠背疼的樣子，揉揉腰背，揮揮手臂，作一番舒展筋骨狀，過後才回頭凶巴巴地道：「都愣著做什麼，還不快端進去！」

婢子們忙頷首應是，心道原來殿下是在舒展筋骨。

納蘭崢將上首位置讓給他，挪去旁側，等婢子們被揮退後，揀了銀筷親手替他布菜，一面問：「你腰疼？」

湛明珩哪會腰疼，剛想矢口否認，張嘴卻是一滑溜，毫不心虛道：「對。」

她頗有些不好意思地想，她也學過武理，就他在榻上折騰她的那姿勢、那動靜、那時辰，不累著腰才怪呢。

她垂了眼，一連挾了好幾片燴鴨腰到他碗碟裡，咬咬唇猶豫道：「那……那你多吃些這個。」她記得這道菜是壯腰補腎的。

湛明珩抬起眼皮，待看清她挾的是什麼，頓起一陣旖旎遐思，鼻端一熱險些就要湧出血來，隨即不可置信地瞠目結舌道：「納蘭崢，妳莫告訴我，妳現下是在叫妳夫君壯陽？」

她一愣，好像明白過來他的意思，也跟著結巴道：「不……不是啊，我、我就是聽你說腰疼……」

湛明珩已欺身上來了，一把扣緊她的腰，將她攬至身前，叫她貼緊了下邊蓬勃欲起的某處，咬牙切齒道：「妳莫解釋了，我看妳就是嫌棄，我不吃這些，妳再仔細試一試看看？」

察覺到他的堅硬滾燙，納蘭崢頓時一陣腿軟，瑟縮道：「湛……湛明珩，我給你揉腰，給你捶背，給你餵飯，只要……」她低垂了眼，一指。「只要你不拿它對付我。」

第七十三章

瞧把她嚇的。湛明珩也就唬唬她罷了，難道真能毫不體恤她，繼續霸王硬上弓不成？那他是將她當成什麼了？

他冷哼一聲鬆開她，曉得她體力不濟，自然也不會差使她替他揉腰捶背，只是餵飯這等不費力氣的小事嘛，未嘗不可。

他坐下後將她抱在腿上圈進懷裡，繼而張了嘴，拿手往裡指了指，示意她來。

這「餵飯」一說是納蘭崢情急之下脫口而出，真要做起來又覺渾身彆扭。她是養了個兒子嗎？可是哪個兒子敢將娘親抱腿上啊！

見湛明珩一臉堅持，她只得繳械。所謂識時務者為俊傑，將他惹惱了，倒楣的還是她。她拿起湯匙與銀筷，挑揀了菜餚往他嘴裡送，一口菜配一口飯，三回完了再潤他一口湯，顯得十分有章法。

湛明珩則來者不拒，只顧盯著她柔嫩得似能掐出水來般的臉，也不看她究竟都餵了他什麼，連原本挑剔不吃的胡蘿蔔都嚼得津津有味。納蘭崢便乘機一個勁地餵他吃胡蘿蔔，活像餵兔子一般。

直至盤中的橘紅色所剩無幾了，湛明珩才皺了一下眉頭，打斷她的動作。「妳方才給我餵什麼了，這個？」一指案上，語氣質疑。

「是啊。」她理直氣壯地點點頭。她都餵一盤了，他不知道嗎？

「妳不曉得我不吃胡蘿蔔？」

「我曉得。」這時候說不曉得豈非要叫他火了，她才不觸他逆鱗，彎起嘴角，再挾了一筷子的胡蘿蔔絲。「但你要多吃蔬果。來，張嘴。」

湛明珩瞅著她的梨渦，給她溫柔得心都化成一灘春水，莫說胡蘿蔔，便是現下餵他一碗豬食糠米，他或許也不在意，張口就將那一撮橘紅色的玩意兒吞了下去。

納蘭崢見他一點脾氣也沒有，乖順得像隻貓，忍不住母性大發，伸手揪了一下他的臉皮。「你若時時這般乖巧就好了。」

誰知被她這動作一激，他立刻變了臉。「納蘭崢，老虎皮妳也敢揪？」說罷將她手裡的湯匙撥了，摟住她一頓猛親。

他嘴裡濃郁的胡蘿蔔味因此全過給了她，納蘭崢自己也不愛吃胡蘿蔔，被這氣味惹得嗚咽著去推搡他。「湛明珩，你……你漱口去！」

不想這男人似乎絲毫聽不出她的嫌棄之意，只模模糊糊道：「妳要多吃蔬果，嗅嗅味道也好……乖。」

兩人鬧作一團，等湛明珩親夠了，眼見納蘭崢的唇紅得都能滴血，他俯首埋在她胸前喘著粗氣，像在極力克制體內湧起的反應。

納蘭崢真怕他二話不說又將她抱去床榻，著實被他磨蹭得難受，剛欲推他腦袋，卻聽他不大喘了，似乎漸漸平靜下來，悶了一會兒，忽然道：「洄洄，我有話問妳。」

他的語氣淡淡的，因埋首在她衣料間，聲音聽來有些壓抑。她隱隱約約像預感到什麼，目光掠過尚且攤在一旁未合攏的那疊文書，垂首瞧他頭頂心。「……你說。」

湛明珩默了默，斂去此前玩鬧的笑意，卻仍未肯捨得那軟和之所，繼續埋著道：「方才沐浴，我靜下心來想了許久……妳與顧照庭究竟有什麼淵源？」

納蘭崢緊張地咬了一下唇。或因他此刻能夠清晰地聽見她的心跳，她反倒越發慌張，一顆心七上八下地，幾乎克制不了。

湛明珩顯然也察覺到她的不安，便離她遠一些，抬頭注視她道：「我在想，妳自幼長在深閨，除卻八年前那一樁救命恩情，與此後為數不多的幾回碰面，妳和他還有什麼牽扯？我回憶了這些年來每一次不對勁的地方……洄洄，與其講妳與顧照庭有什麼淵源，或許該說是，妳與公儀府有什麼淵源才對吧……」

納蘭崢被他盯得渾身緊繃，有些透不過氣來。這個男人與她相識八載，青梅竹馬，親密無間，如今已是她名副其實的夫君，可他這般盯著她，目光銳利逼人，竟叫她陡然生出一絲害怕。

有那麼一瞬間，她甚至以為他或許什麼都知道了。

她忽然想，他方才將那疊記載了謀逆案諸事細節及公儀閣老罪證的文書送至她手，莫不是在試探她？試探她是否會心神動搖，試探公儀府究竟對她多要緊？

見她沈默，湛明珩極力忍耐，深吸了一口氣再問：「妳此前在榻上就是想與我說這個吧，是我頭腦發熱打斷了妳。洄洄，妳眼下重新告訴我。」看她仍舊擰了眉在深思熟慮，他死死攬緊她的腰身，拿額頭抵著她的額頭，再出口時聲色裡已帶了一絲喑啞，以近乎誘惑的語氣道：「妳不希望公儀府出事，是嗎？只要妳此刻說明緣由，我可以不動公儀歇……」

納蘭崢霍然睜大了眼睛，將他推遠一些，打斷道：「不，不行！」

她語氣聽似決絕，湛明珩卻清楚瞧見了她眉間一瞬掙扎。

他足夠瞭解她，知她絕不可能因無關緊要的干係流露出這般神色。他記起公儀老夫人過世那日，她哭得多慘多揪心，記起此前華蓋殿內，她聽聞湛遠鄴欲意犧牲公儀歇時剎那白透的臉色。

他思量了很久，哪怕公儀歇參與了奪嫡，害他不輕，只要納蘭崢不願懲戒，他就放棄。甚至倘使她想，公儀家闔府上下的富貴榮華，他都可以給。

但凡她給他一個理由，牽強的也行。

納蘭崢在一陣錯愕與慌亂後，目光複歸於清淡平靜。

她太慶幸湛明珩此前打斷她了。彼時她被壓迫得厲害，一時衝動險些就將萬事交代與他，眼下聽他這般說，方才冷靜思量了清楚。

是了，她不能說。湛明珩太過熟悉她，也太聰明，若非死而復生這等事常人決計難以想像，他恐怕早已摸透了真相，甚至眼下，她也不敢保證他究竟猜得了多少。可他既已瞧出她內心不願公儀府落難，她便更不能夠輕易開口了。

她已從那封文書裡，瞧見了當年的父親在先前貴州一行裡扮演了怎樣關鍵的角色。多少人命葬送他手，她看得一清二楚，他是有罪的，不容寬恕的罪。

國有國法，違者當懲。何況她曾與貴州軍民一道生死患難，親眼目睹戰火紛飛，生靈塗炭，如今湛明珩竟要為了她，叫無數在天英靈不得慰藉，千萬枉死百姓不得瞑目。

此刻在她面前的是未來的天下之主，她嘴裡輕飄飄的一句話能夠撼動他多少，便能夠撼動整個大穆多少。故她絕不可令他違背公允，摒棄道德，失卻良心，包容罪臣，因她背負如此千古罪孽，甚至或遭史筆戕伐。

湛明珩見她眼色便曉得她的回答了。他緩緩閉上眼，似乎是有些不忍心看她這般。

納蘭崢卻反倒伸手碰了碰他微微顫動的睫毛，柔聲道：「湛明珩，你睜開眼。」見他照做了才繼續。「莫說我與公儀閣老沒有絲毫干係，即便有，錯了就是錯了，錯了就該受懲，你若真為了我好，便莫叫我做禍國的太孫妃。」

他沈默注視她許久，目光從她的眉落向她的眼、她的唇、她的髮，每一眼皆用力得好似要將她鐫刻一般。

良久後似乎嘆了口氣，將她抱進懷裡。「洄洄……」卻未繼續往下說。

納蘭崢摟緊了他的脖頸，埋首在他肩窩，在他瞧不見她臉容的一瞬，她的眼底很快氤氳起一層迷濛水氣，卻最終被她悄無聲息地一點點忍了回去。

此後大半個月，兩人權當這一齣不曾有過。湛明珩忙裡忙外，不時通宵達旦，每每納蘭崢欲意等他一道睡，總被好一頓訓。

好幾日她孤枕入眠，一覺醒來瞧見身側空蕩蕩的，一問下人，才聽說他壓根沒來過寢殿。

她大約也曉得他在忙何事。離京一載，大半個朝廷與皇宮皆被架空，湛遠鄴苦心籌謀多年布下的暗樁並非一朝一夕可清除。三司裡頭不乾淨，故而查個謀逆案拖了這般久，線索幾乎是一點一點擠出來的。所謂磨刀不誤砍柴工，既如此，與其死鑽牛角尖查案，不如先換血清洗。

換血一事是自歸京不久便起始的，湛遠鄴也的確因此折損不少勢力，整個豫王集團被抽磚拔柱，至此已可說岌岌可危。卻是這等事亦不可操之過急，倘若毫不留情連根拔起，則一個不小心便將被反咬一口。

湛明珩如此大刀闊斧清洗朝廷，湛遠鄴一系的官員自然坐不住，時時諫言尋他麻煩。湛遠鄴自己倒好，來了招以靜制動，以退為進，中了個毒，此後乾脆日日皆請朝假，在王府安心歇養。

這看似稀鬆平常的事到言官嘴裡可就不得了。說是聽聞豫王爺病來如山倒，此番雖有驚無險，卻因此前一載嘔心瀝血，勞神勞力，恐怕短時間難以恢復康健。再暗暗散布謠言，講太孫如何忌憚皇叔，歸京後將豫王爺針砭時弊的改策俱都推翻，且竟隨心所欲戕害忠心為國的朝臣。

謀逆案遲遲未果，被這群言官說成是太孫無中生有；華蓋殿一案未得了結，則被說成是三司執法不嚴，辦事不力，實則論及根處，罵的還是太孫。

湛明珩手底下的朝臣們自然也非吃軟飯的，如此一來，朝議時真可謂你來我往，炮火連天。

這日，湛明珩下朝後照舊推拒了內閣議事打算回承乾宮，不料半途卻被秦閣老攔下，瞧他身後還跟了兩名「小弟」，眼見得是衛洵與顧池生。

宮道無旁人，故秦祐也不顧忌禮數，便虛虛點點他道：「你小子，從前還肯與我喝喝酒，如今日日得空便往你的寶貝東宮鑽，竟都不尋我議事了。」

湛明珩嘴角一抽。「秦姑父，內閣髒成那般，您說我究竟是去議事呢，還是去送命？再說這朝議，您是牙尖嘴利，可擋不住那些老賊的唾沫星子直往我面上飛，我不回承乾宮沐浴都渾身難受，您可莫攔我！」

秦祐聞言朗聲一笑，也不戳穿他，往自己身後兩邊一瞥。「三個臭皮匠也可頂個諸葛亮了，你見不得內閣的老賊，如何能不請咱們去承乾宮坐坐？」

湛明珩的臉黑了幾分。只秦祐一人自然就罷了，竟還「來一捎二」。他毫不猶豫威脅道：「秦姑父，您上回在宮裡喝醉酒，與皇姑姑解釋是我留宿您議政，我可替您兜了啊。」顯見得他若是敢將這兩礙眼的一道捎去承乾宮，他就要去向湛好告密了。

秦祐卻搖頭嘆了一聲。「我的好姪兒，你皇姑姑厲害，此事早已被她察覺了端倪，你就不必拿來威脅我了。」

湛明珩咬牙切齒。「我要沐浴，沒空招待你三人。」

「不要緊、不要緊。」他忙擺手。「你大可放心沐浴，咱們請東宮的女主子招待便可。是不是？衛伯爺，顧大人。」

湛明珩只好陰沈著一張臉，「請」幾人一道去承乾宮一敘。

秦祐下了朝便換了副樣子，行止十分隨意。虧得此前湛明珩離京，衛洵與顧池生替他在朝周旋，沒少與這位脾性奇異的閣老來往，故也已習慣了。顧池生原本話不算少，偶也陪秦祐喝過幾回酒，可進了承乾宮不知何故變得沈默幾分，多是衛洵在陪閣老打趣。

湛明珩落了轎先問太孫妃下落，顯見得一副要叫小嬌妻藏好，不給這幾個男人瞧的模樣，卻聽婢子回稟，說納蘭崢去了長渝宮，眼下尚未得歸。

長渝宮是幽禁嬪妃的冷宮，現下配給了湛遠賀慘死後，抑鬱瘋癲的姚貴妃居住。

納蘭崢素日裡除卻照期日與謝皇后及昭盛帝請安，後宮嬪妃們時不時也得前來東宮問安，故而幾乎已將那一張張臉都認了個遍，只有姚貴妃例外。

她已有八年不曾與這位貴妃打照面了，聽聞她當初瞧見兒子的斷臂便大病了一場，後得兒子死訊，又親眼目睹那死狀慘烈的屍身，當場就瘋癲癡傻了，再未好轉過。

她此番便是向謝皇后請示後，打了探視的名頭前往長渝宮的。

湛明珩一聽此事便猜得了緣由。彼時姚貴妃瘋得太巧，後雖幾次三番派太醫問了診，聽得回稟皆稱的確是脈象紊亂，神志渾無，可說到底，以這位貴妃與皇祖母爭鬥多年的手段來瞧，即便痛失愛子，似乎並不像輕易會得失心瘋的人。

他亦對此有過懷疑，只是以他的身分，沒個由頭躬身往長渝宮去不大妥當，且皇祖父也已派人查探多回，並無搜得什麼，因此便打消疑慮，未再多管。

如今納蘭崢或是有此顧慮，因而想替他出面打探一番。她這些日子雖避嫌似的刻意不問謀逆案的進展，卻終歸關切他，欲替他分擔。

只是他記得，她的小日子還沒走呢。她三日前與他講，此番月事造訪竟難得不覺腹痛時，他還笑說是被他在榻子上治好了的。如此算來，今兒個才第四日罷了。

他思及此，不免蹙起眉頭，問：「太孫妃可帶了隨行的護衛？」人是真瘋假瘋都難講，何況姚貴妃曾與她有仇怨，她身子也不方便，萬一有個閃失可如何是好？

「殿下盡可放心，井護衛皆已安排妥當。」

「何時走的？」

「約莫已有半個時辰了。」

他點點頭。「她一回來便派人來我書房回稟。」

「是，殿下。」

湛明珩在外邊磨蹭詢問了半晌，等進了書房就被秦祐酸不溜丟地調笑了一句：「我的好姪兒，不去沐浴了？」

第七十四章

他自然想沐浴，可既然他們都來了，也不急於這一時，哪知方才欲開口說「不」，便見衛洵故作親暱地拍了拍秦祐的肩膀，陰陽怪氣附和道：「閣老，您太單純了，這沐浴一說就是不願請咱們進門的藉口罷了。」

秦祐作恍然大悟狀。

湛明珩給兩人一唱一和氣得不輕，只這時候才覺識趣的顧池生稍稍順眼一些，登時不願再好聲好氣招待，扭頭就想走人沐浴。卻是靴尖方一轉，便見衛洵不請自行地步至一旁臥榻，順勢要坐下去的模樣。

他猛地停步，伸手虛虛點住他。「你站住！」

衛洵被他吼得一愣，半彎著身僵了一下，隨即站直了問：「怎地，這榻子下毒了？」

湛明珩是下意識不願旁人靠近這張榻子，故而一時脫口而出喊住了他，此刻卻無法道明個所以然，目光閃爍片刻，只好冷哼一聲，順他的話道：「對，下毒了，不想死就給我去坐別處。」說罷略帶警告地飛了個眼刀子，繼而大步流星地走了。

不想衛洵卻是聰明的，等他走沒了影，疑惑地瞧了瞧這張矮榻的高低，目測比劃了一番，立刻意識到上頭可能發生過什麼，恍然大悟。「哦……」聲色起伏頗有些蕩漾。

秦祐給他「哦」出一身雞皮疙瘩，順他目光瞧去，也是一陣恍然大悟，笑著評說道：「呵呵，年輕人精力旺盛，花樣多。」

顧池生原未打算深究，被迫聽見這話豈會不明白，尷尬地咳了一聲，雖比兩人身分都低一些，卻也忍不住嚴肅道：「閣老與伯爺還是莫失禮探究了，如此實在是不尊重。」

衛洵聞言收斂了目光，喟然長嘆一聲，叫人打開窗子。湛明珩這臨走暴擊夠厲害，夠討人嫌啊，看來日後還是少在人家地界開人家玩笑為妙。

秦祐瞥他一眼，知他心內躁動了，便出言責道：「你小子，還未成家便已懂得不少，瞧瞧照庭也不像你這般。」

衛洵看顧池生一眼，果見他神色淡然，毫無所動，便說笑道：「我一介粗俗凡人，食的人間煙火，照庭兄一瞧便是天上仙人。」說罷補充：「何況我也是訂了親的，閣老可莫瞧不起人。」

秦祐這才記起確有此事。當初湛遠鄴欲意拉攏內閣裡一位原本歸屬湛遠賀一系的輔臣，便撮合了人家的孫女與這小子，叫衛洵施點手段好好對付。

他思及此「嘶」了一聲。「可如今你已然反水，徐閣老意思卻不明確，此樁親事莫非得黃？」

衛洵擺了副十分好笑的樣子。「人家徐小姐說了，此生非我衛洵不嫁，否則便懸樑跳河尋死覓活，您說徐閣老是乖乖跟了太孫做事，還是眼見寶貝孫女香消玉殞呢？」湛遠鄴就等著被狠狠打一「巴掌」吧。

「你小子倒厲害，可是費了不少工夫討小姑娘高興？」

他嗤笑一聲。「閣老，是我這皮相很差勁，才叫您以為得花多餘工夫？不是我說，這世上我衛洵拿不準的姑娘，也就一個罷了。」

秦祐自然曉得他說誰，拿手指頭點點他。「你這話小心莫給我姪兒聽去，到時斷手斷腳的，看你還如何叫徐小姐傾心。」說罷刻意揀了離臥榻最遠的官帽椅坐下。「得了，過來談正事。」

衛洵口中拿不準的人眼下正坐在一頂轎輦裡往承乾宮去。

一旁的岫玉見她眉頭深鎖，寬慰了她幾句，眼見她有一答沒一答的，忍不住問道：「可是方才長渝宮的事惹您煩憂了？」

納蘭崢點點頭。「是有點想不大通。」

「您想不大通的事，回頭交給太孫殿下便好了。」

她「嗯」了一聲，沒再說話。

方才去長渝宮見姚貴妃，幾經言語試探之下，著實瞧不出任何作偽的痕跡。甚至姚貴妃趴在地上翻來滾去，湊上前欲意拿指甲抓撓她時，井硯護主心切，一時動作大了些，不小心踩了她指尖一腳，她也是「咯咯咯」笑個不停，像絲毫察覺不到痛楚一般。

但有一樁事很古怪。井硯踩了姚貴妃手指後知曉自己失行了，想將她攙扶起來，因她掙扎不肯起，無奈之下，便將雙手分別穿過她的腋下，作了個「架人」的動作。

姚貴妃因此大駭，竟然動嘴去咬井硯，後口中一直來回唸叨：「別打、別打……我兒沒有殺豬，沒有殺豬……！」

她蹙眉思量，將井硯彼時的姿勢回憶了一遍又一遍。很顯然，姚貴妃的確瘋了，或者起始就瘋了，或者是原本欲意裝瘋自保，之後再被誰逼瘋的。而她之所以有此古怪反應，應當是曾有人對她做了相似動作，因此傷害過她的緣故。

這個「架人」的手勢，一般多出自男子，倒很像官兵遇上不肯就範的犯人，硬拖帶拽綁上刑台時所為。

是誰對姚貴妃刑訊逼供過嗎？

她咬了咬唇，自語道：「殺豬？豬……」卻是唸及此單字霍然睜大了眼。「莫非不是豬，是珠？」

她不曉得自己是不是想多了，但論及「珠」字，思來忖去，腦袋裡便只浮現出十五年前公儀珠的那樁事，也就是她的死。

彼時殺害她的人在兩年前便已伏法，照凶手杜才寅的口供來看，幕後黑手該是不願娶她作繼妃的太子。只是湛明珩不會將這等憑空言說當真，給已故的父親添一條莫須有的罪名，叫他九泉之下難安，故後來整理及上呈供詞時，暫且抹去此樁意外查得的「案中案」。

彼時老忠毅伯身死沙場，朝中一片動盪，皆在催促懲治通敵叛國的孽畜。既然罪證已搜羅齊全，且杜才寅也在生不如死的刑罰折磨下鬆了口，未再出言栽贓父親與弟弟，坦誠了與京城往來的信件皆是作偽，如此便可算結案了，行刑一事著實不宜再拖。湛明珩只得切斷了這條線索，照律法命三司判了凌遲，預備來日從杜老爺身上再細究公儀珠的死因。

誰知後來很快出了貴州賑災一事，繼而便是一載多在外漂泊，歸京後也是日以繼夜焦頭爛額，哪還顧得及這一樁陳年舊案？就連曾經十分執著此事的納蘭崢自己也因凶手伏法，且當下忙碌，漸漸就此擱置遺忘了。

不想如今竟無心插柳柳成蔭，反叫她意外觸及了一點蛛絲馬跡。

一旁的岫玉一頭霧水，問她可是出了什麼事？她比了個「噓聲」的手勢，示意暫且莫擾她，繼而順著這個假設思考。

假設此「珠」即她，該當是誰懷疑當年害死她的人乃湛遠賀，或許出於死無對證，故只得尋其生母姚貴妃打探真相。

可姚貴妃瘋癲後始終被幽禁於長渝宮，畢竟仍品級在身，絕無可能隨隨便便就讓誰帶走，因此即便是刑訊逼供，地點也該就在此間冷宮，時間則應當在湛明珩離京、昭盛帝被架空的那一段。

彼時整個皇宮皆在湛遠鄴的掌控之下，不該有人能夠越過他去到長渝宮，因而此人的動作必然是經由他默許的。既是這樣，此人理當是在他手底下做事，如此也排除了始終掛心當年真相的顧池生，畢竟他的手不可能伸得那般長，伸往後宮去。

思及此，她忽地激起一陣一陣的心悸。

此人究竟是誰，幾可呼之欲出。她已離真相很近很近，卻被迫停在當頭，戛然而止。

她花了多久說服自己啊。她告訴自己，那個人雖在她跟前慈父做派整整十五年，卻實則心性陰騭，行事狠戾；那個人在她不明不白落水後，明知她含恨而死，卻或許出於某種政治利益，放棄替她伸冤，甚至她亡故不久，他便一路青雲直上，榮登內閣之首，而她，連一塊牌子都沒有！那個人參與奪嫡，不擇手段，禍亂蒼生，披著忠君事主的面孔矇騙聖上、矇騙朝臣，與湛遠鄴沆瀣一氣，害湛明珩至那般境地。

如是種種血淋淋的事實擺在眼前，即便他是她曾經的父親，她又如何能夠因此昧著良心，對不起那些無辜枉死的百姓與浴血奮戰的將士，替他向湛明珩求情！

她這般說服自己了，她做了納蘭崢該做的決定，而不是公儀珠。她以為她做得不錯。

可倘使真相告訴她，那個人的確壞事做絕，的確堪稱亂臣賊子，卻與此同時，他也是一位為了亡故的愛女苦心蟄伏，整整追索了十五年的父親呢？

十五年啊。

她的臉色一陣一陣發白，豆大的汗珠從額前滾落。

若真相確是如此，她該如何自處？她究竟該做為國為朝秉公的太孫妃，還是為父為母徇私的子女？

岫玉被她這模樣嚇得不輕，一個勁問她出了何事，卻不得她回答，只好吩咐轎夫快些將轎子抬回承乾宮去。

落轎後，井硯見她臉色白得厲害，欲意抱她下去，卻被她擺手回絕了，見她勉力定了神色問：「我無事。殿下在哪裡，可下朝了？」

井硯尋了名宮婢詢問，完了與她道：「殿下吩咐她們，說您一回來便去書房回稟。」

她點點頭。「叫她們不必跑了，我這就去書房。」

她此前莫名驚出一身冷汗，眼下被風一吹，渾身都有些發軟。方才步至書房槅扇外，抬手欲意叩門，便聽裡頭傳來衛洵的聲音。

「照閣老推斷，也就是說，當年或許是湛遠鄴慫恿杜才寅殺害了公儀珠，卻嫁禍給湛遠賀，叫公儀歙誤認了仇人，而他正是為報此仇，這些年來才與湛遠鄴合作……湛遠鄴答應他，替他清除湛遠賀的勢力，當作條件，他則助他奪嫡？」

納蘭崢身子一晃，大力磕倒在門前。

岫玉與井硯霎時大驚，書房內議事的三人亦被這動靜震得住了口，臉色同樣白得厲害的顧池生似乎一下子思及什麼，猛地起身上前，移開了書房的槅扇。果見是納蘭崢栽倒在地，好不容易才讓一左一右兩名婢女攙扶起來。

她神情恍惚，眼圈暈得通紅，瞧見顧池生這般大驚失色，似唯恐她聽見了什麼的模樣，心內越發絕望，眨了眨眼溢出了淚。「……池生，此話當真？」

她的嘴唇拚命打顫，大約是一路思量，腦袋糊塗，自己也分不清究竟身在何處了，竟如當年一般喚了他的名。

衛洵和秦祐呆愣在顧池生身後。且不論太孫妃何以如此神情舉動，這一句「池生」似乎就有哪裡不對。

不是似乎，就是不對。論公，一個是太孫妃，一個是朝廷命官；論私，顧池生長納蘭崢八年，是她的姊夫。

顧池生剛欲開口，張嘴卻覺一道目光朝這向逼射過來，他下意識偏頭去看，便見湛明珩站在廊子盡處，似乎剛沐浴回來。

他盯著此處的眼光寒涼至極。

納蘭崢亦隨他這一眼望去，瞧見湛明珩後自知失態，趕緊揀了巾帕拭淚。

湛明珩見狀，喉結滾了滾，大步朝前走來，卻未與她說話，只冷冷吩咐岫玉：「扶太孫妃回房歇息。」

她咬咬唇，曉得他已然動怒，此刻絕不該當外人的面違拗他，想與他說句什麼，張嘴卻不知如何開口好，只得沈默著被岫玉和井硯攙了回去。

顧池生的目光黏了她一路，最終苦笑了一下，收回後望向面前的湛明珩。「殿下，微臣有話說。」

他神色淡漠地盯著他。「剛好，我也有話問顧侍郎。」說罷瞥了眼從始至終一頭霧水的秦祐與衛洵。「閣老與伯爺請便吧。」

兩人對視一眼，識趣告退。

待闔緊門窗，湛明珩於上首位置坐了，顧池生隔了一張案桌默立良久，才緩緩道：「殿下，這些話本不當由微臣講與您聽，但形勢至此，倘使微臣不說，恐怕太孫妃永遠也開不了口……故而微臣只得擅作主張了。」

湛明珩眨了眨眼，疲倦道：「說吧。」

顧池生默了一默，隨即才似下定決心，深吸一口氣道：「殿下或者尚且記得，十五年前春夜，公儀府的四姑娘在府內含冤落水，噏氣當晚，恰逢太孫妃與嶸世子雙雙出世。您興許不信投胎轉世或起死回生一說，但事實卻是，太孫妃正是彼時溺水亡故的公儀小姐……」

此後經年，公儀家失了一位名滿京華的詠絮之才，魏國公府得了一位驚采絕豔的蕙質千金。十五年前也好，十五年後也罷，將要走進這座宮城，走上那個鳳位的……始終都是同一人。

湛明珩一反常態的平靜。聽顧池生說起這般近乎不可思議的事，他甚至從頭至尾都未曾變過一絲一毫的神色。

顧池生卻看見了。他看似正襟端坐，毫無所動，實則掩在寬袖裡的手微微顫抖，聽至後來，甚至手背青筋暴起，指尖蜷縮向裡，一陣難以克制的痙攣。

就像當年初知真相的他。

他是失而復得，得而復失，故輾轉痛苦；而湛明珩是平白被添了一刀，生生剜在心上。

倘使他們都足夠自私，或許寧願永遠也不要知道。

接下來的話就不必他講了。湛明珩與她青梅竹馬一道長大，無須他開口替她解釋，這個人一樣能明白她的躊躇、她的兩難、她的隱瞞、她的苦心。

湛明珩閉上雙目，緊蹙眉頭沈默良久，好似在竭力隱忍什麼，最終淡淡道：「顧照庭，多謝你，恕不遠送了。」說罷睜了眼霍然起身，繞過他大步朝外走去，行止間帶起一陣焦躁難安的風。

顧池生停滯原地，回頭看了一眼他去的方向，忽然想，幸好啊。

幸好這個人是湛明珩，是視她如命的湛明珩。

湛明珩走得太快，一路揉開了十幾名擋路的宮人，急急闖進寢殿。繞過幾道屏風後就見納蘭崢似乎揮退了下人，正獨自抱膝側躺在榻子上，背向外蜷在床角。

聽見身後動靜，她好像曉得是誰來了，慌忙爬起。

他頓在那處傻站了許久，像要將眼前的人與十五年前溺水亡故的公儀珠連在一道瞧。

納蘭崢見他這般神情，也不知他氣消了沒，擠出一個笑來。「你忙完了嗎？」一副若無其事的模樣。

可他不瞎，瞧得見她雙目紅腫，必是方才狠狠哭過一場。

他頓時忍不住了，大步上前在床沿坐下，將她一把摟進懷裡，用力得像要將她揉碎一般，雙手不可遏止地顫抖著，嘴裡卻一句話不說。

納蘭崢忽然記起，當年松山寺裡，他翻山越嶺尋見她，似乎也是這個模樣，像在害怕什麼似的。

她想問他出什麼事了，卻忽聽他道：「……洄洄，疼嗎？」

他心亂如麻，憋了一肚子的話想問她，最終卻先問出這一句，也似乎只想問這一句了。

那些亂七八糟的往事都不要緊，他只想知道，那般黑的天、那般冷的水，她疼不疼？

一定很疼吧！

可他竟不能救她。

納蘭崢被他摟得氣都緩不過來，推搡了他一下，得以喘息了才答：「還好……我就磕了下膝蓋，太醫來看過了，說沒傷著骨頭，就是岫玉給我上藥的時候稍微有點疼，我沒忍住，哭了。」

湛明珩一愣，知道她沒聽懂他的問話，也知道她在竭力掩飾自己哭的真相。

他突然不想問了。她不想說，他便裝作不知。

他將她的褲腿捋起來，看了一眼她紅腫的膝蓋，頓時怒從中來。「都腫成這般了，妳是連走路也不會了嗎？」

納蘭崢見他似乎未有懷疑的意思，安下心來，抱住他的一隻胳膊道：「誰叫你日日抱我，我好久沒下地，走路都生疏了。」

有這麼誇張嗎？

湛明珩當然曉得她緣何磕倒，此刻卻只得順她的意道：「妳還怪起我來了？成啊，妳有本事與我在書房……」

納蘭崢一個情急，死死捣住了他的嘴。

他能不能不說這種話啊？

此前他沒日沒夜地忙公務，挑燈批閱奏摺，她便想去書房陪他，結果一不留神在臥榻上睡了過去，迷迷糊糊醒來就見他在剝她衣裳，竟然拉她在那等地方，屈膝跪在她臥榻前……也不知哪裡學來的，真是要命了！

她那時候當然沒本事下地走路了，他還好意思拿這個來舉例。

湛明珩眼睛一彎，知她羞得轉移了注意力，便不再鬧她。撥開她的手，低頭去親她的鼻尖，完了再去親她發紅的眼圈，動作是柔情似水的，嘴裡說的話卻很威脅人。「納蘭崢，妳別以為傷了個膝蓋叫我心疼，我就肯放過妳了，妳日後若再敢私下與顧照庭說一句話，看我怎麼罰妳！」

她被他親得臉頰濕漉，嫌棄掙扎。「湛明珩，你是狗嗎？」

湛明珩聞言狠狠舔了她一口。

沒錯，他就是狗。

第七十五章

湛明珩花了整整幾日幾夜，將過去幾年種種不對勁之處零零散散拼湊起來，方才徹底想通且接受了納蘭崢的確是公儀珠的事實。此事雖荒誕不經，卻未有較之更合理的解釋了。

關乎公儀珠，早在此前查案時他便已探了個清楚，除卻此女險些成了他繼母以外，倒無任何叫他不舒心的內情。公儀家門風嚴謹，雖聽聞她彼時也非坐得住的性子，卻僅僅只在府裡玩鬧，偶爾偷摸著去後園瞧瞧人家文人墨客的流觴宴罷了，倒是沒有什麼過分、壞規矩的事。譬如像這輩子，縱容他這個皇太孫接二連三地闖她閨房。

得知此段淵源過往後，他自是想明白了納蘭崢這些年對顧池生的特殊情誼，曉得她多半是將他視作弟弟般看待，心結也就隨之解開了。畢竟他著實不相信，即便顧池生再如何英俊瀟灑、儀表堂堂，納蘭崢眼見他從一個矮墩墩的男娃娃長至今日，難道還能生出旁的情愫來不成？

思及此，他一面暗暗叫爽，卻也一面黑了臉皮。納蘭崢與他初遇那年，他也不過才十二罷了，她究竟是如何看待他的？莫不是也將他視作弟弟一般吧！

湛明珩思來想去，覺此一點格外扎心，真叫他食不下嚥，坐立也難安，故決計直截了當地問問她。

夜裡一番雲雨纏綿過後，納蘭崢已然昏昏欲睡，他卻不肯給她早眠，抱她在懷哄道：「好洄洄，先不睡，我有件正經事須問妳一問。」

納蘭崢很煩他，抬起點眼皮。「你也曉得方才多不正經啊。」

她真被湛明珩氣得不輕。許是見她這些天頗為心事重重，故想分散些她的注意力，叫她就寢前好好累一場得個好眠的緣故，他近來著實尤為生猛，且也不知這男人究竟得了什麼毛病，花樣層出不窮不說，竟對她一個勁地使壞，每每到了關鍵時刻便戛然而止，非要聽她喚他名字才肯繼續。要命的是，喊「湛明珩」是不夠的，得喊「明珩」才行。

她想，大約是早些天她一時恍惚，暈了腦袋，叫了顧池生一聲「池生」，給他聽去了的關係吧。

可他的心思當真忒壞了。此前她對這等事毫無所感，只覺回回犧牲受罪，後在他鍥而不捨的操練下，不知何故被他激起了一絲興致，偶逢情濃時刻也得些微樂趣，可他如今竟然一言不合就抽身而退！

她能怎麼辦呢？只得叫他欺負。一思及方才一聲聲喊他「明珩」，她就覺得掛不住臉，一點不想理睬他。

湛明珩卻被這一問堵了好些天，故而十分執著，見她嘟囔了一句複又合上眼皮，便使壞揉她，惹得她睡不了，繼續道：「妳說，我十二歲的時候俊不俊朗、瀟不瀟灑、討不討人喜歡？」

納蘭崢睜開眼，伸手探了探他腦門。「你沒燒壞腦袋吧？」這便是他所謂的正經事不成？

他皺皺眉，將她的手撥開。「我好著呢，妳快仔細想想。」

時隔八年，可不得仔細想想才行。她嘆口氣，翻了個身瞅著拔步床床圍的雲龍雕紋，想了想。「模樣我不記得了，總歸性子是不討喜。」

湛明珩那隻攬在她腰間的手不安分了，威脅似的掐摟了她一下。「我如何就不討喜了！」

納蘭崢瞥他一眼。「你當年一上來便對我動手動腳，仗勢欺人地搶我鐲子不夠，還老拿嶸兒威脅我……你自己算算，你那會兒可是尤其沒風度，尤其討人嫌？」

是啊，如此聽來，真是十分討人嫌啊！

湛明珩太後悔了。早知她當年便以十五歲大姑娘的姿態瞧他，他脾氣再不好，裝也要裝得風度翩翩一點。他低頭看看自己這隻大掌，對，就是這隻手，居然一而再再而三地做不端正的事，他真想回去狠狠抽彼時的自己幾耳光！

他有點洩氣了。「那妳當年可曾覺得我幼稚，或者將我視作弟弟一般瞧？」

納蘭崢睏倦得很，絲毫未察覺他的問法有何不妥。「嗯……幼稚，比嶸兒還幼稚。」說罷再翻了個身，面朝他道：「你如今也幼稚，像五歲小孩兒似的。」

她是信口一說，可十五年前，他的確方才五歲……

湛明珩的臉色陰沈下來。一思及她活了兩個十五年，還險些成了他的繼母，他登時便沒了底氣，只覺或許在她眼中，他真是五歲也未可知。

他將牙咬得咯咯響，欺身向她壓去，咆哮道：「納蘭崢，我是妳男人，不是妳兒子！」

納蘭崢給他吼得耳朵都快聾了，瞅了外邊一眼，真怕這一聲暴怒叫整個承乾宮皆聽了去，隨即奇怪地看他一眼。也不曉得他又是哪根筋搭錯了，竟這般露骨地彰顯身分，說得人怪羞澀的。

見她略帶幾分質疑的眼神，湛明珩越發對當年舉止心生懊悔，卻是所謂「往者不可諫，來者猶可追」，故而非要將她這觀念拗過來不可，二話不說翻身而上，一番起落行雲流水，一氣呵成。

「哎！」納蘭崢被他惹得忍不住皺了下眉頭。怎地說來就來，他究竟是吃錯了什麼藥！

湛明珩照舊關鍵時刻叫停，逼迫她繼續喚他，甚至這回喊「明珩」也不管用了。欲意矯正小嬌妻對他根深柢固印象的皇太孫，義正辭嚴地說，他比她年長五歲，命令她必須喊他「明珩哥哥」。

納蘭崢快哭了，什麼哥哥不哥哥的，太羞恥了！

這男人是不是瘋了啊！

幸虧穿衣裳的皇太孫和不穿衣裳的皇太孫判若兩人，湛明珩白日不發瘋，與納蘭崢也只在夜裡方才鬧騰一番。

這些天，承乾宮幾乎是有日頭便無皇太孫，納蘭崢也習慣他忙進忙出了，得空時就在他書房裡翻閱大穆的律法。她想曉得，父親的那些罪名構得上怎樣的刑罰？

自初始下意識逃避當年的事後，她也算想明白了，事已至此，一味兩難躊躇不管用，她須得弄清楚一切前因後果方才能夠有所抉擇。當天秦閣老的推測的確不無道理，但仔細想來仍有漏洞。譬如有一點她十分不解，對付湛遠賀是湛遠鄴本身利益所需，怎能以此作為與父親交易的條件？

她記起湛明珩曾說，湛遠鄴此番是要尋個擋箭牌的，如此說來，是否有可能，這一切罪證僅僅只是湛遠鄴砸出的盾？或許父親的確參與其中，卻未必有那般嚴重的罪名，否則湛明珩何以分明查到了罪證，卻遲遲不抓人呢？

她惴惴不安心念此事，期盼能夠得一轉機，卻在大半個月後仍舊聽聞了父親入獄的消息。

與公儀歆一道獲罪的還有晉國公姚儲。一個是當朝首輔，一個是爵位加身的國公，一夕間樸頭落地，鋃鐺入獄，皆被看押進刑部大牢革職查辦。

穆京城中誰不唏噓此事？尤其這位當朝首輔乃是刑部尚書，竟也有一日須得從牢柵欄外邊走進裡邊，親眼目睹此前捏在手裡對付刑犯的刑具鞭笞在自己身上。

但百姓們多不過啐一口唾沫罷了。真是越大的官便越黑心！

湛明珩下了朝回承乾宮後便見納蘭崢臉色不大好看，知她想問卻不曉得如何開口，便乾脆先說：「洄洄，陪我來聊聊案情，我腦仁疼。」

納蘭崢自然關心案情進展，卻聽他說腦仁疼，心內也頗為著緊，趕緊叫他躺去臥榻，隨即搬了小杌子在他榻沿，坐下後挽起袖子，一面拿拇指替他揉搓太陽穴一面道：「可是公儀閣老與晉國公姚大人的案子？你說，我聽著。」

湛明珩的確有些疲累，實則她手勁太小，起不了多大用處，但他確實感到舒坦不少，便十分滿意地合了眼緩緩道：「湛遠鄴果真將此二人當作擋箭牌砸了出來，但我最終目的在他，故而此前雖查得罪證卻按兵不動，欲尋求他處突破。只是妳也曉得，眼下心急的朝臣不少，這案子拖了許久，委實該有個交代。既然始終無從挖得蛛絲馬跡，我便想乾脆暫且順了湛遠鄴的意，先看押此二人，興許能另闢蹊徑，從他們嘴裡套出點消息來。妳以為呢？」

納蘭崢不是不擔憂父親，她去過天牢，曉得那地界簡陋得幾乎不是人待的，可此刻只能公事公辦地說：「此法未嘗不可。只是湛遠鄴既敢拿此二人頂罪，怕早已部署妥當，不會叫他們透露分毫，咱們得做的，便是弄明白他究竟拿捏住了什麼，才可叫他們乖乖聽話。姚大人包庇湛遠鄴並不難理解，可公儀閣老究竟何故甘願頂罪，我卻想不通了。或者你可與我講講，湛遠鄴是如何圓了此前貴州一案的？」

「除卻公儀閣老與姚儲，被拿來頂罪的還有第三人。」

他慣來直呼公儀歇名諱，正如稱那兩位作惡多端的皇叔一般，卻不知何故此番竟避開了，恭恭敬敬喊了一聲「閣老」。

納蘭崢注意到這點，可此刻卻不宜岔開話頭，先問：「是誰？」

湛明珩睇了眼淡淡道：「湛遠賀。」

納蘭崢微微一愣，複又緩神，冷冷道：「倒是意料之外、情理之中，嫁禍給一個開不了口的死人，真真妙極。湛遠鄴喪盡天良，也不怕人家從棺材裡爬出來掐他。」

她這話說到後面，臉上都染了層氣急的緋色。湛明珩瞧得出來，從前她恨湛遠鄴多是替他心疼，如今卻更添幾分切齒。

他不好直截了當出言寬慰，只起身將她抱上榻子，摟在懷裡。「與這等畜生置氣傷身做什麼？改天剜了他的肉去餵狗，妳若不怕便叫妳親眼看刑。」

納蘭崢伸手環抱他的腰腹，抬頭瞧他。「我就怕狗吃壞了肚子。」

湛明珩笑了一聲，低頭在她巴掌點大的精緻小臉上親了一口，又拿下巴蹭了蹭她的髮。

這妮子早些時候便伶牙俐齒，如今更不輸當年。只是他也曉得，她並非空耍嘴皮的人，果見她解氣些許後複又沈下臉，想了想道：「如此便說得通了。照湛遠鄴的圓法，這就是個螳螂捕蟬，黃雀在後的戲碼——湛遠賀心繫儲君之位，此番在母家幫襯下通敵叛國，主動提出與異族合作，假意被俘，誘你前往，此為第一環；而公儀閣老欲趁此替亡故的愛女報仇雪恨，設了一齣計中計，順水推舟與異族做了筆交易；異族答應他假戲真做，以此條件要求公儀閣老與之裡應外合，令貴州三處衛所舉兵謀逆，拖你下馬，好藉以打擊大穆皇室，此為第二環。」

她說及此冷笑一聲。湛遠鄴可真將自己摘得乾乾淨淨的。

若非知曉納蘭崢人在承乾宮，湛明珩都要疑心她是去上了早朝，方才能夠將這環環相扣的計謀串連得如此順當。

他點點頭。「不錯。湛遠鄴今早還朝，使的便是妳這一套說法。湛遠賀死無對證，公儀閣老與姚儲也都認可此番說辭，故朝臣們信了不少；此外，咱們八年前在臥雲山遇刺的舊案也被翻了出來，矛頭一樣指向湛遠賀。此事的確為真，便給整個計謀再添幾分可信的程度。」

她默了默。「事實如何？」

湛明珩低頭瞧見她眼底希冀，實在不忍心告知，想了想卻仍實話道：「事實並不複雜。湛遠賀的確巴不得我死，卻非通敵叛國之輩，此前被俘是真，從頭至尾，諸事皆為湛遠鄴手筆，至於公儀閣老與姚儲，亦是輔佐於他，參與其中。此番下獄，他們……」他頓了頓。「並不冤枉。」

納蘭崢垂了眼。「也就是說，公儀閣老的確誤認死敵，與仇人合作了多年。不論是照湛遠鄴此番拋出的言論說辭，抑或事實真相，他都難逃一死，是嗎？」

湛明珩的喉結滾了滾，出口似有些艱難，最終摟緊了她道：「是。」

她沈默良久，「嗯」了一聲，直覺湛明珩這番動作有些不對頭，但此刻未有心思追究這些，狀似平靜道：「不論如何，總得叫真相水落石出。姚大人心繫孫女，也是鐵骨錚錚的武將出身，他的嘴恐怕一時難以撬開，倒可查查公儀閣老何以甘願頂罪，或有機會突破也未可知。」

湛明珩點點頭。他也是這般打算的，只是見她關切此事，故有意透露給她聽，才假作一番與她商議的模樣。

他乾咳一聲，沒頭沒尾地道：「兩位大人年事已高，受不得牢獄艱苦，亦禁不起長久拷打，我已命人改善些許裡頭的布置，也將刑罰減省。此外，兩位大人下獄，府上婦孺初逢變故，亦是亂成一團，我也吩咐下去，作了安排。」

納蘭崢聞言，偏頭盯住湛明珩的眼睛。他的眼底乾淨澄澈，絲毫不見隱瞞的痕跡。

儘管他解釋清楚每個決定的緣由，可她仍舊直覺不對勁。他可是知道什麼了？否則何以如此仁慈地對待罪臣，又何以將諸事細節俱都講與她聽？

湛明珩作出一副若無其事的模樣。「這般瞧我作甚，欠收拾了？」說罷伸手覆住她的雙眼，低頭朝她唇瓣吻去。

納蘭崢非是木頭，她察覺得到這個吻裡不是慾望，而是寬慰與安撫。他一點點吻她，將她潮濕的心境翻覆得越發水氣氤氳。

良久後，她眨眨眼，一滴淚燙在他籠了她眼的手心。

湛明珩的手似乎顫了一下，繼而微微折了她的腰肢，更深地吻她。

納蘭崢曉得，他什麼都知道了。她瞞不了他，就像哪怕他百般藉口，種種舉止背後的真意也逃不過她的眼，不過是多年的默契叫兩人遇事多選擇心照不宣罷了。

她將雙臂纏上他的脖頸，哽咽著回應他。「明珩……」卻只叫了他一聲，不再往下。

她是在說謝謝。謝謝他善待照拂她前世的家人，且做到這分上仍不願她背負絲毫或有可能的虧欠，選擇隱瞞不說。

湛明珩頓了一下，鄭重地「嗯」了一聲，轉而吻去她落在頰邊的眼淚。

第七十六章

此後幾日，湛明珩臨睡前皆記得與納蘭崢說說案情進展，哪怕微末細節也都會讓她曉得，且多悄悄安排她在書房裡間聽他議事。若是碰上與顧池生及衛洵這般彼此相熟的同輩商討政務，便省去偷摸，乾脆叫她一道來。

實則湛明珩此前便已掌握了與公儀歇及姚儲說辭相悖的罪證，足可證明此二罪臣並非對立關係。只是湛遠鄴與湛遠賀不同，此人高明之處在於極擅扭轉形勢，迂迴之術層出不窮，欲扳倒這般人物，便如蛇打七寸，須得一招制勝。而這些罪證尚且牽連不到湛遠鄴，故他不會輕易拿出來打草驚蛇。

納蘭崢聽聞公儀歇幾日來始終咬定初始那份供詞，將湛遠鄴摘得乾乾淨淨，哪怕湛明珩幾次三番躬身審訊依然不改說辭，疑惑之餘也不免有些著急。

甚至她是病急亂投醫了，思忖著此路不通便換一路，在湛明珩與顧池生及衛洵議事時，提議讓她以探視豫王妃為由，走一趟豫王府，瞧瞧可否自姚疏桐那處得到些許具有價值的消息？

姚疏桐未在正月宮宴現身，湛遠鄴所言「風寒」一說多半是存了疑慮的。照納蘭崢與此女舊時的一二接觸看，她不覺她是毫無心計之人，身在豫王府這些年，未必不曉得湛遠鄴的勾當。

如若能接近她，說不準便能打探到一些東西。

可惜她方才提了一句，便被書房內三人異口同聲的一句「不行」給打斷了。

她瞅瞅神情格外嚴肅、態度出奇一致的三人，摸了摸鼻子。「當我沒說……」

湛明珩卻朝顧池生與衛洵飛去一雙眼刀子。「太孫妃與本宮說話，你二人這是插哪門子嘴？」

衛洵絲毫不嫌事大。「殿下，臣等也是關切太孫妃。」

顧池生見狀解釋一句，欲意緩和一下尷尬的氣氛。「殿下息怒，只是此計確實不妥，故臣等便直言不諱了。」

湛明珩的眼霎時眯成一道縫。呵呵，好個直言不諱，說得漂亮，一個個不就是擔心他媳婦嗎？好似他們此刻不及時挺身而出發表諫言，他便會將納蘭崢送往龍潭虎穴一般。

他自己的媳婦，用得著他們操心關切？

思及此，他越發覺得不爽利，偏頭便將氣撒給納蘭崢。「妳當我是死物，須妳一個弱女子替我這般冒險？妳就叫我省省心吧！」

納蘭崢被他這一頓劈頭蓋臉吼得一懵，一時也未反應過來這是一場男人企圖挽回尊嚴的戰爭，只委屈地想，她如今還不夠叫他省心嗎？夜裡沒臉沒皮地跟她玩「好哥哥好妹妹」，眼下竟敢在外人跟前這般不分是非曲折，不留情面地凶她？

她撇撇嘴忍了一下，沒忍住，憤懣道：「湛明珩你！」到底咬緊了唇，未罵下去。如此卻也足夠了。這一聲名諱聽得顧池生與衛洵齊齊一愣。

原湛明珩這等不可一世、目無餘子之人，竟肯縱容妻室隨意大膽直呼他名諱嗎？此樁事說來似乎並不光彩，卻不知何故叫人心底忽然一陣酸澀唏噓。

一個姑娘家，尤其納蘭崢這般知曉分寸進退的姑娘家，若非全心信任依賴誰，哪怕對方再怎麼刻意縱容，恐怕也絕不會如此毫不顧忌吧！

這一聲「湛明珩」，實在勝過太多旁添的解釋了。

湛明珩原也給她氣懵了，頓覺臉皮彷彿被人撕掉一層，卻是忽感書房內湧起一股妙不可言的氣氛，偏頭瞅瞅顧池生和衛洵，好像明白過來什麼，登時心情大好地清了清嗓。「本宮尚有家事處置，你二人先且退下吧。」

等人走了，他才黑了臉去掐納蘭崢的腰。「誰許妳當外人面這般叫我的？」

納蘭崢讓他掐得發癢，躲了一下道：「誰叫你當外人面衝我大呼小叫的？」說罷似乎覺得不夠氣他，故意道：「也不對，顧侍郎與衛伯爺豈是外人？」

嗨喲！這妮子如今可真會剜人心窩子！

湛明珩霎時暴跳如雷。納蘭崢見狀心道一句不好，這是玩大了啊，慌忙起身逃奔，卻未奔出兩步便被身後人長臂一拽，扛至肩頭。

納蘭崢面朝下折掛在他肩上，眼見他怒氣沖沖往裡間臥榻走，急聲道：「我錯了、我錯了！我不與你鬧了！」

「晚了！」看他如何好好收拾她一頓！

湛明珩叫納蘭崢徹底領悟了什麼叫「自作孽不可活」。等他肯放過她，她早已渾身痠軟得抬不起胳膊與腰肢，像一團棉花似的趴在榻子上。

實在太欺負人了，使的還是最令她叫苦不迭的法子。

湛明珩死死壓住她光潔的背，整個人從後方籠罩住她，在她耳際十分撩人地道：「來，妳再與我說一遍，顧侍郎與衛伯爺不是外人……那是誰呢？」

納蘭崢雙臂摟住玉枕，像抱了根救命稻草般，討好道：「是誰啊，我不認得……」

湛明珩似乎相當滿意如此答案，咬了口她的耳垂道：「來，再答一問，方才可舒爽？」見她哭喪著臉不答，手下便一緊。「不夠舒爽咱們就再來。」

她暗暗腹誹他一句不要臉皮，嘴上應承道：「夠……夠舒爽了。」說罷懊惱地咬了咬唇。她如今真是越發輕易就「屈打成招」了！

湛明珩胡鬧完，見她滿臉憋屈，耳根子亦是紅得厲害，便決計暫且放過她，頗是愉悅地笑了一聲，自她後背爬起，長腿一跨下榻，揀了一邊的錦帕隨手擦拭，一面一本正經道：「妳先前說想探探姚疏桐，我雖不大贊成此事，但既然妳有這份心，嘗試一番未嘗不可。只是許妳去豫王府是不可能的，過幾日妳生辰設宴，姚疏桐身為王妃也該列席，倘使再不現身恐怕說不過去，到時妳便在承乾宮會會她。」

納蘭崢聞言心內一喜，一時忘了光天化日一絲不掛的羞澀，爬起來道：「好。」

實則不論她欲意做什麼，湛明珩皆會想方設法順她、依她，哪怕是他認定多餘的事。尤其她如今迫切地想要查明真相，即便真是無用的功夫，努力過了，來日也可少些遺憾，故湛明珩不願束縛她的手腳。

或許這便是諸如衛洵等打心底將女子當作金絲雀圈養的男人不可能做到的了。

裡間的窗子雖特意安了紗簾，眼下卻畢竟尚是日頭當空的時辰，光亮得很，湛明珩瞧她這般模樣坐在榻沿，真想將方才穿好的衣裳再扒了，深吸一口氣才忍耐下來，撇開眼道：「妳預備如何試探姚疏桐？」

納蘭崢見他隱忍模樣，登時領悟，頗不好意思地拿小衣遮了前心，一面道：「姚疏桐身子骨弱，自三年前小產後多年未孕，我直覺湛遠鄴或許對她動了什麼手腳，此番會面，若能出言激得她動怒不適，順理成章叫太醫前來診脈，或能曉得其中究竟。至於之後……我尚未思量好，走一步看一步吧，總歸是湛遠鄴的枕邊人，不試一試如何曉得無用？」

湛明珩點點頭。「但妳莫抱太大希望，晉國公大約是知曉她境遇不好，只是境遇再不好也算活著，總比抄家了強，故而證實這一點未必能叫她鬆口。」他說話間已繫好腰帶。「好了，妳暫且在此間歇息，我出去議事。」

納蘭崢訝異道：「議事？」顧池生與衛洵不是早便走沒影了嗎？

話音剛落，槅扇外便傳來宮婢的聲音。「殿下，幾位閣老已在庭中候您小半個時辰了。」

納蘭崢：「……」

湛明珩卻是一臉淡漠從容，隨口朝外道：「妳們進來伺候太孫妃。」說罷看向一旁錯愕至極的小嬌妻。「妳乖乖待在裡間，等我議完事一道用膳。」說罷轉身走了。

總算徹底反應過來的納蘭崢一頭栽進被褥裡，恨恨咬牙。

太過分了、太丟人了！叫幾位德高望重的閣老候在外邊，卻在此地偷摸著白日宣淫！她瞥一眼看似十分不牢靠的窗子，只覺一陣頭暈目眩。方才的動靜，該不會皆傳去外頭了吧？

他不怕被朝臣的唾沫淹死，她可還想要這張臉皮呢！

等湛明珩忙完公務，走進裡間一瞧，就見納蘭崢已累得睡著了，許是屋內一股曖昧的氣味尚未全然散去，她也不敢移開門窗，故悶得一張小臉緋紅。

他倒不忍喊醒她，卻是已過了午膳時辰，再不叫起她填填肚子便不大好了。哪知方才欲捏她鼻子，她就自己睜開眼，滿面惺忪地坐起來道：「你議完事了嗎？」

她總是剛睡醒的時候最乖。

湛明珩點點頭。

納蘭崢見他不說話，道是議事不大順利，便關切地問他方才都與閣老們商討了何事？她是很快便睡過去了，壓根什麼也沒聽見。

他卻答無甚要緊事，繼而凶巴巴地拎她起來，說肚子餓了趕緊去用膳。

納蘭崢尚且不大清醒，由他牽著走，途經外間案桌，瞧見上面摞了一疊畫卷，一眼望去竟有十幾幅之多，且幅幅裝裱精細，也不知從哪處冒出來的？

她奇怪地問：「這些畫是做什麼用的？」

湛明珩順她目光瞥去，眼色一沈，淡淡道：「大理寺送來的嫌犯畫像。」說罷吩咐一旁的宮婢。「都拿去燒乾淨了。」

納蘭崢此刻腦袋較為遲緩，「哦」了一聲未曾多想，跟著他走，事後卻覺出不對勁來。莫說眼下須得湛明珩跟進的大案只湛遠鄴那一樁，便真有什麼嫌犯得抓，他既收了畫像，怎會轉頭就燒了呢？再說，嫌犯的畫像何以裝裱至此？

過幾日便是納蘭崢的生辰，此事早先已交由光祿寺安排，逢午時就照太孫妃規制在承乾宮兩殿分別設宴，一道由湛明珩主持宴請男賓，一道則由納蘭崢主持招待女客。

湛明珩曉得今兒個乃是她年滿十五及笄的大日子，內心十分重視，卻自從知曉她這輩子的生辰竟是前世忌日後，多少有幾分說不大上來的滋味；加之手頭大案未了，亦無暇出遊玩樂，故與她解釋，說等忙過這陣子再為她單獨補過生辰，帶她去萬歲山走走。

納蘭崢自然不怪他，難得能與家人敘舊已十分滿足，畢竟比起忌日撞生辰的自己，更要緊的是弟弟才對。

納蘭嶸嘴甜，說是托了姊姊的福，如今竟也年年夠得著這般規制的生辰宴了，惹得納蘭遠與納蘭崢皆笑出聲來。

待女眷席的宮宴散了，謝氏未隨大流起身離去，似乎一副有事尋納蘭崢相商的模樣。她見狀瞥一眼已往外步至石階的姚疏桐，只得暫且怠慢母親，叫她在此間稍候，繼而由岫玉與井硯攙扶著緊步出殿，叫住了前邊人。「豫王妃請留步。」

姚疏桐聞聲回頭。她穿了妃色的蘇緞裙，與額間明豔的花鈿合在一道，顯得氣色上佳。可納蘭崢一眼就瞧得出，她似乎較從前清減不少，若非裙幅寬鬆，恐怕都要瘦脫了形，面上妝粉亦相當濃厚，像刻意掩飾內裡倦容一般。

姚疏桐站在石階下回頭，瞧見納蘭崢居高臨下地俯瞰著她，便態度恭順地向她福身行禮。那一身端莊的青線羅繡翟衣，上邊的翟鳥紋代表了她得罪不起的尊貴。

納蘭崢見她垂了頭等自己問話，似也無意叫她伏低難堪，含笑道：「王妃隨本宮進殿一敘吧。」

姚疏桐自然說不得個「不」字，見她不作虛禮，不說噓寒問暖之言，反倒心下舒坦不少。本非是友，何必弄虛作假？她這些年實在也厭倦笑裡藏刀、口蜜腹劍的惺惺作態了。

她隨納蘭崢走進一座偏殿，見她屏退宮人，只留下岫玉與井硯，繼而坐於上首，給她請茶賜座，舉止間盡顯東宮婦的大家之風。

她忽然想，這有什麼難的？倘使換作是她，一樣也能做到如此。

納蘭崢見她容色平靜，直言道：「王妃是聰明人，本宮就不繞彎了。您的祖父現身受牢獄之苦，作為晉國公府孫輩子女，您不預備救上一救？」

姚疏桐剛抿了口茶，聞言拿巾帕掖了掖嘴角，恭敬地答：「妾身一介後宅女子，府上姬妾尚且不聽妾身之言，怕得叫太孫妃殿下失望了。」

跟聰明人說話的確輕鬆。姚疏桐此言講得十分清楚，她在湛遠鄴跟前毫無地位，甚至連姬妾也可隨意爬去她頭上，自然絕無可能掌握納蘭崢需要的東西。

納蘭崢抿唇一笑。「但您的祖父並非平庸之輩。」

姚疏桐聞言皺了皺眉，面上露出一絲難以掩飾的厭煩之色，將話說白了。「王爺是妾身唯一的倚仗，太孫妃殿下盼望妾身說服祖父扳倒王爺，如此想法是否天真了些？」左右晉國公府已是日落西山，不論如何皆回天乏術。若湛遠鄴得以保全，她則得以保全，否則豈非真落個死路一條？

納蘭崢笑了一聲。「本宮原道，豫王爺害您與晉國公府至此，您或許欲意玉石俱焚呢。」說罷垂眼呷了口茶，唇角顯幾分譏誚。

姚疏桐也諷笑一聲。「妾身的確不如太孫妃殿下好風骨。」

「也不如本宮愛慕太孫？」她「啪嗒」一聲擱下茶盞，抬了眼皮問：「王妃捫心自問，可是當真不念舊情了？」

姚疏桐額前青筋一跳。

不念舊情？她是豫王妃，如何敢念舊情？晉國公府尚存利用價值，湛遠鄴的確不會殺她，卻有千萬種法子叫她生不如死。

姚疏桐不曉得納蘭崢葫蘆裡賣什麼藥，竟主動提及了這一茬。畢竟這段過往，對她們而言皆非是什麼光彩動人的雅事。

她一怔過後定了神色。「太孫妃殿下說笑了，即便妾身念及舊情，太孫殿下呢？」她說及此一笑。「太孫殿下並不仁慈，起碼對傷害過您的人不仁慈。妾身當年犯過錯事，想必您與太孫殿下都還記得呢。」

納蘭崢曉得她口中所謂「傷害過您的人」是納蘭沁，只是湛明珩彼時有意相瞞，她實則並不清楚納蘭沁嫁去涼州後的實際遭遇，如今聽姚疏桐一講，才暗想二姊的死因真相或許比她想像的更殘酷一些。

湛明珩大約是不願她背負這些，故才不告訴她的。

她念頭一轉，不動聲色地道：「王妃多慮，事該一碼歸一碼。」

「是嗎？」姚疏桐淒切一笑。「既然如此，倘使妾身勸得祖父，太孫殿下可否承諾保全妾身，納妾身為側室呢？」

第七十七章

納蘭崢執盞的手一頓，似乎覺得挺好笑。「王妃是尚未睡醒嗎？本宮這偏殿也設有臥榻，王妃若不嫌棄，可前往休憩。」

話是這般說，她心內卻未對此言較真，只暗暗想，她是打算激怒姚疏桐，故才藉晉國公與湛明珩接二連三嘲諷她，可姚疏桐也不曉得在豫王府遭受過什麼變故，如今似乎頗有些看透世事、破罐破摔的意味，且看她面色神情也略有幾分異常。

姚疏桐笑了一聲。「妾身說笑罷了，不過藉此提醒太孫妃殿下，妾身聽聞朝臣們已向太孫殿下舉薦了些許側室人選，或許再不久，您這東宮便要熱鬧了。」

納蘭崢聞言稍稍一愣，忽記起前些天在湛明珩案桌上瞧見的那堆畫。

岫玉見狀趕緊附到她耳邊悄聲解釋：「殿下，此事並非……」

她打個手勢中斷她，示意暫且莫說話，岫玉只得乖乖閉上嘴巴。

姚疏桐見她顯然不知情的模樣，一面伸手去壓發疼的額角，一面苦笑自語：「妳果真不曉得，他果真不讓妳曉得……」她的聲色忽地尖利起來，五官因此變得扭曲非常。「納蘭崢，妳何其走運得他青眼……」

尋常男子尚且做不到的事，他一個未來帝王竟願如此。

納蘭崢瞧著有些瘋癲的姚疏桐，聽懂了此話深意。紙包不住火，倘使湛明珩有意納妾，瞞得了一時亦瞞不了一世，既不給她曉得，便說明他根本毫無此意，故不願替她多添無謂煩憂，岫玉方才欲與她解釋的想必也是這一點。

但她此刻未有時辰思量這些，姚疏桐的反常著實叫她有些吃驚。她聽見她身後兩名侍女在小聲提醒她謹言慎行，神色看似相當慌張。

姚疏桐卻視若未聞。多年來始終壓抑在心底，連作夢也不敢想的心思頓時翻湧起來。是了，納蘭崢說得沒錯，她不曾放下湛明珩。目睹了納蘭崢如今得到的一切，再回頭看看她這些年遭受的屈辱，她怎能夠甘心？湛明珩待妻子這般好，可她從頭至尾皆是湛遠鄴的棋子，他連孩子都不給她，就為了有朝一日如有必要，處理起她來也可少些顧念掣肘。

當年的魏國公府原本並非昭盛帝上佳的選擇，倘使不是彼時湛遠賀心思太深，作孽太重，叫母家連帶惹上忌憚，昭盛帝根本不會扶持魏國公府，藉此制衡打壓。而倘使不是她的祖父識人不清，叫她跳了火坑，她哪怕嫁不得湛明珩也不會淪落至此。

她是政鬥的犧牲品，她恨他們所有人！

她面部抽搐，指甲不停抓撓著手邊的案几，發出「刺啦刺啦」的瘮人聲響，叫納蘭崢一陣陣地發寒，兩名侍女也徹底慌了手腳。

姚疏桐自己也像察覺到這一股不可抑制的不對勁，打著顫勉力起身告退。「妾身一時失言，望太孫妃殿下莫怪，容妾身失陪。」卻方才站起便一陣腿軟往下栽去。

她摔在冰涼的地面，髮髻散亂，金釵碎落，額角滾落了大滴大滴的汗珠，幾乎將妝粉脫去一層，因此可見眼圈濃重的青黑與凹陷，顴骨突出亦十分顯眼。

納蘭崢再坐不住了，霍然起身。「宣太醫！」

姚疏桐的兩名侍女將她攙起後趕緊向納蘭崢告罪。「太孫妃殿下，多有驚擾，王妃這是舊疾了，不必勞動太醫，奴婢們此行備了藥物，這就將王妃攙回宮門外的馬車去。」話音剛落，卻見李槐提了個藥箱，已然趕至偏殿。

納蘭崢既有心試探，自然早已將太醫安排在近處，哪容許她們將人帶走？她厲聲呵斥道：「妳二人膽子不小，王妃病得這般，人命關天的事竟敢擅作主張了！」說罷看向李槐。「李太醫，請脈！」

她說罷疾步往下首位置走去，待至近前便見姚疏桐磨著牙根，面目猙獰可怖，一雙手拚命在身旁侍女的胳膊上抓，眼見指甲縫裡皆是血肉沫子，嘴裡不住呢喃道：「藥呢？藥呢！」

那侍女被她撓得吃痛，溢出了一眶的淚，卻絲毫不敢作聲。

李槐礙於男女之防與身分之別，不好動粗，好言勸道：「王妃，請容下官替您診脈。」這廂正僵持不下，殿門外忽來了個人，一串宮人事前得了納蘭崢的意思，在一旁拚死阻攔，卻哪裡攔得住貴人的腳步。

湛遠鄴進殿後掃了姚疏桐一眼，繼而向納蘭崢告罪。「內子犯了舊疾，驚擾姪媳了。」

說罷絲毫不作解釋，攔腰抱起姚疏桐，轉身見湛明珩也來了，便向他頷了個首，隨即頭也不回地走了，兩名侍女緊步跟上。

等人離得遠了，納蘭崢仍舊能聽見姚疏桐尖利的呼喊：「王爺！王爺……救救妾身，救救妾身——」

她忽覺心頭躁動起來，一陣煩悶不堪。扭頭瞧見一旁被姚疏桐指甲劃花了的案面，回憶起方才那番瘆人響動，皮肉更是寒得厲害，腿腳發軟，站都站不直。

湛明珩見狀給身後方決使了個眼色，示意他跟緊湛遠鄴，隨即大步入殿，比岫玉與井硯快一步適時攙穩了她，扶她坐下後肅著臉看向李槐。「替太孫妃診脈。」

李槐也尚且沈浸在方才那亂象裡，聞言回神，連應幾聲，待診過脈，道太孫妃只是受了驚，無甚大礙。

湛明珩聽罷鬆了口氣，問他：「照你看，豫王妃如此症狀是何物所致？」

李槐沈吟片刻。「回稟殿下，微臣疑心乃是阿芙蓉。」

他點點頭，叫眾人都退下。

納蘭崢臉色蒼白，見人都走了，才忍不住抱緊湛明珩的腰腹，埋首在他懷裡道：「我不曉得……我不曉得是這樣的……」

湛明珩低頭輕撫她的背，一面道：「洄洄，不怪妳。」

姚疏桐的模樣著實太慘烈了。納蘭崢起初只道她身子骨弱，興許叫她犯個頭暈噁心的便可藉口請來太醫，方才見她這般狼狽，一時也慌了手腳，卻仍顧全大局，咬咬牙請了李槐進來。如今人去樓空，再作回想，不免自責心狠。

人都這般了，她竟還嘲諷試探她，若非她出言刺激，她恐怕不至犯病。

姚疏桐說到底也是個可憐人，她這般利用，似乎是不大上道了。

湛明珩當然曉得她不是被那般場面給嚇唬住，只是震驚及同情姚疏桐的境遇，故將她摟進懷裡哄道：「沒事了，不怕。罪是湛遠鄴犯下的，妳何必往自己身上攬？不是妳，她一樣已是這般了。」

納蘭崢嗅著他周身淡淡的龍涎香，漸漸平靜一下來。

湛明珩瞥一眼手邊的茶盞，再道：「妳不喜喝茶，日後也不必勉強陪女客們喝。來，我抱妳回去歇息。」說罷一手攬了她的腰，一手攬了她的小腿肚。

納蘭崢緩了神點點頭，忽地記起一樁事。「母親還在等我。」

湛明珩一面抱她往寢殿走，一面道：「岳父得知此地變故，猜妳約莫有事要忙，已叫她回了。」

他曉得納蘭崢欲與姚疏桐會面，故在男賓席那處刻意拖延了些時辰，卻是湛遠鄴約莫猜得了什麼，藉口提早離席。

這該留的人走了，也就沒有必要再拖著眾人。席散後，納蘭遠聽聞謝氏尚在女眷席等納蘭崢，似乎臉色不大好看，當即領了人回去。若非謝氏的兄長謝豈林亦在場，恐怕免不了斥責妻室一頓。

這一段，湛明珩就不打算告訴納蘭崢，免得她再多一事思慮。

納蘭崢「嗯」了一聲，不覺這說法有異，此刻也顧不得謝氏，回寢殿的路上將思路一點點順得清晰起來。

待湛明珩將她挪去床榻，見他似乎要走，便扯了他的袖口一角道：「我記得，湛遠鄴此前似乎對湛遠賀也用過阿芙蓉？」

湛明珩只是想去吩咐婢女備些茶水來，見她這般，乾脆不走了，點點頭在床沿坐下來。

納蘭崢聞言咬了咬唇。當初湛遠賀斷臂後一心了斷，湛遠鄴便是拿這阿芙蓉輔以毒物，叫他求死不能。那般壯年男子尚且受不得這等折磨，更不必說本就孱弱的姚疏桐。她或許本就對祖父怨怪已深，加之此物煎熬，故而即便心知湛遠鄴的勾當，仍肯配合於他。

湛明珩見她走神，緩緩道：「我早已好言勸說過姚儲，稱他倘使願改供詞，不論湛遠鄴落得如何下場，都將暗中保下姚疏桐，令她後半輩子衣食無憂，但姚儲並未心動。彼時我不大明白緣由，經此一遭卻是清楚了。姚疏桐染上阿芙蓉的癮頭，莫說這東西價格昂貴，一般人家供不起，有銀錢也未必有通路，大穆亦是明律禁止此物流通。我願意放過姚疏桐，卻絕無可能為一介罪眷擬法犯法，為天下人恥笑。」

納蘭崢點點頭。「看來晉國公這條路的確是行不通了。」她轉念思及公儀歇，問道：「公儀閣老可有鬆口的跡象？」

「尚未。」

「你上回說，公儀閣老已知曉當年真凶是湛遠鄴，既如此，現今這般作為必不是真心效忠祖護，或者你可曾查證過，他是否落了什麼把柄在湛遠鄴手中？」

湛明珩似乎微微一滯，隨即笑了笑。「還是妳思慮周全，我回頭便去查。」

納蘭崢察覺他神色不大對勁，皺了皺眉道：「你可是有事瞞我？」

她不覺得連她都能想到的東西，湛明珩會毫無所覺，可聽他這意思，竟像是當真不曾考慮過一般。

湛明珩理直氣壯覷了她一眼，抬手賜她一個板栗。「我能瞞妳什麼？」

納蘭崢「嘶」了一聲，揉揉腦門，聽及此言，一時岔開心思想起另一樁事，不大爽利地道：「你前些天便有事瞞我了，什麼大理寺送來的嫌犯畫像，我都替那些貌美如花的玉葉金柯們喊冤！」語氣頗是陰陽怪氣。

姑娘家的腦袋有時十分奇異，她們往往相信「有其一必有其二」的道理。既然瞞了一件事，便極可能還有第二件、第三件。

湛明珩果真被一語擊倒了，愣了一下方才恍悟她是自何處聽來的流言，趕緊解釋道：「我說錯了嗎？欲意插足妳我夫妻二人的，再美也是嫌犯無疑。何況那些畫我一卷也不曾拆開看過，都已燒成灰燼了。」

一張能說會道的破嘴。納蘭崢不理他。

稟。

湛明珩還想再哄她，卻聽得岫玉來報，說方副指揮使盯梢回來了，現候在外頭預備回

納蘭崢自是以正事為先，見狀衝他道：「你先去，剛好我思忖思忖如何罰你好。」

他往她臉蛋上親了一口道：「妳乖，回來隨妳罰。」

一旁的岫玉見狀，頷首恭送太孫，等他走後，見納蘭崢靠在床沿一副想心事的模樣，也不曉得她是否誤會了什麼？想她今兒個恰逢小日子，方才在偏殿便有不適，此刻可別再氣壞了身子，便上前寬慰她莫要多想，說殿下是決計不會納側室的。

納蘭崢聽罷覷她一眼。「敢情你們一個個都曉得此事，就獨獨瞞了我一人。」

連姚疏桐都知道了，想必在朝中也不是什麼秘密，可她日日身在東宮，竟絲毫不曾聽聞一星半點，不是被湛明珩刻意封口的倒怪了。

岫玉聞言便替太孫解釋：「殿下也是思忖著多一事不如少一事，左右殿下能解決，便不勞動您費神了，且殿下也絕無非要瞞您的意思。」

這話說得倒不錯。當日她人在裡間，湛明珩也不曉得她睡著了，想來是不曾避諱她的。只是後來發覺她絲毫未聽見外邊動靜，才順勢瞞下了。

她想了想問：「妳可知此事是哪些朝臣的意思？」

「大約是殿下一系的大半官員。」

她聽罷點點頭，並無意外。她與湛明珩大婚不久，原本朝臣是不該在這節骨眼就坐不住

的，可現下懸案不得了結，眼見無法一舉扳倒湛遠鄴，故而不得不建議湛明珩做好長久周旋的準備。

如今湛遠鄴位居弱勢，豫王集團已非鐵板一塊，倘若他納幾門管用的側室，或可拉攏人心，叫別派蠢蠢欲動卻畏而不前的官員們順流倒戈，與此同時亦表仁厚之心，給這些蒙受蠱惑的臣子回頭是岸的機會。如此，即便姚儲與公儀歇誓死不改口供，也可防夜長夢多，湛遠鄴東山再起。

這般做法並非無理取鬧，倘使她是輔佐湛明珩的臣子，恐怕一樣會如此進言。

可她是他的妻。

她沈默片刻，抬眼問：「當日我在裡間睡著了，不知太孫是如何回應朝臣們的？我想聽原話。」

岫玉本已將將要出口，答說太孫拒絕了此番提議，一聽她欲意知曉原話，故擰眉回憶起來。

一旁的井硯原本端立不動，見岫玉一副記不得的模樣，上前狠狠一把揪過了她的衣襟，咬牙切齒道：「靠女人才能得位的，那是廢物，本宮不需要！那些個張劉錢李家的小姐想進這東宮？成，您叫她們去戍邊一趟，旦逢戰事可守七日七夜而致城不破者，回頭圈了名送來，本宮可再作考慮。倘使不能，這事就莫再與本宮提半句；太孫妃那處，誰敢多嘴一個字，也休怪本宮不留情面了。」

說罷，她鬆開岫玉，頷首向納蘭崢道：「殿下是這般說的。」

猝不及防被拿來當靶子的岫玉驚魂未定，納蘭崢也愣了好半晌才回過神來，木訥地點點頭。「我曉得了……」說完似乎有些奇怪。「妳如何記得這般清楚？」

井硯態度恭敬，神情冷漠而淡然。「實不相瞞，屬下覺得太孫殿下說這番話時實在……太威風了，故記到了現下。」

納蘭崢「哦」了下，忍不住笑出聲來。

嗯，想想也挺威風的。叫那些嬌滴滴的千金小姐去戍邊？虧他想得出來。

第七十八章

湛明珩回來便見殿內氣氛融洽，納蘭崢笑說了井硯一句什麼，連他進門都未注意。哦，敢情她是絲毫不在意他納小，故連生氣的心思也無？

納蘭崢不曉得，他實則是十分享受將她從悶悶不樂哄至妥帖之過程的。

他黑著臉揮退一干婢女，納蘭崢這才朝那向看去，覺得歇息夠了，便從榻上爬起，一面道：「我都還未想好如何罰你，你就回了。」不料話音剛落，腳都未伸進鞋裡，便被他一手給撥了回去。

「下來做什麼？」見她不解，再補充道：「床上好說話。」一面脫靴也跟著爬了上去。

她一噎，氣道：「你下去，下去！床上只有你罰我的分！」說著去推他。

湛明珩紋絲不動，偏頭笑道：「妳在上面，不就是妳罰我了？」

納蘭崢被這話激起一陣回想，霎時羞惱不堪。「沒個正經！」

他也只是說笑罷了。他記得今兒個是她小日子的頭天，故也不會對她如何。和衣躺下後只將她摟進懷裡。「就是累了，想抱妳一道歇歇。」

納蘭崢當然也是放心他的，讓他抱一會兒，覺得納側室這事該說說清楚，免得兩人都不舒坦，便道：「湛明珩，有些話我就說一次，日後再不會提了。」

「妳說。」

「我心裡曉得，倘若不是貴州那一遭禍事，我這太孫妃怕是未必能像如今這般坐得穩當，若是朝臣們向你進言，望你充實東宮，我大概也沒有底氣與你說個『不』字……」

湛明珩聽罷皺皺眉頭，垂眼看她。「我不是因那遭事才……」

「你打斷我做什麼！」她捶他一下。

他捉住她的拳頭，捏在掌心裡。「這不是給妳打斷回來了？妳繼續說。」

她一腔柔情似水的心緒都被他破壞了，撇撇嘴，再醞釀了一會兒才道：「我並非是因陪你一道患難與共過一場便自詡勞苦功高，只是確是蜀地那番經歷，才叫我真正有了與你並肩而立的底氣。我是想說，我本非大度女子，早些年猶豫是否嫁你，也是因怕極了要與三千佳麗爭寵的日子。如今如何抉擇自是你說了算，我也得與你講清楚，倘使你納小，我一定是不高興的。我知你艱難，或許確有捷徑可走，但我寧願絞盡腦汁與你一道跟湛遠鄴死磕到底，也不想你當真納她們進門。」說罷抬頭看他，小聲道：「湛明珩，其實旁的姑娘碰你一根指頭我都不舒服，連婢子們貼身伺候你沐浴我也介懷。我可能是喜歡你，喜歡得將女子該讀的訓誡都全拋在腦後了……」

她話越說越輕，湛明珩卻越聽眼睛越亮，到最後便克制不住堵了那張一啟一合的櫻紅小嘴，一手扣在她腦後髮髻，將她吻得面泛潮紅，忍不住拿手搡他才停。

他定定望她。「妳早這般說不就好了，我保證洗澡不帶一個婢女。」

她是千年難得一回地與他表露心跡，本就有些發羞，此刻被他吻得還未緩過勁來，喘著氣道：「那……那怎麼成！」雖也曾有過苦日子，可如今既已回來，以他身分，不要人服侍也太說不過去。

「說得也是，那怎麼成……」他摸了摸下巴。「洄洄，妳現下累不累？」

「我歇息夠了，不累。」她如今月事都不腹疼了，比以往好了許多，倒也不是與他客氣，卻是答完像反應過來什麼，退後一些，警戒地看著他。「你怎地？」

「原本不必妳說，我這輩子也不打算添後宮，但如今妳既開了口，是否該補償補償我？妳看，我沐浴沒人伺候，這的確不成，恐怕得妳親力親為了。」

納蘭崢想罵他，可一想到他做出的承諾，思及往後但凡碰上她的小日子，他也尋不得旁處洩火，其實好像有點可憐，便心軟道：「天色還早呢，你這會兒就要沐浴嗎？」

「嗯……」他沈吟一下，抓起她的手往下探去，意味深長地說：「去淨房『勞動』一下妳的手。」

湛明珩到底沒捨得叫納蘭崢操勞，也就使了這一次壞，後面幾日皆與她分了被褥睡，免得一個不小心便擦槍走火。

納蘭崢過後記起當日謝氏的古怪，派了名婢女前往魏國公府詢問。謝氏卻道此事須得親口與她講，故隨報信人來了承乾宮。

她這才曉得，母親是來請她給湛明珩吹一吹枕邊風的，為的自然是至今仍跟著杜才齡在外吃苦的納蘭汀，想叫太孫下道旨，將杜家召回京。

她聽罷便沈默了。大婚不多時，娘家人便有事求上門，且還是不合規矩的事，說來總歸是不大妥的。謝氏也曉得這一點，故而估計已盤算許久，也憋了許久了。

見她不說話，謝氏繼續道：「母親曉得，此事興許有些難辦，妳父親也攔著我，不讓我與妳講，只是……只是母親實在憂心妳長姊……」

她的身段擺得很低，納蘭崢也瞧得出來，她已是在求她了，可這事確實不妥。當初能保得杜家父子及長姊性命，已是湛明珩給足了魏國公府情義，她與他的確無甚不可要求的，卻這般得寸進尺，必要給朝臣落了話柄。如今形勢關鍵，湛遠鄴一系的官員正愁抓不著事來說，如此一來，參魏國公府與湛明珩的奏本會堆得多高，幾乎是可以想見的。

她斟酌了一下道：「母親，非是我不掛念長姊，而是這節骨眼不對。朝堂之事，我不好與您說得太深，但您想想，父親何以不願您來與我說此事？難道是父親不願長姊好嗎？」她頓了頓，繼續道：「母親，太孫人在風口浪尖，咱們更當謹言慎行，否則莫說長姊，便是整個魏國公府都要落難。您放心吧，此事我會記在心上，但決計不是現下可辦的，您也莫再與父親多說，免得他誤會您不通情理，您說呢？」

一旁的岫玉聽了這番話，尤其是最後一句，真覺妙極。只道太孫妃離京一遭，是越發地足智多謀，懂得收服人心了。

謝氏聽了這話，果真未因她的推阻而動氣，雖內心失落，卻仍點頭應下。

臨走倒問起納蘭崢自己的事，悄聲與她道：「妳與太孫成親近三個月了，母親瞧妳氣色也不錯，竟是還未有動靜嗎？」

納蘭崢起頭先是一愣，回味了一下這「動靜」二字才反應過來，瞅了一旁顯見得是在豎耳細聽的岫玉一眼，模糊答道：「沒呢，母親，您莫掛心這個，有消息了自會傳去家中。」

謝氏問罷就離開了，納蘭崢卻被她這一問給惹出了心事。

母親不說，她倒未曾仔細算過，如今回想一番卻發覺，湛明珩看似不節制，實則卻總與她掐著日子行房，且偶逢不適合的日子，也會變著法子來。

他似乎是不想她懷上孩子。

她瞅一眼門邊因未聽清母親與她私語而苦惱著的人。「岫玉，妳替我請一下李太醫。」

李槐每每得承乾宮召請都得急出一頭大汗，到時見納蘭崢好端端的才鬆了口氣。

他在宮中待了這些日子，也曾聽聞太孫妃頭一遭癸水的時候，整個太醫院宛如一口熱鍋的景象，故而哪怕如今只是請個脈，亦是如臨大敵。

他算瞧出來了，太孫妃磕破了一塊皮子，便等同是太孫給人剜了口心頭血，決計馬虎不得。

納蘭崢見他慌手慌腳的模樣，不免發笑，出言寬慰了幾句，又問：「李太醫，您可是前腳替我診完脈，後腳便準備跑去太孫那處回稟？」

李槐心道那可不是嘛，嘴上卻不敢如此說，正躊躇，卻聽她複又開口：「罷了，我也不為難你，太孫如何吩咐，你便如何做，診脈吧。」這承乾宮乃至大穆宮，哪處不是湛明珩的眼睛。她這邊打個呵欠，他那頭就能來抱她去歇息，也就不作無謂的掙扎了吧。

李槐應聲照做，卻並無診得任何異狀，只得怯怯問納蘭崢是何處不適？

「的確無甚不適的，故想請教一下李太醫，我如今這副身子，可能生養得起孩子？還望您實言相告。」說罷頓了頓，補充道：「太孫想必也問過您此事，您彼時是如何答的，眼下也如何，一字不差最好。」

這話一出，李槐登時不敢含糊蒙混了。太孫妃年紀不大，卻確實精明得很。

他頷首答：「回稟太孫妃殿下，微臣彼時與太孫殿下實言，您歸京後悉心調理數月，較之人在蜀地時已然恢復許多，可這病根並非一朝一夕可徹底清除，故上佳之選是歇養一、兩個年頭再考慮子嗣。當然，一味以藥物避免怕是對您更為不好，因此還得以順其自然為宜。」

納蘭崢聽罷點點頭，默了沒說話。

李槐與岫玉悄悄面面相覷，不知說點什麼好，幸得一陣推門而入之聲解救。

屋內數人皆齊齊向聲來處望去，就見一身袞服的湛明珩喘著粗氣道：「出什麼事了？」說著大步向納蘭崢走來。

納蘭崢驚得張了小嘴，愣了好大一會兒才道：「我無事。你不是在上朝嗎？」且今日還是大朝會。

湛明珩給她氣得不輕，看了李槐一眼。「無事？無事妳往太醫院請脈？」

納蘭崢哭笑不得。「我錯了，我以為……」她以為，他最早也該下朝後才得到消息，此刻必然趕不回來，故才趁此時機請來李槐，好聽一聽實話。哪知他連上朝也顧著承乾宮的動靜，瞧這模樣，竟像是扔下滿朝文武回來的。

湛明珩著實一頭霧水，卻見她的確無恙，凶狠地瞪向李槐。「出來！」

李槐便去外頭將前因後果說了一遍，湛明珩心內了然後，再度進門匆匆交代：「有位大人上奏，話說了一半，現下還等著呢，我回去繼續上朝，完了再來瞧妳。」

「你快去吧！」納蘭崢苦著臉，見他走了才憋屈地看岫玉。「妳怎地也不提醒提醒我，他的耳目這般靈光啊。」

這下可好，她真成了禍國的太孫妃了。

納蘭崢忐忑不安地等到湛明珩回來，親手替他斟茶賠罪，一面問：「朝會可還順利？你是如何與朝臣們交代的？」一面替他揉肩捶背。

湛明珩一口喝光了茶水，沒好氣地瞥她一眼。「我需要向他們交代什麼？」大概意思是，走也匆匆，回也匆匆，什麼都沒講，就將人晾在了那處。

也對，就算他不交代，也無人敢問。

納蘭崢撇撇嘴。她是再不敢隨意請太醫院的人來了，也不知滿朝的文武官員今日該是如何的傻眼瞠目。

湛明珩見她如此，撥開她的手，將她抱起來安在膝上。「岳母問妳孩子的事了？」

他能作此聯想並不奇怪，納蘭崢點點頭，再聽他道：「妳想要？」

她默了一下，咬咬唇反問：「你不想要嗎？」

湛明珩臉一繃，伸手去捏她鼻子。「妳想什麼呢？妳也聽李太醫說了。」

她點點頭，實則也知曉他必然是因顧忌她的身子才如此做，想了想道：「可我仗都打過了，這有什麼難的……」

原本肅意十足的湛明珩霎時被她逗笑，肩膀都顫起來，連帶懷裡的納蘭崢也跟著抖。

她推推他。「我說正經的呢，你莫抖了！」

湛明珩這才止住了笑，拿鼻尖蹭蹭她的臉蛋。「好，說正經的，妳是真急著要，還是顧忌朝臣或者皇祖父？」

納蘭崢又非是得靠孩子來綁住丈夫的女子，當然不急了。她曉得她的心思瞞不過他，故實話道：「的確是旁人的關係。你原本婚娶就晚了，若真如李太醫所言，叫我歇養一、兩個年頭，陛下與朝臣們可不知得急成什麼樣了。我久未有所出，到時必定再有人進言叫你納小。我知你不會，卻不想你總為我得罪朝臣，我若能處處做好，不給人挑出毛病，他們對你自然也就少些逼迫。再說，我又不是瞎逞能，李太醫方才診脈，說我一切都好。還有啊，你不想叫陛下趕緊抱上曾孫嗎？」

昭盛帝是越發一日不如一日，她也想儘早圓了天子爺的願。

湛明珩似乎嘆了口氣。「理都給妳占盡了，我還有什麼可辯駁的？都依妳吧。」

納蘭崢聽罷伸手去摟他脖子，難得主動親了他下巴一口。「好。」

他垂眼瞥瞥她，彷彿已預見被那未出世的孩兒霸占妻子之愛的苦楚，恨恨道：「納蘭崢，妳可別以為孩子是說來就來的！」

她一僵，竟是將這茬給忘了。

見她被他唬住，湛明珩就痛快了，繼續道：「這孩子是妳想要的，我可就躺平不動了，要幾個，妳自取便是，至於怎麼做才更快，自己好好掂量掂量吧。」

納蘭崢苦兮兮地捶他。「湛明珩，你過分！以後不許孩子叫你爹！」叫她一個人來，他撒手不管？哪有這麼當爹的！

兩人這廂鬧作一團時，被方決給打斷了。

他是來稟告幾位官員的盯梢結果，因回報的話不多，納蘭崢也就沒迴避，只從湛明珩腿上挪去一旁的座椅，等人走了才問他：「你盯這幾人的梢做什麼？聽起來，似乎是案子有了新發現？」

湛明珩點點頭。「可還記得湛遠鄴在咱們華蓋殿慶宴上出的那樁事？晉國公與公儀閣老遲遲不改口供，著實該定案了，他見我仍有意拖延，便叫手底下幾名官員拿此事來作文章。

現有人提出懷疑，說是湛遠鄴多年來為維持正統，始終致力於打擊湛遠賀，姚大人身為後者一派早對他心懷恨意，此番湛遠賀死在公儀閣老手裡，他為替他報仇，便想了個一石二鳥之計，毒害湛遠鄴，並將此事嫁禍給公儀閣老。」

納蘭崢聽罷忍不住被氣笑。「我道湛遠鄴當初使了苦肉計後何以久久未發聲，原是在等此關鍵時機拋出此事，好給姚大人再加一樁罪，惹起朝中一陣輿論風波，叫你不得不儘早結案。」難怪當日姚儲的神情會那般古怪了。她想了想問：「你打算如何應對？」

湛明珩聞言沈默多時，只說：「先從這幾名官員著手，堵一堵他們的嘴。」

納蘭崢總覺他似乎未將話說盡，剛欲追問，就被他岔開了話頭，見他指了一旁案几上一卷畫問：「那是什麼？」

她順他所指看去，解釋道：「是嶸兒作的畫，母親來時順帶替他捎給我的。」她說及此忽然神色一變，好似想起了什麼。

「怎地了？」

她眼色閃爍了幾下，道：「你可曉得，母親今日是來替杜家說情的？」

湛明珩點點頭。「我聽說了。妳處理得不錯，我眼下保不得杜家，這個人情恐怕得往後再給岳母了。」

納蘭崢卻壓根不是在說此事，出神道：「是了，杜家。倘若公儀閣老一心欲意報仇雪恨，既已對付了湛遠賀，又怎能夠放過當年的真凶杜才寅？杜才寅被遣去涼州後，公儀閣老必然未少對他動過手腳，甚至我以為，他理當沒那能耐幹出通敵叛國的勾當，說不定當初便是經由公儀閣老之手牽線搭橋，才促成與羯人的合作。而針對留在京城的杜家，公儀閣老有意收了杜才齡作學生，將他捧高到那般位置，為的便是有朝一日將杜家徹底整垮。當初你也猜想是有人在陷害杜家，卻未能尋到幕後黑手，如今想來，可不就該是公儀閣老？」

她說及此處似乎越發覺得有理。「你說，是否可能公儀閣老暗中攛掇杜才寅通敵叛國，以及陷害杜家這一樁事，在湛遠鄴手裡落了把柄？公儀閣老暗害湛遠賀，害的是朝廷的蛀蟲，雖死罪難免，卻未必牽累家人，可倘使加上杜家這一樁事，或許就是株連九族的大罪了。他可是想保住公儀家，故而如今才不得不聽命於湛遠鄴？」

湛明珩聞言默了默，思量半晌道：「妳說的有理，我這就去刑部大牢提審。」

納蘭崢點點頭送走了他，卻不知湛明珩去到天牢後壓根連門都未曾踏進，只在迴廊裡兀自徘徊。

一旁的方決見狀問：「殿下，您不提審犯人嗎？」

他停下步子，負手望向那間通往陰暗潮濕的大門。「不必了。」

方決見他心緒不佳，斗膽問：「殿下，可是出了什麼事？」

「她猜到了，公儀歇陷害杜家的事。」

方決不解皺眉。「既如此，您為何不告訴太孫妃，早在公儀閣老下獄不久，您便已拿此事利誘過他，稱但凡他肯指認湛遠鄴，便可對杜家一案既往不咎呢？」

湛明珩聞言良久不語，最終閉上眼道：「查到了嗎？父親的事。」

方決沈默一會兒，頷首答：「尚未。但屬下斗膽猜測，太子殿下當年自縊，該與公儀閣老脫不了干係。」

第七十九章

湛明珩自刑部大牢門前的迴廊離去後，在馬車裡頭枯坐了許久，始終未叫車走。

納蘭崢想得到這些，他又怎會不曾考慮？

他不在乎杜家如何，杜才寅本就該死。他初初得知納蘭崢前世身分時，甚至想過叫人去開棺鞭屍，後思忖著新婚不久，如此做法不大吉利，方才克制住。若非顧念魏國公府與杜家的關係，他亦恨不得這個用心險惡的家族自此一蹶不振才好。

在這一點上，他理解公儀歇，若換作是他，一樣不會叫杜家人輕易地死。一死了之太便宜他們了，將他們捧至高處再狠狠摔碎，方可說快意。

他因此大大方方地向公儀歇拋出條件，承諾即便湛遠鄴在他翻供後針對杜家一案反咬他，自己亦願視而不見，既往不咎，必當保全公儀一家。

他原道公儀歇不曉得納蘭崢的身分，故而以為他站在杜家那一邊，如此，被湛遠鄴要脅也情有可原。卻見公儀歇聽聞此言後，依舊不曾動容半分。

此後，他便生出了懷疑，當年的局似乎沒那麼簡單。他記起杜家曾是父親一派的暗樁，記起杜才寅曾在刑房裡口口聲聲交代，玷污公儀珠清白一事，乃是受了太子的指使。

他忽然想，既是杜才寅與杜老爺皆受湛遠鄴矇騙，那公儀歇呢？

公儀歙任刑部尚書多年，經理懸案成百上千，此人心思縝密，絕不會落入一般的陰謀陷阱，倘若起始便查得幕後黑手乃是湛遠賀，恐怕不能輕易相信。唯一的解釋是，湛遠鄴設了兩個局。叫公儀歙先誤認太子為仇人，繼而往裡探究發覺不妥，方才轉向湛遠賀。

公儀歙掌刑獄、審疑案多年，慣常排查線索，認定一樁事後，多須反覆思慮驗證。然恰是如此，叫他在否定了最初的認知，得出嶄新的結論後，頓時憤怒得無以復加，而忽略了第二個凶手或許也是假的。

這並非公儀歙盲目，而是湛遠鄴的確太擅操縱人心、利用人性的弱點了。

此番推斷，叫湛明珩不得不慎重考慮起一件事——父親的死或許與公儀歙有干係。父親死在公儀珠之後第六年，誰也不清楚，公儀歙自頭一個陷阱步入第二個陷阱究竟花了多久，而這六年間又生出了多少事端？更要緊的是，湛遠鄴究竟何以如此有把握，確信公儀歙不會出賣他？

不論公儀歙落了何等把柄在湛遠鄴手裡，後者皆該清楚，湛明珩為了扳倒他，凡事皆可原諒。唯有一點例外——倘使公儀歙的罪，是害死了他的父親。

為人子女，如何能放過殺父仇人？想來公儀歙是絕不相信他可能破格保全殺父仇人的家眷，故才堅決不開口翻供。

思量至此，一切都說得通了，甚至無須證據，他也幾乎可以斷定，公儀歙必然參與了當年的一些事。

不知過了多久，方決的聲音在馬車外響起。「殿下，眼下咱們只憑空猜測而毫無證據，若您欲意往深處查探，或可尋陛下商議商議。」

湛明珩揉了揉眉心。「不了，叫他老人家安心頤養天年，莫讓這些事擾了他的清靜，我自有法子解決。回承乾宮吧。」

方決便不說話了。

車馬轆轆向承乾宮駛去，湛明珩的臉繃得很緊，拳頭緊緊攥在身側，像在作一個很難很難的抉擇。

半晌後，他鬆開了拳頭。一股熱流因此急急淌過他的筋脈，但他的手心卻是一片冰涼。

他下了馬車後大步走進承乾宮，在納蘭崢略含期許的目光裡遠遠望著她道：「洄洄，去見見公儀閣老吧。」

納蘭崢一時未能明白過來。「……怎麼見？」或者說，以什麼身分去見？

「我命人備了一罈酒，美其名曰『黃粱』，稱可叫人飲下後即刻入夢，瞧見心心念念之人。妳去勸勸他。」

這一句「妳去勸勸他」說得含蓄，她卻聽懂了。

納蘭崢是勸不動公儀歇的，唯有公儀珠方才可以。而這世上自然不存在這般神異的黃粱酒，如此做法，是要哄騙公儀歇，令她能夠名正言順地以公儀珠的身分出現，作托夢之態說服他指認湛遠鄴。

她皺了下眉頭。「是方才提審不順利嗎？」

湛明珩點點頭。「經妳提醒，我猜測公儀閣老所謂落在湛遠鄴手中的把柄便是杜家那樁案子，故而與他談了條件，聲稱只須他翻供便既往不咎。只是他約莫不信任我，不願合作。倘使妳能說服他，我必將保全他的家人，當然，這是我對他的承諾，至於對妳……」他頓了頓。「拿下湛遠鄴後，公儀閣老必須一道行刑，但我會偷天換日保下他，妳……大可放心。」

納蘭崢的鼻端有些酸楚，也不知是感懷他作此抉擇，抑或是旁的什麼，眼眶一下便紅了。「你做什麼拿我當外人似的，你不承諾我這些，我一樣願意去，你又何必與我算得如此清楚？」

湛明珩見她險些要落淚，慌忙上前抱緊了她，沈默良久後道：「洄洄……總之，妳就照我說的去做，好不好？」

這個案子拖了這般久，他不知何故忽然顯得有些急迫躁動。納蘭崢不大明白，卻被他勒得太緊，幾乎能感知他心內巨大的不安，故而最終還是答道：「好。」說罷躊躇了一下。「可我的相貌與聲音……」都不一樣了。

「無礙。」他鬆開她，擺擺手示意下人取來一頂碩大的黑紗冪籬。「妳戴了這個去便好。」

納蘭崢點點頭，也只有如此了。相貌或許忘不了，可十五年過去了，誰還能確切地記得她的聲音？哪怕是當年的父親，恐怕也已記憶模糊了。

何況，她總有法子叫他相信她的。

她跟湛明珩上了馬車，往刑部大牢去。其實非到萬不得已，她並不打算以公儀珠的身分去見公儀歆。興許告訴他真相，的確有利於案情進展，或可叫他鬆口，但那樣實在太傷一個父親的心了。

倘使他曉得女兒未曾真正死去，卻反倒因他的報復，在貴州與蜀地流離多時，吃盡苦頭，甚至陰差陽錯地，險些一度被他置於死地……他該如何自處呢？

納蘭崢當然早已原諒了他替湛遠鄴謀劃的那些，可一旦他知曉了真相，必然不會原諒自己。他已痛苦了整整十五年，她唯願他能親眼看見仇人伏法，得償夙願，卻非是將這一生結束在無盡的自責與懊悔裡。

故而她始終將此法作為不得已之下策，而湛明珩也因知曉她的心思，不曾想過要利用她的從前，一直未有告訴公儀歆，她就是公儀珠。

不過如今既已找準了突破口，湛明珩又施以妙計，不必她暴露身分便有可能事成，她當然是願意配合的。

她坐在馬車裡問：「酒已經送去了嗎？」

湛明珩點點頭。「都安排妥當了，妳見機行事便可。」

納蘭崢走進刑部大牢。這座監牢有大半建在地下，愈往裡走便越發陰森，它如往昔般昏暗潮濕，不見天日，甚至隔絕了孟夏時節的熱意，似仍停留在飛雪的深冬。

這裡的寒冷如同永夜一般漫長。

步至看押公儀歇的天字型大小牢房，納蘭崢瞧了一眼空蕩的暗廊，繼而將目光落在牢門前擺放的一副棋具上。

這是她叫人準備的。

周遭的獄卒皆已被屏退，四周點起了燭火，將此地照得敞亮，因此幾乎能夠清晰地瞧見眼前浮動著的微小塵芥。

她偏頭看了一眼熟睡在床鋪上的公儀歇，躊躇許久，彎身端起棋盤與棋罐往裡走去。

牢門的鎖已卸下，就那般大大方方敞開著。她進去後瞧見地上擱了一罈已然啟封的酒，似乎被人喝過幾口。

是了，湛明珩賜的東西，哪怕是鴆藥毒酒，公儀歇也不得不飲下，這與他信或不信所謂的黃粱美夢之說無關。

床鋪上側躺的人身穿囚服，卻並無犯人常有的邋遢模樣，如這間格外整潔的牢房一樣。甚至納蘭崢也瞧見了，不及撤走的飯碗裡還擱了幾片未吃完的肉。湛明珩果真是厚待他的。

只是沒了襆頭烏紗的父親，一頭花白的髮仍舊刺得她眼睛生疼。

她將棋盤擱在地上，慢慢靠近床鋪，將刺在他後頸的一枚銀針取下。既要作戲，總得叫他真睡上一覺才行，這是湛明珩想出的法子。

她將銀針收進袖中，朝後退開幾步，等公儀歇睜了眼，輕聲道：「父親，珠兒來看您。」一說罷竟升起一絲哽咽。

她是來做說客的，實則心內思慮的是算計，是如何不暴露自己，且又能博得父親的信任。可這一句話包含的情感卻也是真真切切的。

公儀歇醒神得很快，隨意看了她一眼，撐著床鋪起身，繼而閉目盤坐，疲倦道：「殿下好意，罪臣心領，也請殿下莫借小女之名作文章。小女十五年前已亡，罪臣但望她入土為安，殿下如此，著實叫罪臣不大欣賞。您是要做明君的，這般作為恐將遭史筆詬病。」

這酒他喝了，卻著實不信那套哄騙說辭。即便身為階下囚，他依舊在做為人臣子該做的事，一如早些年位列群臣之前，毫不忌諱錚錚諫言，連聖上的錯漏也敢抓。

倘若他未曾跟隨湛遠鄴謀事，必將是一位名垂青史、流芳萬古的良臣。

納蘭崢強忍內心酸楚，並不接話，只道：「父親，您與珠兒下盤棋吧，這玉子涼了，可就不好了。」

公儀歇似乎滯了一下，驀地睜開眼。眼前女子冪籬加身，黑紗蓋膝，全然不見容貌，但她的話還是觸動了他。

珠姐兒幼年與他對弈，因自知不敵，便總尋藉口半途撤退，常道胃腹空蕩，無力思量，待去找些吃食來再繼續。他便笑咪咪地跟她說：「父親在此間等妳，妳快去快回，這玉子涼了，可就不好了。」

玉子又非食物，本就是涼的，哪有什麼趁熱的說法呢？待她走了，他便悄悄將棋盤上的黑白玉子挪一挪，等她回來，就成了她能夠輕易贏他的局面。

彼時的珠姐兒尚小，棋藝不精，似乎全然瞧不出他的手腳，只道果真吃飽了才有力氣破局，將他殺個片甲不留。

納蘭崢見他動容，似乎猜得他所念何事，淡笑道：「父親，其實我都曉得的。早些時候，您趁我跑去尋吃食偷偷做手腳，怕的就是我總輸給您，便不樂意陪您下棋了。當年我不喜旁人謙讓，以為憑真本事贏棋才過癮，但您是父親，我覺得您讓讓我是該的，故從不戳穿您。」

彼時她贏得高興，他也輸得高興。

公儀歇的眼底閃過一絲錯愕，低頭看了一眼地上的那罈酒。

納蘭崢的目光隨他一落，繼續說：「後來我長大了，有了幾分本事，便不再藉口偷溜，與人下棋時也遵從您的教誨。您說，為人行事當如對弈，勝固欣然，敗亦可喜。」

公儀歇似乎有些坐不住了，卻仍強自按捺著道：「……妳是什麼人？」

納蘭崢一時沈默。

公儀歇的眼睛瞇了瞇，繼續問：「可是池生與妳講這些的？」說罷似乎自顧自地信了，點點頭道：「池生能替太孫殿下做事，是好的。」

納蘭崢的目光閃爍了一瞬。父親的確心細如髮，卻是銀針刺穴，雖不傷身，亦可致人昏睡，初初醒來該是思維混亂、腦袋迷糊，可他何以到了這節骨眼，依舊心思清明，認定是顧池生與湛明珩串通，而堅決不肯信這就是場夢？

且照她方才所見，父親的確醒神太快，似乎不大合常理。

她心內疑惑，面上卻不動聲色，刻意避而不答，轉而道：「池生的確是個好孩子。珠兒記得，他初來咱們公儀府時性子尤為怯懦，想去後園觀流觴宴卻畏而不敢，恰好我也偷摸著想去瞧，便領了他一道。您得知此事後，不罰池生卻只罰我，叫我抄了好幾遍書。我老大不小的人竟跑來跟您哭，說您偏心池生，您就悄悄告訴我，我幾個兄長不成器，可池生這孩子是要成人物的，您這般做，實則是替我在他跟前賣好，等他做大官了，便會記得我曾替他受罰的恩情，將來您若不在了，他也會代您照拂於我。」她說著說著，溢出些哭腔來，下意識背過身去伸手拂淚。

這番話是納蘭崢刻意說的。公儀歇既不肯信，她便要說些顧池生不可能曉得，旁人亦不可能知曉的父女倆的私話來。

但她的淚也是真的。

記憶裡的父親分明是這般慈祥，那樣一個人，怎會放任她冤死不顧呢？她卻被恨意蒙蔽了這許多年，到如今方才一點點了悟。

公儀歆顯然越發錯愕了，瞠目半晌後下了床鋪，低頭再看一眼那所謂的「黃粱酒」，半信半疑地道：「珠姐兒？」

納蘭崢收了淚回過身去。「父親，是我。」

公儀歆面上的震驚之色漸漸淡去一些，啞著嗓子道：「十五年了……妳頭一次入父親的夢來，可是在怨怪父親未曾替妳伸冤？」他苦笑一下。「就像妳的母親與祖母一樣，她們都在怨怪我。」

納蘭崢沈默了。

她的確怨怪他，怨怪了整整十五年。

片刻後，她搖搖頭道：「珠兒也好，母親與祖母也好，皆已知曉您的苦心。您替我做得夠多了，我感激您尚且來不及，何來怨怪一說？」

他也搖了搖頭。「是父親無能。」說罷低頭看了一眼地上的棋盤。「妳既來了，與父親再下盤棋吧。」

她點點頭，也不嫌稻草鋪蓋髒，往上邊坐了道：「父親，您先下。」

公儀歆未推辭，在她對面坐下後落了一子。「父親老了，是該由妳讓讓了。」

父女倆相對而坐，大半局棋下來，公儀歆點點頭道：「珠姐兒的棋藝進步了，竟有幾分當今聖上的風采。」

納蘭崢聞言微微一愣，隨即明白過來。她這些年多與湛明珩切磋對弈，自然學了他不少招數，而那些招數想必該是師承昭盛帝的。父親從前當常與昭盛帝對弈，說不定和湛明珩也曾殺過幾局。

納蘭崢為免暴露，避開了話頭道：「您說笑了。」

公儀歇卻忽然不談棋了，一面落子一面說：「父親身在獄中多時，有樁事始終難以抉擇，莫不如現下由妳替父親出個主意。」

「您說。」

「父親不知是否該指認當年殺害妳的真凶？倘使不指認，父親這十五年便活成了一場笑話，亦得叫妳繼續含冤；可倘使指認了，對方手中卻握有或可累及公儀滿門的罪證，到時，恐怕要害了妳的母親與手足。」

納蘭崢執棋的手一頓。她尚且在思量如何出口此事，不曾料想卻是由父親主動提及。

她默了默，順勢答：「父親，人生在世，本當拋卻過往，著眼當下，珠兒如今在另一處地方活得很好，故而真凶是否伏法，已非我苦苦所求。可倘使此人乃通敵叛國、禍亂朝綱的千古罪者，您卻默不指認，便要有更多如珠兒一般的無辜之人為之流血犧牲，大穆的江山亦或有一日崩落塌陷。父親，黎庶塗炭、民不聊生的慘象不可重演，珠兒懇請您指認此人！當朝太孫乃是明主，必將為此心生感念，保全咱們公儀府，甚至保全父親您的。」

公儀歇是不苟言笑之人，聽了她這席話後彎起嘴角，像是十分欣慰的模樣。他的目光落在她頭頂冪籬垂下的黑紗上，似乎能穿透這層阻隔望進裡邊。

他向她點點頭。「父親曉得了，待此大夢醒轉，便會將實情告知太孫。」

納蘭崢說不清此刻心緒，只一個勁地想落淚，含著哭腔道：「父親，多謝您……」

公儀歇笑了一聲，緊接著又嘆了口氣，起身到她身側，伸手輕拍了幾下她的背，如哄毛頭小嬰一般。

納蘭崢卻因此番動作哭得更厲害，啞聲道：「父親，珠兒此生去得早，不得侍奉您與母親膝下，是珠兒不孝……您往後要好好的，母親也要好好的……」

她苦苦掙扎多時，不論如何選擇皆是痛苦，最終拋卻大義，自私了一回，接受了湛明珩待她的好，接受了他對父親的寬恕與保全。只願父親歷經此劫後能夠與母親隱身山水間，安安穩穩頤養天年。

公儀歇點點頭。「妳安心吧，知妳在別處過得很好，我與妳母親也就萬事都好。行了，珠姐兒，回去吧，父親該醒了。」

她微微一愣，偏頭便見湛明珩不知何時已悄然步至父親身後，將一枚銀針刺入了他的後頸，隨即在他歪倒的一剎牢牢攙住了他。

的確該醒了，她也該醒了。

納蘭崢忙起身跟著去扶昏倒的父親，和湛明珩一道將他挪上床鋪，隨即垂眼望他許久，一面揀了巾帕拭淚。

湛明珩見她這般，伸手抱了抱她。「洄洄，多謝妳。」

第八十章

納蘭崢搖搖頭。「是我該謝你。」

湛明珩撩起她面前黑紗一角，捏了一下她的臉蛋道：「好了，妳先回承乾宮歇息，若是晚了便自己用膳，我大約要遲些時候才能來。」

納蘭崢曉得他要在此地等父親醒來，盡快翻供，故點點頭，含著濃重的鼻音道：「你莫忙昏了頭，倘使戌時不歸，我會叫人來捉你的。」

湛明珩笑了一聲。「好，我會趕在戌時內回宮，井硯就在外面等妳，我就不陪妳一道了。」

她點點頭，最後回頭看了父親一眼，繼而深吸一口氣，往外走去。

直到納蘭崢的腳步聲徹底聽不見了，「昏睡」在床鋪上的公儀歇才緩緩睜開了眼。

湛明珩毫無意外之色地瞧著他，略幾分尊敬地道一聲：「公儀閣老。」

公儀歇的眼底這才翻湧起浪潮，片刻便複歸於平靜。他伸手將後頸的銀針拔去，坐起身來。

湛明珩的確叫人與他講了黃粱酒的故事，可他本不信世間有此物，加之兩次銀針皆未起作用，便從頭至尾皆知自己並非身在夢中。

起頭那次，他道是施針之人出了錯漏，故而刻意裝睡，等候下文，而第二次是他心甘情願假意中招，配合湛明珩，順利支走納蘭崢。

事已至此，不必問，他亦可斷定，湛明珩是有意令他清醒的。

他緩緩下了床鋪，起身時略幾步踉蹌，似乎欲意行禮。

湛明珩抬手虛扶了下。「不必守禮了，您想問什麼便問吧。」說罷再將手負回背後，微微側過身去。

公儀歇點點頭，一剎間滄桑得如同過了十年，絲毫不復往昔閣老風華，這一刻，他似乎只是個平凡的老人。

他哽咽著道：「太孫妃……她真是……真是罪臣的珠姐兒？」

湛明珩聞言並不意外，他正是欲意叫公儀歇猜得納蘭崢身分，才當著他的面，與她交代了那幾句話的。但即便不是裝睡時聽聞了此番對話，憑公儀歇之能，一樣能猜得蛛絲馬跡。

他不過是為謹慎起見使了雙重手段罷了。

公儀歇既已知曉此非是夢，第一反應便該思考納蘭崢究竟是誰？或者是因了那盤棋與後來的幾句言語試探，或者是他曾在兩年前於公儀老夫人臨終病榻前，聽過納蘭崢的聲音，或者是當年落水那樁事，再或者是旁的什麼，總歸他已猜了個八九不離十。

湛明珩「嗯」了一聲。「她落水當夜便投生在魏國公府，我知曉此事是在不久前，顧侍郎卻比我早兩個年頭，他未曾告訴你，想必是誤會您不曾替她伸冤，唯恐此事傳出去會不利於她。」

公儀歙當年不是沒有機會知曉真相，卻因其間誤會層出不窮，令他無端失之交臂，最終導致如今的種種惡果。

「池生做得對，連珠姐兒的母親也如此想我，我又能怪得誰？是我這些年做了太多不光彩的事，羞於給人知曉。」他說及此一頓，慘笑了一聲。「都是命……」

千絲萬縷的心緒，歸結至終處，只剩下一句「都是命」。

湛明珩也苦笑了一下，大概真是命吧。他與父親也好，公儀歙與納蘭崢也好，顧池生也好……哪怕有一人作了不同於當初的抉擇，湛遠鄴的陰謀或許就可不攻自破。可他們卻身在此命局當中，皆未能逃脫。

他默了默道：「您並非羞於給人知曉，而是不願萬一事敗，連累他們罷了。公儀閣老，您是一位好丈夫，亦是一位好老師，更是一位好父親，您獨獨未曾做好的，便是一位臣子。您此生不負桃李，不負妻室，不負兒女，卻負了皇祖父，負了湛家，負了大穆。」

公儀歙一瞬不瞬地望著他。

他說這話時，神色平靜，甚至聽不出絲毫恨意。

半晌後，公儀歙似乎嘆了一聲。「殿下聰慧過人，想來已知曉罪臣當年對太子殿下犯下的錯行。罪臣自知死有餘辜，並無意逃脫。公儀府滿門性命，您若不願放過，罪臣亦毫無怨言。此前罪臣不知珠姐兒還活著，現下既得知真相，想必她的母親亦不會責怪罪臣作此抉擇，這是罪臣欠湛家的，亦是罪臣欠珠姐兒的。罪臣願意翻供，如實揭發豫王，並將當年錯行一併昭示天下。罪臣唯一的心願，便是希望您莫與珠姐兒因此心生隔閡，罪臣之孽，因她而起，卻與她無關。」

湛明珩聞言笑了一聲。「公儀閣老，您想錯了，我並不知曉您對我父親做了什麼，並且此生都不欲知曉，也望您將此事爛在肚子裡，莫與他人提及隻言片語。慧極必傷，我願洄洄永不再為往事所擾。我對她的承諾是真，我不會動公儀家，亦不會動您。我騙了她，利用她設了今日之局，得了您這份口供，令真正的罪人伏法，便算是我索取的償還。」

他望著地牢暗廊盡處的一小間窗扇，看著外面的天光一點點暗了下去，最終在公儀歇的震驚詫異裡緩緩地道：「湛家害您失去了一個女兒，您亦害湛家失去了一名繼承人，如今我得了她，公儀家與湛家的債孽……從此後，便兩清了。」

無人知曉，這一句「兩清」，費了他多少氣力，多少輾轉躊躇。

公儀歇低估了湛明珩對納蘭崢的情意，可轉念一想，似乎又不意外了。他雖直至眼下方知納蘭崢的身分，這些年卻未少耳聞太孫與太孫妃的伉儷情深，此刻回頭看看，再聯想湛明珩今日所設之局，心下自是一片了然。

珠姐兒是不曉得太子之事的，她此前口中所言，想必指的只是杜家一案，否則以她磊落心性，如何能來走這一趟？

太孫的確算計了他們父女倆，卻是為了珠姐兒好。

他沈默許久後，撤了一步，朝跟前負手而立的人大拜下去，清晰而響亮的三聲叩首。牢房的燭火複再添旺了一些。公儀歇伏案而書，筆鋒起落間洋洋灑灑三千文，終令諸般罪孽昭然若揭。他幾乎未有停頓，似乎如此鑿鑿之言已在心內描摹千百遍。

世人皆道種因得果，或許湛遠鄴也不曾料想，此樁罪孽，由十五年前始，十五年後終，而始與終皆是同一個女子。

湛明珩坐在他的對面，眼睛眨得極輕極緩，像是不願錯聽了更漏。他說過戌時前要回承乾宮的。

卻是酉時過半，暗廊裡忽傳來一陣急躁的腳步聲，偏頭就見井硯氣喘吁吁奔來，連禮也不及行到位，匆匆道：「太孫殿下，太孫妃未曾用膳，回宮不久便孤身跪在明光殿，誰勸也不肯起，屬下見時辰已晚，只得前來稟告殿下了。」

公儀歇霍然抬首。

湛明珩緩緩自座上起身，緊盯著井硯問：「……妳說，她跪在何處？」

「回稟殿下，是承乾宮裡廢置已久的明光殿……明光殿內書房的大樑下。」

湛明珩聞言渾身緊繃，提步往外，邁了幾步又想起正在親筆擬罪文的公儀歇，給侍從在旁的方決使了個眼色，示意他將後續諸事打理完畢，隨即一句話不留地走了。

公儀歇頹唐地癱坐下來，那張肅穆了半生的臉一剎間淚跡縱橫。

明光殿，是當年太子懸樑自縊的地方。

空蕩的廢殿。

納蘭崢一身素白，背脊筆挺地跪在書房內，她不記得時辰過了多久，也絲毫不覺膝蓋痠軟，倒是宮人們被她嚇了一跳，一頭霧水百般勸說之下皆無用，只得慌手慌腳拿燈燭點亮了幾支短燭燃盡了，她們便再添，如此周而復始，納蘭崢卻從頭至尾渾然不動。

她猜到了。回宮這一路，她不斷回想今日種種不妥，最終想了個通透。

所謂黃粱酒一說是存在紕漏的，這等招數拿去哄旁人尚可，但用在老謀深算的父親身上卻著實不夠看了些。湛明珩不會不知道這一點，唯一的可能是，他本就未曾想過要騙他。

再觀父親醒後格外清明的神態，以及初時一口咬定不信，到得後來卻輕易妥協的態度轉變，她甚至覺得，他不是中計了，而是裝作中計的。

如此說來，湛明珩這番作為便是奔著暴露她去的，父親已是什麼都知道了。

湛明珩曉得她不願說破真相，以免父親自責懊悔，故若非無可奈何，他不會做違背她心意的事。那麼，究竟是出了何等萬不得已的事，叫他忽然如此急迫？

諸多彼時未曾思量的細枝末節忽然齊齊浮上心頭。她記起前些天，她問湛明珩是否有事瞞她，他神情上顯現的不自然。她記起，當她提及杜家一案時，他似乎未有驚訝，亦絲毫不見懸案將破的喜色；她記起他承諾保下父親時，語氣裡的掙扎與沈痛。

是了，她怎會如此遲鈍，她能想到的東西，湛明珩如何可能毫無所覺？她自以為是的突破口，皆是他嘗試了一遍又一遍走不通的死路。

而在那條死路的盡頭，只擺了一個答案。

就是她此刻頭頂的這根大樑。

湛明珩猜到了。他害怕看見更多、知曉更多，故而在一切水落石出之前，他急急掐滅這點頭緒，逼迫自己停止追索。

他為了她，放棄了苦苦找尋九年的真相，從此後，寧願耳聾目盲。

她不曉得這般贖罪究竟有何意義，只是仰起頭，看了一眼這根金色的大樑便淚如雨下。

這時身後忽傳來低啞的一聲。「洄洄，妳起來。」

是湛明珩。

他的聲色平靜極了，並無往日她不聽話時，他慣常有的憤怒。

見她不動，他緩緩踱到她身側，似乎嘆了口氣，繼而也不欲阻止她了，乾脆撩袍撤步，在她身邊一道跪下。

四周的宮人愕然地瞪大了眼。

陰沈的天忽地一聲大響，毫無徵兆地電閃雷鳴起來。狂風驟雨包裹了天地，吹歪老樹的枝椏，捲得樹葉沙沙作響。

明光殿的燭火隨之飄搖，殿內的一雙男女卻自始至終腰背筆挺。

不知過了多久，大風大雨裡響起宮人的喊聲：「聖上駕到——」

湛明珩和納蘭崢這才動了，齊齊詫異回身之下，便見趙公公攙扶著昭盛帝朝這向走來。

兩人慌忙跪伏行禮。納蘭崢踉蹌了一下險些歪倒，被湛明珩扶住手臂方才撐穩。

天子爺的袍角被打濕了幾分，見兩人這般模樣，不知是笑還是嘆息，咳了幾聲道：「一個個的，都起吧。」

湛明珩抬了幾分頭，仍舊跪著。「皇祖父，這等天氣，您來孫兒這處做什麼？莫壞了身子。」說罷示意一旁宮人。「還不快擺座。」

昭盛帝一面坐下，一面拿手虛虛點他。「朕若不來，恐怕明日的朝會也無人替朕去了。你倆還愣著做什麼，莫不如朕也陪你們一道跪了？」說罷作勢一副要起身的模樣。

湛明珩不得不上前扶他坐好。

納蘭崢暗暗垂目，忽聽昭盛帝問：「納蘭女娃，妳這是不想朕抱曾孫了？」

她將頭埋得更低，不敢以紅腫雙目面聖，只道：「孫媳不敢。」隨即在宮婢攙扶下艱難起身。

昭盛帝屏退了眾人，只餘下趙公公，請兩人坐後緩了口氣道：「朕倒不明白你夫妻二人今日何以如此，但想來有些話，朕是不得不說了。」說罷咳起來。

湛明珩擔憂地蹙眉，手扶在椅把上似隨時預備站起。「皇祖父，您有什麼話叫人來知會一聲就是了，孫兒還是送您回太甯宮歇著吧。」

他擺擺手示意不必，只是一個勁地咳。

一旁趙公公一面替他順背，一面小聲道：「陛下，您不宜勞動，莫不如由奴才來講吧。」

昭盛帝卻搖搖頭。「是朕對不起太子，自然該由朕親口來說。」

湛明珩和納蘭崢齊齊呼吸一緊。

「明珩啊，九年過去了，朕知你無時無刻不在追索當年真相，今日朕便告訴你，害了你父親的人，是朕。誠然，確有居心叵測的朝臣費盡心機欲意攛動你父親的太子之位，但最終致使你父親懸樑自縊的，是皇祖父有意叫他見到的一封死諫書。」

湛明珩的臉白了白。

「十五年前朝野動盪，你父親生性懦弱，不堪支撐如此局面，朕有意令他納公儀府嫡四女為繼妃，好添一道穩固勢力。你父親卻對你已故的母親情根深種，故抗旨不從，甚至提議朕廢其太子之位，另立賢者，朕訓斥了他一通，迫他接受此樁婚事。隨後不久，公儀府嫡四女落水身亡，朕知其中必有內情，欲替公儀歇做主，他卻稱此事只是個意外，謝絕了朕的好意。是了，公儀歇也明白，倘使凶手是朕的兒子，朕這一句『做主』便算不了數。他想必就是那時記恨上了你父親，甚至連朕也一度懷疑，此事的確是你父親請人辦的。

「怪朕對你父親關切不夠，知底甚少，道他既敢抗旨不從，或是被朕逼急了，做出這等傷天害理之事也未可知。此後，公儀歇果真在朝堂上將矛頭指向了你父親，處處打壓，時時刁難。朕本該處置他，可這一切的源頭，卻是朕的兒子先對不起朕鍾愛的臣子，朕因此陷入兩難，時常無從抉擇。當公儀歙聯合幾名朝臣秘密向朕呈上死諫書，請求朕廢長立賢時，朕竭力兩全，暗中壓下奏本，堅持保住太子，卻與此同時也原諒了公儀歙的行徑，並將此前查得的，他對你父親一派官員動手腳的罪證一併銷毀，悄悄替他抹平了一切，當作對他痛失愛女的補償。」他說罷苦笑了一下。「朕錯就錯在這個『悄悄』。朕未曾叫公儀歙曉得，他做的那些事，實則朕都心知肚明，不過是朕出於愧疚，裝聾作啞罷了。

「其後峰迴路轉，公儀歙察覺不妥，發現真凶另有其人，認定實乃不願你父親坐大的是你的碩皇叔。他主動尋朕說明，稱意外發現愛女之死另有隱情，而他此後將以剷除碩王勢力為己任，替朕與太子分憂解難。當然，他亦知此前迫害太子一事乃是重罪，故對此隻字未言。朕見他一片赤誠，確有戴罪立功之意，而你父親也尚且坐得太子之位，未遭實質損害，便既往不咎，甚至愈加重用他，且為全他顏面，繼續裝作不知他從前的手腳。卻不料這一抉擇是好心辦了壞事，恰給真正的幕後黑手，你的豫皇叔鑽了空子。朕冊立你為太孫後，他一度拿此要脅公儀歙，令他替他謀事，可惜朕當年被蒙在鼓裡，渾然不知。」

他說及此似心緒湧動，大咳起來，一張臉憋得通紅，湛明珩起身欲上前去，被他一個手勢打住。

納蘭崢擰眉望著天子爺。親眼瞧見湛家的子嗣們反反覆覆窩裡鬥，於他該是如何痛心疾首。拋開帝位不說，他也是個平凡人，也是此事當中的受害者，他不是神，無法面面俱到，他也有為難的時刻，也有不能兩全的躊躇。

昭盛帝平靜下來，繼續道：「當然，這是之後的事了。在朕冊立你之前，你父親與你豫皇叔十分交好。那年恰逢一樁大案，是你父親手底下的官員出了錯漏所致，你碩皇叔一系的朝臣便乘機向你父親發難，令你父親成日鬱卒頹唐，多尋你豫皇叔談天排憂。有一日，你豫皇叔尋朕說起此事，提議朕不如將公儀歇當年親筆寫下的那封死諫書叫你父親看看，或可以此激起他的鬥志。」

他嘆了口氣。「是朕不如你豫皇叔瞭解你父親，相信了此番居心叵測的提議，將塵封已久的死諫書取了出來，故作不經意地叫你父親看見了。不料你父親非但未能振作，反倒越發心如死灰，最終為保朝堂和睦，君臣得宜，選擇了自縊了斷。他什麼都不曾留下……隻言片語也不曾……走得安靜極了。朕這些年常常在想，他在踏上這條絕路時，是否恨極了朕……他臨死前最後一刻，該是怎樣的痛苦……」

他說到這裡淚眼婆娑，湛明珩和納蘭崢也早已坐不住了，齊齊上前去。「皇祖父……」

昭盛帝一左一右拉住兩人，寬慰似的拍了拍他們的手背，隨即哽咽道：「可你父親去後，朕依舊識人不清，見你豫皇叔對你父親之死痛心內疚萬分，因此連太子之位都推拒了，還道他是不懷惡意的，險些害得你也……」

「皇祖父，」湛明珩蹲下身來，他的眼眶也是紅的，卻強忍道：「孫兒如今不是好好的嗎？」

昭盛帝緩緩點頭。「明珩，這些話，朕從前不說，是不願你與你豫皇叔生了嫌隙。得知他喪盡天良的行徑後依舊不說，是怕你記恨朕，朕原是想將這些事都帶進土裡的……」他嘆了口氣。「是皇祖父自私，明知迫害你父親的朝臣都有誰，卻因朝局複雜，未曾替他做主。」

湛明珩聞言攥緊了他的手。「皇祖父，多謝您告訴孫兒這些。孫兒如今能夠放下了，您也放下吧。誠然，父親的確是被朝臣們逼上絕路的，可自縊了斷是他認定的解脫之法，咱們又何必為一樁喜事苦苦執念？明光殿這般冷，父親走了也好，孫兒相信，父親見到母親時必然是高興的，您也莫往身上攬罪了。不論是將死諫書交給父親的您，抑或曾迫害父親、寫了這封死諫書的公儀閣老，孫兒皆已無怪罪之意。」

他笑了笑，仰頭望進昭盛帝飽經風霜的眼底。「皇祖父，父親沒來得及做的，我來替他做。今後大穆有我，您也有我。」

第八十一章

昭盛帝走出承乾宮時風雨暫歇。

趙公公攙他回太甯宮，聽他一路咳得厲害，心內緊緊揪作一團。等踏進殿門，便見昭盛帝整個人晃了晃，攥著他的手彎身一陣大咳，「嘩」地嘔出一口鮮紅的血。

趙公公一面慌忙傳喚御醫，一面鼻端微酸地道：「陛下……」

昭盛帝擺擺手，笑了一聲。「朕可放心去了。」

趙公公本該勸上幾句，可素日擅言，時常哄得龍顏大悅的這張巧嘴眼下卻像啞了似的，如何也勸不出口。

昨年冬，御醫曾在陛下逼問之下無奈直言，道陛下的身子破敗了，要想恢復康健已是回天乏術，估計勉強能夠熬上一陣子罷了。

於是陛下就熬了。先是盼星星盼月亮一般盼孫兒的大婚，後見豫王爺作孽不止，憂心太孫應付不來，便想，得繼續撐著啊。

太孫遲遲撬不開公儀閣老的嘴，陛下確知根由，卻不到萬不得已不願出面代為解決。他大去之期不遠，已然無法事事替孫兒料理，總該放手由他去做。

幸而如今太孫已將萬事料理妥帖，儼然可夠獨當一面，且陛下也將埋藏多年的秘密吐露，得了孫兒的諒解，或許當真是了無牽掛了。

趙公公心知這樣想不對，卻仍忍不住感慨，陛下勉力支撐也不過平添痛苦，撒手去了或許未必是壞事，故而他最終什麼話也未勸。

昭盛帝豈會不知他的心思，霎時大笑起來，伸手拍了兩下他的肩膀。「你啊你……你啊你！」說罷回頭看了眼複又興起的風雨。「這蕭牆裡外的風雨，朕是擋不牢了。將大穆交給明珩，朕放心……朕高興！」說完也不要旁人攙扶，像醉了一般，搖搖晃晃地往殿內走去。

湛明珩聽聞太甯宮傳喚御醫的消息，本欲趕過去的，卻被前來報信的公公給勸下了。「太孫殿下，陛下今夜暫且無礙，已喝了湯藥睡穩妥了，您明日再去探望吧。」

他似乎艱難地吞嚥了一下，點點頭。

公公向他告退，轉身後搖著頭喟然長嘆一聲。

湛明珩目送他離開，卻未曾挪步，眼望著太甯宮的方向遲遲不移。

納蘭崢被宮婢們服侍著沐完浴，給膝蓋上了藥，恰好見此一幕。她望著他的背影，有那麼一剎，覺得這個男人實在太孤單寂寥了。

她輕手輕腳地走上前，從背後環抱住他，將臉貼上他的背脊，閉眼道：「會好的，什麼都會好的。」

湛明珩抬手覆住她圈在他腰間的手，摩挲了幾下，回過身來，低頭望著她的眼，默了一默道：「洄洄，給我生個孩子吧。」

納蘭崢曉得他何以忽然作此決定，卻什麼多餘的話也未講，只是複又抱緊了他，仰頭微微一笑。「好。」

即便昭盛帝興許無望抱上曾孫了，能叫他老人家得個喜訊也是好的。

半個月後，湛遠鄴下獄了。

湛明珩按兵不動整整十四日，假稱尚未撬開公儀歇的嘴，甚至有意四處散布流言，宣告結案在即。

豫王一派負隅頑抗的朝臣們沾沾自喜了半個月，就差提早放鞭炮擺酒宴來慶賀。卻不料半個月後的這一夜，京城錦衣衛出動大半，奉聖命捉拿朝廷欽犯，擎著火把包圍了京城九座高官府邸。

這一夜史稱「九門之變」，乃是史筆所載，大穆朝昭盛帝在位三十二年期間最末一件政績。

當夜，豫王及早得知消息，窮途末路之際欲意臨時策反京軍，不料送出的密信猶如石沈大海，整夜不見回音。

翌日清晨，當他終於沈不住氣，披了斗篷預備出府時，卻見皇姪打了馬兒「恰巧」經過。

湛明珩高踞馬上俯瞰著他，淡笑道：「皇叔早啊，姪兒昨夜撿了封信。」說罷伸手一揚，赫然便是湛遠鄴此前秘密送出的那一封。「您精通大穆律法，不如替姪兒瞧瞧，執筆此信者夠受何等嚴刑？」

眾人這才知曉，原來太孫假意按兵不動，是為暗中悄悄控制可能被湛遠鄴策反的幾位京軍首領，以免叫方才從戰亂裡復甦的穆京城平白再添傷痕。

湛遠鄴多年來靠的便是偷摸，從前敵暗我明，湛明珩才一度陷入被動，如今一朝敵明我暗，他的手段自然不會輸給這個狡詐的皇叔。

此後針對九門，定罪、逮捕、抄家、判刑，湛明珩一連串動作快得叫人傻眼，著實堪稱雷霆萬鈞。

九門之內，這才有人恍惚驚覺，是他們這些日子以來大意了，可腦袋卻已被按在鬼頭大刀下，真真晚矣。這些人至死不知公儀歇何以忽然改口，也不懂為何豫王比太孫在這條路上先行近二十年，最終仍落了個慘敗的局面。

但他們必然是懊悔的。

當無數人皆在慨嘆世事無常或極力稱頌太孫時，明眼人也瞧見了，陛下果真是疼愛極了這個孫兒。須知昭盛帝已病入膏肓，久不問政，卻在如此關頭下了一道查抄九門的聖旨，足可見其中深意。

以太孫敏感的身分，哪怕的確掌握了皇叔的確鑿罪證，也不適宜如此毫不留情地殘忍處辦。豫王殘黨中的有心人或可藉此大作文章，顛倒是非黑白，將一樁秉公的處置說成徇私的濫殺，雖不至影響大局，卻也或將使得太孫遭後世史筆誤解。

老皇帝深謀遠慮，竟連這等事也顧及到。

整整一個月有餘，劊子手磨刀霍霍，京城菜市口未曾冷過一天，斬首台每日清晨皆被滾燙的血液澆灌，黃昏時分經清水沖刷乾淨，很快又迎來翌日新鮮的一泓。

百姓們砸泥巴、丟菜葉，叫罵連天。昨年冬被異族鐵騎踩踏時有多哀痛，如今便有多快意稱心。

湛遠鄴的心腹一個個都死絕了，卻還未輪著他。他身在牢獄中好吃好喝，日日皆可收到皇姪送來的名錄，上面一行行都是嶄新未乾的墨跡，記了當日受刑處死的囚犯。

湛明珩曉得他其實不關切他們的死活，可對他而言，這些名錄不是人命，而是他曾掌握在手中、賴以生存的權勢。他一定是在乎的。

湛遠鄴膝下僅有一子，雖是皇家血脈，昭盛帝卻不準備留活口，以免後患無窮，故在湛明珩尚且猶豫不決時便替他做好了主。

親眼瞧見嫡長子的名字出現在名錄上時，湛遠鄴終於熬不住了。他偽裝了十數年的假面脫落，咆哮著叫往牢房裡送大魚大肉的獄卒滾。

湛明珩聽聞此事不過淡淡一笑，毫無同情，卻不知何故，似乎也談不上痛快。

那個堂弟小他五歲，曾與他一道練過書法、下過棋、玩過蹴鞠、撒過野，可他被拉上刑場的那日，他不曾去見他最後一面。
成皇路上多少流血犧牲，多少荊棘坎坷。
他想，帝王家大抵如此。高則寡矣，若非納蘭崢，坐上那個位置時，他或許已是什麼都不剩。

再過小半月，牢中只餘下最後三名要犯：湛遠鄴、姚儲與公儀歇。
前頭兩個被判了株連九族，如今府中俱已空了。湛遠鄴須凌遲處死，姚儲則斬首示眾；而公儀歇因那篇罪文得了聖心寬容，受恩免除家人刑罰，被賜一杯鴆酒，可保死得全屍。
姚儲受刑當日，公儀歇也在獄中得了酒。這鴆酒自然是湛明珩安排的，與此前所謂的黃粱酒一樣，不過是普普通通的女兒紅。
但人在東宮的納蘭崢卻不知何故反覆心悸，手心一陣一陣直冒冷汗。她曉得這些日子京城死了很多人，偶聞宮人私語，說的都是諸如皇宮裡頭戾氣甚重，時不時就覺莫名恐慌壓迫之類等等。
對此她不過一笑置之，行得端坐得正，有什麼可怕的？
可眼下卻是頭一遭感覺到宮人們說的那種古怪感。
岫玉見她不適，想請太醫來為她看看，卻見她搖搖頭。「岫玉，我想去刑部大牢。」
太孫已去菜市口的刑場督刑，岫玉自然得聽她的。卻是方才取來冪籬要替她戴，便聞宮人回報，說顧侍郎闖了承乾宮，眼下被錦衣衛們攔在外頭，請示太孫妃是否要見？

岫玉微微一愣，未及反應過來便見納蘭崢臉色一白，起身快步走了出去。

一干宮婢慌忙跟上，岫玉似乎明白過來她的意思，趕緊吩咐報信人：「莫攔顧侍郎，快快請進！」

顧池生素來文氣，這些年身在官場亦少有失態時候，其慣常行事與「闖」字著實沾不上邊。倘若真要掰了手指頭算，或許八年前眼見納蘭崢在公儀府落水是一次，兩年前初初聽聞納蘭崢的「死訊」又是一次。

可惜這兩次，納蘭崢都不曾看見，如今可說是第三次了。

納蘭崢一瞧見他的眼神便似乎什麼都曉得了，她紅著眼圈，有些艱難地衝他一笑。「顧侍郎是從刑部大牢來的嗎？」

顧池生望著她強撐起的笑意，頓覺喉間似有什麼東西哽住了，說不出口。

他直直望她許久，最終頷首道：「是。太孫妃如要出宮，可乘下官的馬車前往。」

她點了一下頭，過後似乎忘了自己已作出反應，複再點一下。「好，多謝。」隨即在岫玉的攙扶下往停在外頭的馬車走去。

行至馬車邊，她頓住步子，對岫玉道：「妳在外頭等我，除顧侍郎外不許任何人靠近馬車。」隨即閉了閉眼，顫抖著掀開車簾，踩著杌子上了馬車。

岫玉不解，剛欲出口詢問，卻在車簾掀開的一剎瞥見裡頭橫躺了個身穿囚服的人，一時驚至無言。

顧池生也跟來了，與她一道守在原地，很快便聽見馬車裡斷斷續續傳來隱忍的哭聲。窸窸窣窣的，像有無數細密的針刺在他心上。

老師走了。

太孫將賜物換成了女兒紅，老師卻懇請陛下替他換回鴆酒。

顧池生擰起眉頭，對岫玉道：「岫玉姑娘，我與太孫妃有幾句話想說。」

岫玉自是有眼力的，明白這是要她暫且迴避的意思，卻存了幾分顧忌，多問了納蘭崢一句：「殿下？」

納蘭崢「嗯」了一聲，含著濃重的鼻音道：「妳先下去。」

顧池生守著禮數並未掀簾進去，等岫玉走遠了，才在外頭輕聲道：「對不起，我晚了一步……」他也不曉得那一杯是真正的鴆酒。他心知老師不會出事，卻仍以學生的身分前往送行，直到老師與他說了些古怪的話，他才察覺不對，但終究慢了一些。

老師當著他的面將酒液悉數飲下，他情急之下以人頭作保，假借太孫之名，將彌留之際的老師扛上馬車，一路瘋闖，卻仍舊未來得及在他嚥氣前趕至承乾宮。

納蘭崢哭著哭著笑了一聲。「不怪你，這是他的選擇。」

罪孽深重，唯命可贖，這是他的選擇。他看似選擇了死，實則選擇了體面地活。

此身不得濯濯，便拋卻此身。

顧池生苦笑了一下。是了，他早該想到的，老師有他的氣節風骨，他在朝堂赫赫錚錚了一輩子，換一個軀殼，躲藏山林，不見天日地苟活絕非其所願。

他唯一後悔的是，貴州事發，與老師斷絕師生情誼的那一日，他曾冷冷地跟老師說：「珠姊姊若尚在人間，必當以您為恥。」

他太遲鈍了，倘使老師是真心與豫王沆瀣一氣，如何能令他這門生獨善己身？老師在一條昏天黑地的路上踽踽獨行，卻將世間光明盡留與他，自始至終只願他秉持正念，做大穆忠純篤實的臣子。

良久後，他緩緩道：「老師留了一句話。」

納蘭崢拭去眼淚，隔著車簾問他：「是什麼？」

「老師說，妳的嫁妝，他叫人整理起來收在庫房，一直未曾動過。」

納蘭崢霎時再度淚如泉湧。

顧池生聽她哭得厲害，有心勸說，卻不好掀簾進去，為難道：「妳……當心身子。」他的確口才上佳，卻不知如何安慰人，尤其是面對納蘭崢，故而短短幾字彆扭得很。

恰是這不知如何是好之時，忽見一名公公急急忙忙奔來。「顧大人，外頭來了刑部的人，說懷疑您假傳諭令，擅劫囚犯！您看您……這這這！」

納蘭崢聞言趕緊止住眼淚。她不想連累顧池生，清了嗓道：「跟他們說，是我的意思，我這就請人將囚犯送回牢裡。」

公公應聲退下，與外頭回話。

納蘭崢平復了一會兒才掀簾出去，興許是哭得久了渾身乏力，踩著小杌子時竟一個腿軟往前一栽。岫玉未來得及過來，顧池生給她一嚇，下意識上前攬她。

她靠著了人，頓覺一陣頭暈目眩，胃腹翻騰之下幾欲作嘔，就那麼軟軟地掛在顧池生身上。

岫玉慌忙去接人，跑到一半忽聽一聲尖利的馬嘶，回頭一看，就見是太孫趕來了。

湛明珩一勒轠繩翻身下馬，幾步上前，從顧池生懷裡接過人，沈著臉道：「宣太醫。」

顧池生端正了姿態，站在原地頷首行默禮。

承乾宮上下宮人皆被太孫妃嚇得不輕，已無人顧得了他。一直到小半個時辰過去了，岫玉方才趕來對他說：「顧大人，您辛苦了。太孫殿下命奴婢來與您說一聲，太孫妃是有喜了，現下已無礙，請您安心。」

他似乎滯了一下，隨即彎起嘴角道：「如此，替我向太孫賀一聲喜。」說罷，點頭示意一下就轉身走了。只是走出幾步卻又頓住，低頭看了一眼納蘭崢的臉頰方才貼過的那塊衣襟，繼而再重新邁步往前。

湛明珩聽見顧池生的道喜時冷哼了一聲，卻到底知曉此番情形特殊，比起摔疼納蘭崢，叫她給顧池生碰一下著實不打緊，故而未多氣惱。

納蘭崢躺在榻上累極睡熟了，尚且不知身孕的消息。

他內心是歡喜極了的，卻因公儀歇的事不敢表露太多，守了她一個時辰，等她醒來後，在她撐起身時肅了張臉道：「洄洄，妳當心著些……妳……」完了就說不下去了。

他怕她難受得無心知曉這份歡喜。

納蘭崢卻愣了一下，似有所覺地伸手撫上小腹。「我果真有孩子了？」

湛明珩也愣了一下。「妳如何知曉的？」見她似乎情緒尚可，就道：「不是妳有孩子了，是咱們有孩子了。才一個多月，太醫說脈象尚且號不準，但大約是不會錯的。我想妳月事也的確遲了，應是有孕無疑。」說罷低頭在她眉心吻了一下。

她仰起頭來看他，神色略有些疲憊，嘴角卻含幾分笑意，似乎是不想叫他擔心。「那就對了，我方才作夢了，是個男孩。」

湛明珩見她對公儀歇的事有意避開不提，他便也不主動說，且對她這夢著實好奇，攬她在懷問：「怎麼就是個男孩了，還夢到什麼了？」

她夢見孩子會講話了，他的嘴裡一溜地喊了很多人，有他的曾祖父、他的兩個外祖父，還有他的允叔叔……和和美美，團團圓圓。

但納蘭崢沒說這些，只道：「我夢見你要揍他。」

湛明珩眉毛一抖，臉色陰沈下來，狠狠瞪了納蘭崢的小腹一眼。「看來是個不聽話的了！」

不聽話怎地，不聽話就能揍了？納蘭崢覷他一眼，回想了一下，忽然驚道：「對了，我還夢見衛伯爺的孩子了，咱兒子與他家千金玩得好。」

「什麼？」他被氣笑，好半晌說不出話來。「衛洵與徐家小姐都未成親，妳卻夢去那般遠了？不成、不成……這夢作不得數，妳趕緊忘了，我兒子的眼光絕不可能這般差！」

納蘭崢撇撇嘴。「你瞧衛伯爺與徐小姐的相貌，便知他們的小千金必然也美，咱兒子眼光好著呢！」

湛明珩的臉更黑了。笑話，好看有什麼用？湛家的國業豈能為美色所毀！

正氣惱，又見她想了想繼續道：「我記得小千金的名兒也好聽，好像是叫……叫衛如蓁。」

「如蓁？他敢不敢做得再明顯點，乾脆叫如崢算了！」

納蘭崢倒未深想這個，也真覺衛洵無辜，伸手順順他的胸口道：「好了好了，左不過我的夢罷了。」

湛明珩給她順舒服了，才勉強「嗯」了一聲。

衛洵最好祈禱這夢不成真，否則休怪他無情，叫他女娃一輩子不得在他兒子跟前晃悠了。

兩人繼續嘮孩子婚配的事，湛明珩扳著手指將朝中臣子算了一遍，繼而下結論。「總而言之，別家都可考慮，我就是不願跟衛洵和顧照庭做親家，他倆休想撿我兒子便宜！」

下。

納蘭崢曉得他從方才起便一直在打趣說笑逗她，似有意似無意地提醒她莫再一味沈溺當下。

她這些日子思慮太重，如今有了身孕，再不敢放任自己多愁善感，即便心內還遠遠無法從父親的事裡走出來，還是順了他的話笑道：「我瞧著不挺好的嘛，顧家此後若得了女娃，那就是咱兒子的表妹，以顧侍郎的學識，這女娃想來也是知書達禮的。再說衛家……衛伯爺精通武藝，說不定就教出個巾幗豪傑來呢？」說罷問一邊的井硯。「井硯，妳說是不是？」

井硯看了眼太孫陰沈的臉色，最終擇明主而棲，略一頷首，將腦袋裡蹦出來為數不多的好詞拿了出來。「太孫妃殿下高瞻遠矚，長算遙略，屬下佩服。」

納蘭崢得意地瞅了湛明珩一眼。

他垂眼覷她，冷哼一聲。「等他倆生得出女娃來再說！」

第八十二章

大霧迷濛。

晦暗的地牢裡紛飛著細小的塵芥，湛明珩孤身往裡走去，看見草堆裡坐了個蓬頭垢面的男子。沈重的枷鎖壓迫著他的脖頸，叫他幾乎連抬個頭都困難。獄卒給他又添了一副手銬與腳鐐，預備將他送去刑場執行凌遲。

照大穆律法，凌遲之刑當剮三千三百五十七刀，共須行三日，完了再懸屍街市。

湛明珩在牢門前站定。

湛遠鄴渾濁的眼看了過來，似笑非笑地與他道：「皇姪是來給我送行的？」

他扯了下嘴角。「此說尚早，今日您只須受三百五十七刀，明日與後日，我會再去刑場看望您，到時方可講是送行。」

獄卒打開牢門，將犯人押了出來。湛明珩看見他在笑，姿態癲狂。

湛遠鄴笑夠了，湊近他耳邊輕聲道：「明珩啊，你以為這便是了結嗎？皇叔死了，還有人活著呢。我聽獄卒說，太孫妃有孕了？這個孩子曉得他的父親在他到來的頭一個月裡，殺了多少人嗎？滿京城不散的魂魄，都在等他降生呢……」

湛明珩瞇起眼偏頭看他，改了敬稱淡淡道：「你若以為我湛明珩是信殺孽的人，就太可笑了。」

湛遠鄴放聲大笑，被獄卒一扭胳膊押走了，一路高喝：「姪兒，你是怕了！你記著……皇叔就在下面等我那未出世的好姪孫來！」

空蕩的暗廊裡一遍遍迴盪著他留下的最後一句話。

湛明珩默立良久後轉身往外走，方才步至門口便見方決心急火燎地跑來。「殿下，太孫妃出事了！」

他聞言頓覺一陣暈眩，四面大霧一下聚攏了來，濃烈逼人。下一剎，他從此夢中驚醒，驀然坐起。

一旁隔了個被窩的納蘭崢被這動靜擾醒，睜眼便見湛明珩滿頭大汗，呼吸緊促，也跟著嚇了一跳，忙撐起身問：「怎地了？」

湛明珩似還未回神，偏頭見她一臉茫然地揉眼，默了默方才清醒幾分，將她一把摟進懷裡，卻什麼也不講。

納蘭崢被他摟得太緊，掙了一下道：「你……你輕些，莫壓壞了我。」就是因了孩子，兩人才分了床被褥，他這不知輕重的，是要將她勒背過氣不成？

湛明珩聞言霎時鬆開手，神情有一瞬怔忪，忙道：「孩子好嗎？」

她笑了一下，摸摸小腹。「好著呢。」說罷伸手撫了一下他的臉。「你作什麼惡夢了？」

他搖搖頭。「無事，不必擔心。」

他又不是三歲小孩了，哪有東西可輕易嚇著他，見他醒後問孩子好不好，納蘭崢便曉得他夢著了什麼，故也不多問。「我就不起身忙活了，你裡衣都濕了，去叫人擰條帕子來擦擦，重新換一身。」

湛明珩點點頭，在她鼻尖落了個吻。「我去收拾一下，妳且安心睡，莫等我。」

納蘭崢乖順地「嗯」了一聲。

湛明珩便笑著下床，卻是方才步出寢殿便斂了色。

三日了。

湛遠鄴是在公儀歇身死次日被拉去菜市口行刑的，距離如今已過去了整整三日。當日，他的確去牢裡見過他一面，方才的夢境便是彼時真實的情形。

他不是去耀武揚威的，也的確無此必要。只是湛遠鄴此人著實狡猾多變，諸般流程，他不親眼確認便不能安心。

他當然不信殺孽，況且這孽也不屬於他，因而不至於被湛遠鄴一、兩句胡話就嚇倒。比起那些莫須有的東西，確定此人徹底死透才是最要緊的，故而接連三日的凌遲刑罰，他皆是躬身督刑，以免出了錯漏。

如今能夠確信的是，湛遠鄴當真死得很乾淨。但興許是預備當爹了，他當日的話仍舊在他內心留下陰影，至今揮散不去，故成了方才的夢魘。

他複又回憶一遍夢裡情形，那些唬人的話自然不打算記得，卻是想起湛遠鄴說，他死了，還有人活著。

誰還活著？

他平生只逢兩位旗鼓相當的死敵。如今沒了湛遠鄴，便只剩下卓乙琅。湛遠鄴說的是否是卓乙琅？

實則這幾個月來，湛明珩一面處理朝政，一面也密切關注著西面與北面的動靜。卓乙琅是在昨年冬的戰事裡被羯人護持北逃的，而西華那邊，卓木青焦頭爛額於平息戰事過後王庭內部諸亂，雖不斷派探子往北搜尋，卻始終未摸著他的下落。

卓乙琅的動作，恐怕的確不是區區幾名探子能夠查得的。此人不除，不論於他或是卓木青，難免都是個禍患。可這邊大穆也與西華一樣亟待整治，且如今皇祖父身子孱弱，納蘭崢又懷了身孕，他無論如何也不可能在此關頭離京，親身深入羯境。

湛明珩在原地擰眉默了半晌，將方決喚來，交代道：「加強兩道巡防，尤其是太甯宮與承乾宮周圍，務必確保這兩處固若金湯。太孫妃順利生產前，各個宮苑俱都禁止招納新的宮人。如今在緊要地方當差的太監、宮女、侍衛，每隔半月排查一回，但凡露出一絲可疑跡象都給了銀錢放出宮去，寧可錯放三千不可漏過一個。太孫妃飲食的檢驗規制，都按與皇祖父相當的來，哪個敢多嘴的，你看著處置。」

方決不曉得太孫何以忽然如臨大敵的模樣，卻也不多問，頷首應下後，又聽他道：「再有，這些動作都莫給太孫妃曉得，免她憂思。」

「屬下明白。」

深夜的皇宮寂靜極了，連仲夏時節素有的聒噪蟬鳴也幾乎不聞。湛明珩在門口站了一小會兒，此前出的冷汗已讓熱風吹乾，周身因此清爽不少，胸口卻不知何故莫名堵得慌。

他起頭道是夢魘的關係，可這會兒那股勁頭都過去了，堵心之感卻仍未消除。

自兩個月前，昭盛帝身子越發不堪支撐後，他每逢如眼下這般心神不安的時刻，便要往太甯宮去，常常是想到就走。而昭盛帝也接二連三地交代了他些許要緊事，就連太甯宮寢殿裡暗藏的，遇刺時萬不得已可啟動的機關也說與他聽了，像是隨時都能撒手而去。

想到這裡，他似有所覺地望了一眼太甯宮的方向。「既是起了，我去看一下皇祖父。」

方決聞言點點頭道：「屬下隨您一道去。」

兩人這邊話音剛落，便見前方宮道奔來一名太監。湛明珩認出是太甯宮的人，見素日行止得體的公公此刻奔得心急忙慌，幾乎堪說踉蹌，霎時渾身一僵，喉間也乾得冒火。

像是胸口這一陣悶氣得了某個印證。

那公公到得他跟前，悲戚頷首，只道出兩個字：「殿下……」便不忍往下了。

也不必往下了。這兩個月來，雖面上絲毫不顯，可整個皇宮卻是人人內心對此消息皆做足了準備。

湛明珩艱難地吞咽了一下，喉結滾動間，逸出幾個字吩咐身後宮婢。「叫太孫妃起吧。」

大穆昭盛三十二年六月十七，帝崩於太甯宮。

小殮過後，新皇登基，繼而舉國居喪。百日後，複補添登基大典，翌日行封后大典。

是年，為長允元年。

臘月十七，先帝歸葬皇陵。照大穆禮制，當日起設祭臺於皇陵附近，待七七四十九日後，須由新皇躬身前往，行最末一次祭禮。

次年春。驚蟄時節，乍暖還寒。

初入二月，天氣忽冷忽熱得厲害，景和宮裡，湛妤正殷切囑咐她們家那位再有大半月便要臨盆的皇后，一遍遍地不厭其煩。

對頭如今貴為皇后的女子卻聽得神色懨懨。「皇姑姑，這句您方才已與我講過了。」

湛妤也不跟她客氣。「那妳就再聽一遍。」說罷再問：「可都記好了？」

納蘭崢點點頭。「記好了。」

這些話，宮裡的嬤嬤們已與她講過無數遍，湛明珩那個什麼都不懂的也一個勁地「指手畫腳」，她近來當真聽得耳朵長繭。

湛妤見她應得乖順，便不再囉嗦，只感慨道：「妳也別嫌皇姑姑煩，實在是我這姪孫太多舛了。莫說陛下，連我也跟著操了大半年的心。」她口中的「陛下」自然是湛明珩。今時不同往日，便是她這皇姑姑也不得稱一聲「明珩」。

納蘭崢聞言訕然一笑。

這話說得不錯，她腹中孩兒的確十分多舛。

昭盛帝去的那夜留了最後一道聖旨，大意是免除太孫妃宮內哭靈與喪期戒葷諸事，大有誰要敢多嘴閒話，他便從棺槨裡爬出來砍他們腦袋的意思。

聖旨是早在納蘭崢被診出喜脈的那日便擬好了的。當夜她到太甯宮後得知天子爺此番心意，再思及前些天父親的臨終遺言，兩相交疊，心酸難耐，隱忍多日的心緒再繃不住，一時哭得厲害。等湛明珩與人吩咐完封鎖宮門與通知百官等要緊事，回頭一看，她已暈了過去。

聽聞謝皇后過後曾與身邊嬤嬤感慨，說古往今來，逢帝王駕崩，哭得這般真切的儲妃實在百中難有一，而如此疼愛儲妃的聖上也是聞所未聞，真叫她這皇后都自覺情分不夠了。

納蘭崢當夜暈過去後，著實令湛明珩嚇了一跳，宮中太醫們也是好一頓忙活，幸而未出什麼大岔子。

她醒來後倒再不敢隨意哭了，只是雖得了聖恩，明白該聽天子爺的話，好好照顧腹中孩兒，卻也實在沒法一扭頭便吃起大魚大肉，多有食不下咽的時候。

湛明珩憂心她的身子，只得叫光祿寺變了法子做吃食來，可算折騰得一干官員焦頭爛額。

再過幾日，那頭國喪諸儀繁複，這邊納蘭崢的孕吐就加重了。她原本只偶有發作，這下許是接連失去至親，心緒不穩，以至一聞著飯菜味道便作嘔不止，竟連進食也困難得很。

湛明珩忙得脫不開身，又覺納蘭崢身邊沒個親近些的人不成，只得托了湛妤與納蘭涓輪番進宮照料，陪她說話，這才叫她漸漸好了些。

接著便是封后大典了。一來喪期未過，本該諸禮從簡，二來納蘭崢挺了個肚子實在不便，湛明珩便再三吩咐底下的人減輕禮服製料。可那好歹也是件禮服，到底比一般的衣著厚重，鳳冠也是必不可少的，故而當日難免又讓納蘭崢累了一回。

過後幾天，見她身子頻頻出現不適，湛明珩急得就差將太醫院給搬來景和宮，索性令御醫十二個時辰皆候在附近。

想到這些往事，納蘭崢低頭看了眼圓滾滾的肚子，與湛妤笑說：「所幸都是有驚無險，孩子的曾祖父在保佑他呢。」

湛妤聽她提及先帝，心內也是一陣酸楚，可這節骨眼哪敢說悲戚的話，忙轉了話頭道：「今兒個日頭和暖，我陪妳去園子裡透透氣。」

納蘭崢點點頭。「三姊與徐小姐也該到了，咱們就在外邊敘吧，屋裡著實悶得慌。」

湛妤便親手挽她起身，一面吩咐岫玉顧好她另一側，一面道：「這臨盆前，適當的走動是該的，成日悶坐反而不好，陛下叫妳少去外頭，是太過小心了。」

她笑了一聲。「皇姑姑說得太客氣了，他哪裡是太過小心，根本就是壞了腦袋！我想走一走，還非得等他得空了親手來攙。您說他多忙呀，等他來了，那黃花菜都涼了！如今在他眼裡，我就是頭肥碩的母象，這些個宮婢都扶不穩，全天下只他最能耐，力氣最大。」

湛妤被逗笑，一面內心感慨，如今她是不敢隨意說姪兒的背了，整個大穆也就只有納蘭崢可如此肆無忌憚。只是這樣也好，孕期容易鬱卒，她罵起姪兒來就高興，回回都神采飛揚的，想來姪兒也十分願意給她罵。

兩人方才步至園中一方石亭，就聽宮人回稟，說是顧夫人與徐小姐到了，繼而便聞一陣女子的嬉笑聲。

納蘭崢抬眼望去，見徐萱十分親暱地挽著納蘭涓的胳膊，一路與她說笑些什麼。

這位徐小姐，當真是每每人未到，聲先至。

納蘭涓如今自然作婦人打扮，可徐萱因國喪拖延了與衛洵的婚期，如今尚未出閣，便依舊是副嬌憨小姑娘的模樣。兩人穿著俱都是規規矩矩的一身素雅，但納蘭崢曉得，她三姊的素雅是真，這徐小姐卻是平日裡愛極了豔麗，如今沒法子罷了。

納蘭涓和徐萱過來給兩人行禮，分別福過身。「皇后娘娘、大長公主。」

納蘭崢請她們落坐，又吩咐宮人端來一些簡素的茶點。

徐萱見狀，搶了納蘭涓的位子道：「顧夫人，您與皇后娘娘姊妹情深，平日見得多了，我難得來一趟，您讓我坐皇后娘娘邊上些，我好套個近乎。」

納蘭涓笑看她一眼。「妳坐便是。」

納蘭崢也跟著笑。這徐小姐比她小一歲，性子十分可愛，故而一來二去幾番交往過後，她便許她私下裡不必太守規矩。

她問徐萓：「徐小姐方才與三姊在說什麼？瞧妳們似乎聊得很是投機。」

徐萓看了納蘭涓一眼。「娘娘，我是在問顧夫人，她怎地還不生個孩子，該不會算計好了年紀，預備跟我家日後的女娃娃搶咱們未來英俊瀟灑的太子爺吧。」

納蘭崢險些被她嗆了一下，隨即看向湛好。「皇姑姑，您莫不是將我那胎夢講給徐小姐聽了？」

湛好聞言不好意思地笑了下。「我是與妳秦姑父講了，哪知妳秦姑父喝多了酒，說去了徐閣老那處，徐閣老又轉而告訴了徐小姐。」

嗯，這個過程沒錯，倒是很合情理啊。

納蘭崢便與徐萓道：「胎夢也未必準，若是個小公主，妳可莫失望。」

徐萓吃了塊果乾，擺擺手道：「娘娘，不礙事。您與陛下加把勁繼續生，我和衛伯爺也會努力的，咱們總有一日能夠對上！」

納蘭崢一臉哭笑不得。「妳說妳，一個未出閣的姑娘家，知不知羞的！」

難怪衛洵總與湛明珩說這位徐小姐是閨中仙葩，他實在消受不起。反觀納蘭涓，只見她聽了徐萓的話後，耳廓微微染了層紅暈，竟更像是閨中小姐的樣子。

徐萓如此是性子使然，可納蘭涓雖說生性怯懦，卻畢竟已為人婦近兩年了，理當不至於聽了這等話便羞澀不堪。納蘭崢此前也詢問過她身孕的事，她只道是顧池生不急著要，其餘未肯詳說。

納蘭崢聽說顧池生身邊並無通房或妾室，與三姊也是相敬如賓，看起來並不像有欺負冷落她的模樣，故而也不可能去找他理論，插手夫妻間這等私事。只暗示三姊說，顧侍郎或許性子淡泊些，實則她主動點也未嘗不可；至於納蘭涓是否聽進去，就不曉得了。

她這邊轉了個心思，徐萱卻什麼也未發現，只笑嘻嘻地道：「娘娘，我最不知羞了，您又不是不曉得。」說罷又湊過來，小聲道：「娘娘，我爹爹說，您給我閨女取的名兒真好聽，叫我回頭多謝謝您。」

這一家子油嘴滑舌的，考慮過孩子她爹的感受嗎？

她覷她一眼。「這等事妳還是問過衛伯爺的好，若他不喜歡這個名兒呢？」

徐萱搖搖頭。「不用問不用問！『桃之夭夭，其葉蓁蓁』嘛，這麼好的寓意，衛伯爺肯定喜歡的。若是我孩兒不叫衛如蓁，將來顧夫人卻生了個顧如蓁，我就得哭慘了！」

身在華陽殿議事的衛洵忽然猛一個噴嚏。

上首湛明珩正與秦祐說話，聽了他這聲，立刻停下，嫌棄地看他一眼。「衛伯爺既染了風寒，還是莫進宮的好，你這是要將病氣過給朕未出世的孩兒？」

嗯，陛下這個彎繞得很遠，罪名安得很重。

衛洵正了正神色，答道：「陛下，微臣不曾染風寒，只怕是徐家小姐正與皇后娘娘說微臣的壞話。」說罷大概覺得沒面子，握拳掩嘴，尷尬地咳了一聲。

湛明珩經他提醒，皺了皺鼻子，竟也覺得有點想打噴嚏，轉頭問秦祐：「皇姑姑也與皇后在一道，秦姑父可有覺得鼻子癢？」說罷再看另一邊的顧池生。「顧侍郎呢？」

偌大一個華陽殿，議事議得好好的四個男人一起揉起了鼻子。

第八十三章

四人議的乃是三日後的皇陵祭禮一事。

祭禮諸事自然皆已交由下面去準備，也不必勞動這些個人物商討，卻是湛明珩昨日得到一封來自西華王庭的密信，信中，卓木青稱近日查得了一批行蹤詭秘的羯人，他的探子一路追索，卻在靠近羯穆交界處失去了行跡。

這消息自羯境傳回西華，再由西華輾轉送至大穆，實際上事起已有些天了，若這批人的確混入大穆境內，且腳程夠快，最遠已可抵達京城。

除此之外，卓木青並未多言。正如此前提醒他，卓乙琅被羯人護持北逃了一般，僅僅點到為止，而不擅作推斷，以免干擾他的思路。

但湛明珩曉得他的意思。羯族那邊安分了一年有餘，卻偏挑這時候有了古怪動作，說與穆京的皇陵祭禮毫無關係，似乎不大可能。

穆皇陵位於天壽山麓，相去皇宮足有百里。照大穆禮法，此行乃是他身為新皇必須走的一趟，倘若卓乙琅有意殺他，一旦錯失此番良機，再要等他出遠門便很難了。只是祭禮儀仗盛大，隨行京軍多達數千之眾，旁人要想明著下手幾乎可算癡人說夢。

不過話說回來，卓乙琅本非光明君子，至於羯族，既是存有那等改容換貌的秘藥，可見亦是詭異地界，故而若是要來，大抵是陰招。

衛洵摸完了鼻子，在一旁繼續道：「不論如何，要想行刺陛下總歸只三處可能——去路，皇陵，或歸途。倘使由微臣來做此事的話……」他說罷感到上首射來一道冷冷的目光，忙改口：「哦，倘使微臣是卓乙琅的話，較之諸人皆精神抖擻的去路，或當擇部分將士些許疲憊的歸途；而較之聖駕四周隨行京軍眾多、近身困難的歸途，又莫不如是在皇陵附近。照計畫，陛下須在祭禮前一晚先一步安營露宿於天壽山腳下，當夜或是最佳時機。皇陵周邊多數地界皆是非皇族子嗣嚴禁踏入的，藉此來掣肘陛下的侍衛們不失為好法子，亦十分符合卓乙琅此人素來陰險狡詐又喪心病狂的作風。」

衛洵這番講得頭頭是道，簡直就像他自己謀劃了一場刺殺似的。

湛明珩不置可否，點了點頭。左右這一趟無可避免，且卓乙琅著實堪稱心頭大患，即便以身為餌除去他也是值得的。他有把握應對，只是莫給納蘭崢曉得，叫她擔心就是了。

他想了想道：「皇陵那處不難應付，只是屆時錦衣衛指揮使將與朕隨行，宮中戍衛亦將抽調走一些，朕不在時，你且留宿外宮幾日。」

倘使換作從前，衛洵必要嗤笑他小題大做，如今礙於身分卻開不得那些玩笑，只道：「陛下是憂心皇后娘娘？照微臣看，拿皇后娘娘掣肘您固然是個法子，可卓乙琅著實不大可能捨近求遠，來撞皇宮這處銅牆鐵壁；便是宮中殘餘了一、二內應，如此闖來亦是自尋死路。微臣以為，陛下該多放些心力在皇陵才是。」言下之意，還是省省心顧好自己吧。

衛洵說得的確不錯，但不知何故，湛明珩近來總是反覆記起湛遠鄴當初的那些話。納蘭崢生產與皇陵祭禮恰好間隔得近，雖的確是天意巧合，卻實在叫他心內難安。

當然，他不會與衛洵解釋這些，只覷他一眼。「有備無患，你照做就是。」

如今他一句話就是聖旨，衛洵方才也不過是勸說幾句，實則並無違抗之意，只是應下後也有些好奇。「陛下可否容微臣多問一句，京中人才濟濟，您何以將此重任……交給微臣？」他不是素來不喜他接近納蘭崢的嘛。

湛明珩冷笑一聲，只講了四個字。「因為你陰。」

陰險的人合該去對付陰險的人，劫持過皇后的人，保護起皇后來理當更為得心應手。在納蘭崢的安危面前，他不會與幾罈醋計較。

衛洵尷尬地低咳一聲。「陛下過獎。」

等與衛洵商量完，湛明珩又跟其餘兩人交代了些許朝堂事宜，直至近用午膳的時辰方才散了。

他準備去景和宮，秦祐和顧池生妻室都在那處，便也順帶一道隨行。只衛洵逃得最快，稱堅決不跟那牛皮糖一般黏人的徐家小姐碰面，懇請陛下高抬貴手。

湛明珩便高抬了一隻貴手，揮了揮放他走了。等到了景和宮，就見納蘭崢與三名女眷有說有笑，聊得十分投機，尤其是跟徐萱。

了不得啊了不得，這一切似乎都朝那個夢境發展。

湛明珩一來，除卻如今行止不便的納蘭崢，其餘三人皆停了話頭，忙上前行禮。湛明珩讓她們起後，隨口客氣了一下，留幾人一道用膳。

但在場的誰沒那個眼力哪，三日後乃是皇陵祭禮，陛下翌日一早便得啟程前往天壽山，今兒個可得與皇后好好別過，故一個個地都感恩戴德地辭謝了。

眼見這些麻煩前前後後地走了，湛明珩輕攬過納蘭崢的腰，問道：「妳心情倒是不錯，也不見捨不得我。」

納蘭崢覷他一眼，將這鹹豬爪給拍開了。「你籠統也就走個五、六日，我有何捨不得的？剛好我這景和宮都能清靜幾晚。」

後宮空置，湛明珩大半年來夜夜安寢景和宮，左右榻子夠大，他睡相也好，不會硌著納蘭崢，可如今耳聽得她是嫌他黏人了。

莫不是在她眼裡，他便如徐萱之於衛洵一般？

他眉毛一抖，氣道：「納蘭崢，妳欠收拾了？須知妳生產在即，等坐過了月子，妳就再笑不出來了。」他會叫她重新過回夜夜哭著喊哥哥的日子。

納蘭崢哪裡聽不懂這番曖昧的言語暗示，如今卻是有恃無恐，絲毫不肯低頭。「那你就等著我再懷上一胎吧！」

他動不得她旁處，只好伸手去扯她臉皮。「妳還懷上癮了？我告訴妳，懷了照樣也有法子來！」此前不過是因守孝才沒動她罷了，她還真當他是病貓不成？

納蘭崢一聽此言便是一嚇，知他「學富五車，才高八斗」，花樣千奇百怪，層出不窮，或許這話並非危言聳聽，便抱著肚子躲他。「你……你敢！」

見她被唬住了，湛明珩一剎變臉，笑著攬她往殿內走，一面道：「知道怕就好了，不過妳現下莫緊張，會嚇著咱孩子的。前邊臺階……」

她鼓著臉氣道：「我沒瞎呢！」

湛明珩將納蘭崢攙進殿內，傳了膳，叫她先用。

她見狀奇怪地問：「你還有什麼未忙完的？」

他摸摸她的臉蛋以示安撫，道：「昨夜好像將一封公文落妳這裡了，我先去取了來。」說罷轉身朝寢殿走去。

納蘭崢等他走後低頭吃了口飯食，隨即察覺一絲不對勁。他昨夜來時似乎沒帶什麼公文啊，況且，什麼要緊的公文非得躬身去取？

湛明珩一路走進納蘭崢的寢殿，喚來井硯，望著那張碩大的拔步床吩咐道：「開門。」井硯應聲，伸手撥了撥床柱上的一塊鳳紋浮雕，幾下過後，浮雕被整塊抽出，只聽得一陣沈響，拔步床緩緩上升。她彎身下去啟動床底地板的機關，其下忽地驚現一扇暗門，暗門裡是一條往下的密道，眼下一片黑黝。

穆皇宮內諸如此類的機關暗道並不少，多是為防奸佞小人圖謀不軌的，而景和宮這一處歷代皇后居住的寢殿內更是別有洞天。

前朝有位獨寵其后的皇帝，幾乎夜夜居宿此地，卻不料枕邊人實乃虎狼，最終遭了皇后毒手，被逼在此禪位於太子。儘管後來太子未坐幾日皇位便被拱下了台，可這位皇帝的境遇卻令他的後世子孫得到警示，故在此寢殿下方挖了密道，以備萬一。

密道幾可通往四處地方，因機關陳設的緣故，只可由此往外，而不得由外往內。說白了，其實是給皇帝逃命用的。

大穆繼承了前朝的宮殿，也延續了前朝的規矩。通常皇帝若欲寵幸嬪妃，不須下榻，而由嬪妃前往太甯宮伺候。每逢初一、十五，皇帝則多夜寢景和宮，故而最須設防的，便是太甯宮與景和宮這兩處地界。

湛明珩昨年自昭盛帝處聽聞此密道內情時，一面驚嘆於前朝浩大工事，一面也思及了一點不妥。

歷朝歷代情形不同，機關密道並非一勞永逸之物。於他而言，皇后是不須防備的，反倒這處密道的存在顯現出諸多弊端，或將令納蘭崢陷入危險。

但他初初登基，大興土木行不通，要破除舊規矩也須時日，故還未來得及改動此間密道，若隨意叫納蘭崢搬去別宮暫居則難免遭人非議。雖說這處密道或是隱患，照理只歷代繼承人方知，當可算是機密，如今他是因心內有了廢除此機關的打算才破格告訴了井硯。

湛明珩往裡看了一眼。「妳此前進去過一趟，照眼下機關構造，密道出口設在何處？」

井硯答道：「回稟陛下，當是午門附近。」

午門已是宮城靠外的一道門了。他搖搖頭。「不妥。妳下去改設機關，令密道至多只可通往金鑾門之內，且出口處只須布置暗衛，勿添明面上的防備，以免此地無銀三百兩。」井硯頷首應下，雖暗覺陛下是將為人父，太過小心謹慎，甚至小題大做了些，卻仍感懷這番苦心。

她心內正慨嘆，又聽他道：「皇后生產在即，萬不可叫她知曉此前西華王庭與朕的來信，免得她擔憂掛念。」若卓乙琅沒有現身，反倒是他幾句交代害得納蘭崢心神不寧，出了岔子，就真是罪過了。

「屬下明白，也請陛下此行萬莫掉以輕心。」

湛明珩點點頭，進到密道裡，在入口附近探尋一陣，隨即準備回去陪納蘭崢用膳。只是剛走出一些複又回頭問井硯：「妳身上帶了公文沒有？」

納蘭崢正暗自奇怪湛明珩何以取個公文去那般久，便見他回來了，手裡的確拿了個黃色封皮的東西。只是她都快用完膳了，就乾脆伸手拿來他的碗碟替他布菜。

湛明珩哪肯勞動她，叫隨侍在旁的婢女來做這些，隨即彎身，將耳朵貼在納蘭崢鼓起的肚皮上，聽了一會兒道：「妳是不是吃多了撐著孩子，都聽不見響動。」

這叫個什麼理哪！

納蘭崢如今的確較之從前豐腴許多，渾身各處都是圓潤的，只道他嫌棄她，故變著法子調侃，氣道：「分明是被你嚇得不敢動的，你走遠些就好了！」

湛明珩笑著直起身來，端正姿態，一眼瞥見桌几上多了副碗筷。

他一個眼色，納蘭崢便懂意思了，不等他發問就先解釋道：「是皇姑姑去而復返，說半途記起漏了樁事，特意回頭與我交代，請我注意的。皇姑姑來回辛苦，我便想留她用膳，故而多備了副碗筷，只是她道秦姑父尚在午門等她，又匆匆走了。」

「皇姑姑近日常來景和宮關照妳，我倒也忘了給她送些謝禮……她走了有多久？」

「倒是不久，她前腳剛走，你後腳便來，約莫尚能趕得及。」

湛明珩便回頭吩咐宮人們趕緊拿些東西送去。

侍衛們匆匆追上大長公主的轎子。湛妤得了一車的賞賜，與身邊婢女感慨說笑。「瞧見沒？要討好咱們陛下，關鍵在討好皇后娘娘。」說罷抬頭對侍衛道：「替本宮謝過陛下賞賜。你幾人追本宮至此，一路辛苦。」

侍衛們拱手行禮。「大長公主殿下客氣了。」

湛妤朝他們點頭示意，方才欲意喚轎夫起轎，趕緊往午門去，免得秦祐等急了，卻忽聽一牆之隔的宮道裡傳來了說話聲，似是侍衛在拿人問話。

繼而有個聽來聲似太監的人捏著把嗓子答了幾句，說是方才跟著上頭的掌事公公採買回來，要將東西送去太后娘娘那處，一時迷了路。

後面這個太監的聲音，有那麼一刹，叫她隱隱約約覺得有些耳熟。

她因這似是而非的直覺皺了皺眉，卻到底笑了笑，覺得自己跟湛明珩一樣草木皆兵了。既然侍衛已在盤問，想來不會出什麼錯漏。

她朝轎夫喚了聲。「起轎吧。」

翌日清早，湛明珩擺駕前往皇陵。

車行兩日一夜，一路相安無事，隨行眾軍在黃昏時分於天壽山山腳附近紮了營。

當夜戌時，景和宮內，納蘭崢預備歇息，走進寢殿時剛巧碰見岫玉提了一雙繡鞋往外走去。

這繡鞋是她平日慣穿的一雙。湛明珩體恤她，因她身孕之故，特意命人改製得十分輕便，上頭的飾物也俱都從簡，只鞋尖綴有一顆淡金色的珍珠。

她叫住她。「妳拿這鞋去做什麼？」

岫玉解釋：「娘娘，奴婢瞧繡鞋上頭少了顆珍珠，想來是不知何時蹭掉了的，正預備拿去替您換新呢。」

納蘭崢點點頭示意她去，回頭上了床榻歇息，睡意朦朧間卻陡然一個激靈，生出一絲奇怪來。

她的確有幾日未穿此雙繡鞋了，可這又非是一般劣等貨色，且她走路姿態也端正得很，斷不會隨意四處蹭碰，牢牢鑲在上頭的珍珠緣何能這般輕易地掉了？

不知是否是臨近生產的緣故，她隱隱感到有些不安。哪怕是樁針眼點大的事，也在心內激起了波瀾，像是什麼不祥之兆似的。

如此幾番深想，她越發覺得不妥，起身看了眼因湛明珩不在宮中而留宿內殿、於她近旁守夜的井硯。「井硯，妳替我去查查岫玉拎走的那雙繡鞋，看珍珠掉落是否人為？」

井硯聞言勸道：「娘娘，夜都深了，屬下不宜離您太遠。那珍珠說不定是哪個貪財的宮人給捋去了呢，這等小事，明兒個再查也不要緊；或者屬下命人將繡鞋送回來，容您在寢殿裡頭察看？」

她沈默片刻，解釋道：「此事不小，這繡鞋為我貼身之物，且是宮裡特製，一顆珍珠便足可證明主人身分，我有點擔心……」

她後面這句說得模糊，實在是因此番念頭的確離譜，她也怕是自己臨近生產太過敏感了些，卻見井硯一下子變了臉色，大驚道：「娘娘的意思是……此顆珍珠倘使到了陛下手中，或可令陛下誤會您這處生了什麼事端？」

納蘭崢不想她反應這般快，只道：「是這樣不錯。」答完又覺不對，蹙起眉來。「井硯，妳是不是瞞了我什麼事？」她不過偶生猜想，何以她會與她想到一塊去？

井硯一時未顧得及答話，腦中一連閃過許多個念頭。

實則除卻衛伯爺此前分析的三種可能外，行刺陛下的時機還有一個，便是生變之際。

當陛下得知皇宮出事，匆匆忙忙往回趕時，身邊守備必然極其輕簡，甚至心急如焚之下很可能選擇孤身回返，畢竟論起騎術，又有幾人能夠趕得上陛下？

納蘭崢的話叫她忽然想到，欲拿娘娘掣肘陛下，其實未必真將刀子動在娘娘身上，陛下本就掛念娘娘安危，已然到了杯弓蛇影的地步。

如此，一顆珍珠便也足夠了。

她這邊臉色發白，沈默不答，納蘭崢卻驀然思及昨日湛明珩的古怪舉止，內心已然猜到些許究竟，急聲道：「可是陛下此行有險？你們有意瞞了我什麼？」

井硯猛地回過神來，趕緊答：「娘娘且莫焦心，此樁事待屬下晚些時候再與您解釋，屬下先去外頭察看您的繡鞋，如確有古怪則即刻傳信去天壽山。」

納蘭崢點點頭示意她趕緊去，隨即擰著眉飛快地思索起來。

倘使湛明珩此行的確有險，這繡鞋之事便非是偶然，但能夠悄無聲息得到她繡鞋的人，如何也不可能是從宮外偷摸進來的。也就是說，此人當是常年混跡在皇宮的某處角落。

大穆此前生過大亂，皇宮裡出個歹人著實不是稀奇事。稀奇的是，湛明珩這大半年來清洗不斷，而此人竟在這般情形下仍舊氣定如山，且能夠當著不起眼的差事，做得這般驚人的手腳。

這似乎不是誰的哪個手下有本事輕易辦妥的。

她思及此，越發不得心安，匆忙下榻披了衣裳，卻是方才攏好衣襟，寢殿內便颳起一陣大風，將夜裡留的幾盞燈燭悉數吹滅，緊接著響起一干宮婢應聲倒地的動靜。

不等她來得及作出反應，一柄寒氣逼人的刀子便已架在她的脖頸。

納蘭崢未有驚叫，聲音死死壓抑在喉嚨底。

這一剎，她恍惚驚覺失算。此人很瞭解她，曉得她能瞧出繡鞋的玄妙，必將因此出言惹得井硯方寸大亂，繼而離開她身旁。

他在藉她之手支開她身邊的阻礙。

他的小臂緊緊勒著她的脖頸，衣袖上粗糙的袖紋因此蹭到了她細嫩的肌膚。她幾乎一下子認出了這一身衣裳，是宮中低等太監的服飾。

不等對方開口，她便想通了前因後果，冷笑一聲道：「卓乙琅，難得你為擄我，竟不惜去勢。」假太監是瞞不過人的，故而他閹割必然為真。

她的聲色聽來十分平穩，但卓乙琅此刻緊貼著她，依舊能察覺她竭力隱藏的顫抖。

她身懷六甲，如何能不怕他？

他緩緩道：「娘娘七竅玲瓏，可你們漢人也有句話，叫『聰明反被聰明誤』。」卓乙琅去了勢，說話聲較之從前有了些許變化，但仔細聽來仍能夠分辨。

納蘭崢咬了咬唇，鎮定下來，道：「你走不出景和宮的。」

卓乙琅嗤笑一聲，拖著她走回榻邊，點起火摺子，三兩下打開床底的暗門。

納蘭崢見狀一驚，繼而聽得他道：「娘娘勿要企圖拖延時辰，還是快隨我下去吧，到得午門，您便曉得我究竟出不出得去了。」

第八十四章

她為人所制，此刻萬不敢不聽從，故而強自按捺下心內緊張，跟他下了密道。

壁燈被點亮，她看清了卓乙琅的面容，與從前截然不同，是普普通通的漢人之貌。

一瞬間她便捋順了所有環節。

單憑卓乙琅一人，哪怕再怎麼足智多謀，亦無可能做得如此。他的背後是整個羯族。

正所謂燈下黑，實則他從未曾被護持北逃，此前不過借羯人之手使了個障眼法。卓木青得到過的秘藥，想來他也得了一份，等徹底改頭換面後便進宮做了太監。他容貌全變，在羯人相助之下作偽身分亦不算難事，根本無須蒙混便可過關。

這大半年來，湛明珩的確禁止各個宮苑招納宮人，但卓乙琅來到此地卻遠在之前。彼時大穆內憂外患之下死了許多宮人，的確招納過為數不少的太監。

納蘭崢不曉得寢殿內這處機關的存在，卻聽卓乙琅稱此密道可通往午門。既是這樣，此機關必然極其緊要，除卻湛明珩與先帝外，只可能有一人知曉，那就是已死的湛遠鄴。

湛遠鄴最終果真還是與卓乙琅合作了。他早在臨死前就及早鋪好了路，將皇宮機密透露給卓乙琅，便是身死也要報復湛明珩。

也不知是否巧合，兩人的這些招數，竟與湛明珩和卓木青從前使過的如出一轍。卓乙琅大約是欲以其人之道還治其人之身吧，論心志、心智，他或許當真不輸湛明珩。

納蘭崢思及這些時，卓乙琅亦在心內冷嗤。

今夜的計畫耗費了他整整一年有餘。這一年多來，他臥薪嚐膽，先受閹割之刑，後日日被宮裡的掌事太監欺壓，三不五時便得湛明珩手下人盤查，為此始終未得機會下手。

而今次亦是冒了大險。前日得手後，他趁採買之機將偷得的那顆珍珠傳遞給宮外的接應人，回來時遭到侍衛盤問，險些露出馬腳。虧得彼時珍珠已不在身上，而一牆之隔外的湛妤不曾出席當年清和殿的宮宴，雖與他也曾有過幾面之緣，卻並不算熟悉。

卓乙琅走下密道，回頭封死了機關，以免上面的人發覺不對順路追來，隨即擄著納蘭崢朝前走去。

二月的天，地底下陰冷非常。入口那處，壁燈裡的燈油很快便燃盡，前方一路，入目一片漆黑，卓乙琅卻似乎沒有浪費時辰點火摺子的打算。

密道很窄，至多只容兩人並肩而行，納蘭崢走得緩慢小心，生怕磕碰著什麼地方。

卓乙琅見她一句話也不說，走出老遠後終是按捺不住，淡淡問道：「娘娘素來能言善道，今次竟不與我談個條件嗎？」

納蘭崢渾身冷得發顫，腦袋因此十分昏沈，整個人都生出一種頭重腳輕之感，聞言勉力道：「我不必與一個瘋子浪費力氣。」

他一心只為報復，不惜因此遭受閹割之刑，甚至或許也未曾想過能夠全身而退。他此舉不是想得到什麼，單單只欲叫湛明珩不好過罷了。

在一個連死都無所謂的瘋子面前，她確實無甚可拿出手的條件。

「難得娘娘臨危不亂，依舊審時度勢，倒是我記得您曾說，絕不會做他的軟肋。三年前貴陽一戰是您得勝，卻不知今夜結果如何了？」

納蘭崢疲憊地笑了笑，未有應聲。

皇宮占地甚廣，哪怕這條密道再如何鬼斧神工，自景和宮前往午門也是段極遠的路。見卓乙琅的刀子始終未離她身，她強撐起意志，在心內暗暗計算著路程，只是待行至出口時倒是略有幾分詫異。

卓乙琅顯然也是一愣。

這個距離，絕不夠到午門。

卓乙琅很快變了臉色，納蘭崢內心陡然生出一絲欣喜。

倘使真到了午門，便只剩下你追我趕的可能，她要脫身只得依靠自己，皇宮守備將絲毫起不了作用。

如今幸好不是。

湛遠鄴當初架空了整個皇宮，或許的確查探到這個密道，但極可能只是一知半解；而湛明珩雖以為卓乙琅此行當衝皇陵去，卻也怕萬中有一，有意留了一手。

她隨卓乙琅自暗門走出，來到一處偏殿，透過一段筆直的宮道後一望，果不其然見此地仍在金鑾門之內。

四周燃了熊熊的火把，眾侍衛高踞馬上，卓乙琅已被弓箭手團團包圍。驚變突生，包括井硯在內的宮人們不可能不慌亂，但哪怕他們此刻滿頭大汗，心如擂鼓，依舊保持著有條不紊的對敵架勢，甚至無人做無謂的喊話。

寂寂深夜，只聞火星噼啪與弓弦緊繃的響動，無數道目光緊緊鎖著卓乙琅。他的眼底倒映了這座巍巍宮城與四面的萬馬千軍，一剎恨意漫天。此前統領大軍攻入穆京，兵敗亦在此地，眼下竟是一番熟悉的場面。

納蘭崢見狀，渾身的疲憊褪去一些，強打起精神，垂眼瞧了瞧抵在喉間的刀子，再抬起一些眼皮望了望遠處宮牆，繼而很快瞥開。

她沈默了一路存蓄力氣，如今終得開口：「卓乙琅，較之此前貴陽一戰，你今次能做得如此已是不易，但我大穆皇宮非是你來去自由之地，湛家的密道亦決計困不住湛家人。」

「妳閉嘴……」卓乙琅咬牙切齒，手中刀子順勢往她脖頸一貼，很快在她細嫩的肌膚上劃開一道猙獰的血痕。

包圍在四周的侍衛們下意識欲意上前，誰知方才提起靴尖，便聽他向他們威脅道：「誰膽敢再上前一步？」

刀子劃下來的時候，納蘭崢說不害怕是假的。從前身臨險境，她不欲拖累湛明珩，大不了便是一死了之，可如今她並非孑然一身，腹中尚有將要出世的孩兒，此前逼仄的密道裡已有濕寒之氣入體，怕再禁受不起多餘的折騰。
肚腹墜脹，她被這股力道扯得連喘息都困難；脖頸上似乎也溢了些血，令她腦袋發暈，忽感一股黏稠汁液順腿流下，似乎是羊水破了。
她害怕得想哭。
可哭不管用，如此僵持亦非是辦法。她又悄悄望了眼遠處黑黝黝的宮牆，竭力平穩下心緒，提勁道：「卓乙琅，想來羯人不曾有擁你為王的打算吧？故而你才迫不得已掩身大穆，伺機報復。你看你，在西華是名不正言不順的假世子，於羯人亦單單只幾分淡薄的血脈情誼，到了我大穆則更好，竟做了去勢的太監。天地之大，卻無處可容你，如今你連那二兩肉也沒了，不能成事的滋味是否好受？」
卓乙琅的手顫了一下，顯見是被刺中了痛處。他的太陽穴突突地跳，額角青筋暴起，面目猙獰而扭曲。他本是極擅掩藏之人，可自從失去了這二兩肉，便時常難以控制心緒，稍一動怒就似烈火焚身，猶如陷落地獄泥沼。
這是他的心障。
至此一瞬，他憶起這一年多來無數令他厭惡的事。不碰女人無妨，可這深宮禁地，某些身懷怪癖、內心扭曲的太監們對他百般折辱，叫他幾欲作嘔。
可每當他厭惡他們多一分，便也連帶厭惡自己多一分。
他亦是他們當中的一個，為了生存，不得不出賣尊嚴。

四周劍拔弩張之意越發地濃了。

納蘭崢的嘴唇在打顫，察覺到卓乙琅的手漸漸有些不穩，便頓了頓繼續道：「你當羯人何以幫你到這分上？他們一路助你，非是因為那點血脈，而是將你當作刀子，一柄或有可能捅向大穆皇帝的刀子。可你也瞧見眼下形勢了，你欲意拿我要脅陛下已無可能，甚至全身而退亦是癡人說夢。羯人已放棄了你，如今你插翅難逃，多不過與我玉石俱焚這一條路，你若還算個男人，便莫再磨蹭，拿著你的刀子，往我肚子上來！」

卓乙琅被四面襲來的沈沈壓迫與她此番話激得失去最後的理智。是了，今夜他孤身一人，必死無疑，倘若臨去前能夠拉納蘭崢與湛明珩未出世的孩兒墊背，或也算是瞑目。

他猛地抬起右手，將刀尖狠狠刺向她的肚子。

納蘭崢一咬牙，緊緊閉上眼。

刀尖距她皮肉三寸之遙時，一支重箭破空而至，不偏不倚刺穿了卓乙琅的右臂。刀子脫手，落地時激起「咣噹」一聲清亮的脆響。

納蘭崢趁此時機竭盡餘力一掙。

卓乙琅心內一剎百轉千迴，已知中了這女人的激將法，吃力悶哼之下，顧不得利箭透骨疼痛，電光石火間還欲再抓她，卻被四面迅疾如風，一擁而上的侍衛們堵得出手無路。

「唰」一下，他的左臂被人一刀削砍，高高挑起後落到地上，揚起一片灰燼。

金鑾門前，慘叫震天。

埋伏在遠處宮牆已久，射出方才那一箭的衛洵鬆了手中弓弩，後背登時流下一層淋淋漓漓的冷汗。得知納蘭崢被擄，密道出口設在金鑾門附近，他便及早趕來，孤身掩藏在此地。方才納蘭崢總計往這向看過兩眼，他瞧明白了她的暗示，始終按兵不動，等候她激怒卓乙琅，令他情緒失控的最佳時機。

距離太遠，夜色黑濃，這一箭，堪稱生平最險，稍有差池便是一屍兩命。

他蹙眉看了眼無法克制、顫抖不止的手，似乎難以相信自己有生之年會有如此緊張的一刻，而這一切，只因那女子於生死一剎交付予他的、毫無保留的信任。

金鑾門前一片混亂。驚變一刻，井硯沒有去管卓乙琅，而是疾奔過來攙穩脫困的納蘭崢。「娘娘，您可還好！」

納蘭崢臉色發白，一手緊緊捂著肚子，一手拽著井硯的胳膊，卻仍舊止不住越發沈重的身子一點點往下滑。「叫……叫穩婆……」

宮裡的穩婆是自一個月前便被湛明珩安置在景和宮附近的，共計四名，皆是經驗豐富、資歷老道者，換作平日，便無十分把握，也有得九分。可今夜如此一遭過後，納蘭崢的身子狀況著實糟糕，這孩子不滿時候，及早大半月就要出世，實在也驚怕了幾名穩婆。

納蘭崢被送往就近的宮殿，疼得滿面是淚，卻一路緊攥著井硯的手，勉力說話，請她派人去給湛明珩報信，告訴他宮裡平安無事。井硯也的確掛心陛下安危，又不知曷人在回頭這一路設下了何等埋伏陷阱，便匆忙奔去尋衛洵，請他率軍出迎。

納蘭崢這才安下心來，強撐意志，收起淚，望了望奔進忙出往殿內抬熱水的婢女，咬牙忍耐，熬過了一陣痛楚後，顫著嘴唇與幾名穩婆道：「嬤嬤們莫緊張，便是我今夜有何不妥，陛下也決計不會遷怒妳們……妳們只管安心幫我……」

幾名穩婆當真不曾見過這般危急臨產時刻，不哭天喊地，卻反過來安慰她們的婦人，何況對方還是這般尊貴的身分。

一名老嬤嬤聞言心下登時擰了股勁，道：「娘娘放心，您是大風大雨裡挺過來的，不必害怕這等小事，老奴們定當竭力而為。」

她點點頭，到嘴邊的話被複又翻湧起的一陣痛楚淹沒，只剩下死死擰眉咬牙。

她又不是菩薩，並非如此關頭尚有閒心廣施善意，而是曉得情況危急，這幾名嬤嬤顯然曾得過湛明珩的告誡，此刻恐怕多少是有些慌張的，如此出言安撫，她們方可鎮定，她和孩子也才得以平安。

殿內燒了地龍，一桶桶乾淨的熱水不斷送來，穩婆們皆已穿不住厚實的棉衣，納蘭崢也只剩一層薄薄的裡衣，裡衣幾乎被汗水浸透，緊緊貼在她的肌膚上。

她不願給穩婆們施壓，故而克制多時都不曾哭喊，可到後來當真疼得無法忍受，饒是心志再堅毅也扯起了嗓子。

一整夜過去，實在是渾身的血淚都快流盡了。

聽了這番哭喊，皇宮上下俱是一陣提心吊膽。天亮了，皇后仍未順利誕下皇兒，陛下亦無音訊，眾人心內一樣煎熬得很。

魏國公府的人已在黎明時分匆匆趕至，而湛妤聽得消息後，回憶起前些天聽見的古怪太監，亦是悔恨萬千，慌忙往皇宮來。

無數人圍攏在這處就近而擇的偏殿，來來回回地踱步。

午時的日頭照得烈了些，殿內的哭喊卻越發輕微下去。納蘭崢痛了這許多時辰，如今竟是連喊也喊不動了。

恰是眾人心急如焚之際，不知何人慌忙道了一句：「陛下回了！」

眾人一回頭，便見聖上被一干錦衣衛簇擁著疾步往這向走來，臉色陰沈似大雨將傾。一旁有人在向他回報宮內情形，他卻一句也未曾理會，步履如風，叫後邊的人如何也跟不上。

他的胳膊和腰腹受了幾道傷，隱隱望得見內裡刀口處鮮紅色的血肉。醫官追了他一路，欲意替他裹傷，他只當未瞧見。

好個卓乙琅，好個不安生的羯族。

他昨夜紮營在天壽山腳下，有意以身為餌，的確誘得一批人及早行動，卻是後來從一個死士嘴裡撬出了一顆珍珠。他當下便猜知納蘭崢有險，不顧臣子勸阻，執意連夜回返。

侍衛們起初還跟得牢他，不多時就被他甩出了老遠。他孤身奔馬，知曉前路必設有埋伏，卻是一思及宮內或有的情形，便顧不得許多了。

那一路足足幾十名殺手，他只手中一劍，佛擋殺佛。

到日頭漸高時，衛洵率軍來迎，他方才得以徹底擺脫那些人，心無旁騖，馬不停蹄地回趕。

整整一夜，他殺紅了眼睛，直至眼下那股戾氣仍未消散。

眾人見此情狀，趕緊跪伏下來行禮，他一句「平身」都來不及說，只問：「皇后呢？」婢女答了，就見他大步流星地朝內殿走去，身後的男人們只好停了步子。

湛明珩一路往裡，瞧見一盆盆血水被端出來，真可謂觸目驚心，因此走得越發地疾，一顆心幾乎要跳出嗓子眼。到得近了，便聞納蘭嶸孱弱不堪的呼痛，一聲復又一聲。這短短一路，於他而言漫長煎熬得宛若是在被人剔骨削肉。

他的一腔怒火，到如今悉數化作心疼。

她究竟……究竟是如何脫險至此的？

他一步跨入內殿，一干婢女回頭望見他來，趕緊上前阻攔道：「陛下，不可！」九五至尊，如何能出入這等污穢之地，如此不合規矩，亦是不吉利的。

湛明珩掃她們一眼，伸手一搡。「滾！」

屏風裡，岫玉聽聞動靜，忙奔出來，一眼看見他這一身血泥，勸道：「陛下，您若真要進去，先且淨手沐浴，否則恐叫娘娘染病！」

湛明珩這才頓了步子，緊緊咬了陣牙，竭力按捺下心內急切的衝動，道：「……妳告訴她，我很快就來。」

納蘭崢實則已聽見外邊的動靜，那一聲中氣十足、又急又怒的「滾」，不是湛明珩還能是誰？但她此刻當真沒了餘力去思量回應，她的腦袋越發暈沈，視線亦十分模糊，也不知又過了多久，她隱隱約約瞧見一名穩婆匆匆忙忙出去，過後，湛明珩就來了。

她一身狼狽，臉色慘白，雙唇毫無光澤，一雙眸子盡是迷濛水氣。湛明珩喉間一哽，到她床榻邊彎身屈膝，攥緊了她的手，萬語千言不得開口，最終只說：「洄洄，妳別怕。」

納蘭崢曉得無人攔得了他。雖知如此不適合，卻因瞭解他對她的執拗，故也不說多餘的話了。她只憋著股勁，哭著衝他搖頭。

湛明珩微微一滯。在旁人尚且不懂她這番意思時，他已先懂了。

方才穩婆出來了一趟，跟他說時辰太久了，得做好大人小孩只保一個的準備。

他當然選擇保納蘭崢。

如今顯然她是猜得了此事。

他一陣無言，知道多說無益，根本騙不了她。見她張了張嘴似有話要說，便俯下身，隨即聽她艱難開口：「湛明珩……我不要你做選擇……」

從前她不願他在大穆與她之間做選擇，如今亦不願他在孩子與她之間做選擇。

她貪心，也希望他貪心，選擇一個便等於捨棄另一個，他這半輩子已然夠苦了，她不想他再有所失去。

這個孩子，她必須生下來。

湛明珩心內酸楚，眼圈竟也發了紅，蹙著眉頭攥緊了她的手道：「洄洄，來日方長，妳莫逞強……」

她的淚霎時湧了出來，拚命搖頭。「你信我……你信我……」

日頭漸漸西斜，一個時辰後，內殿響起一陣吭亮的啼哭。

一名穩婆歡欣鼓舞地出來，當這恭賀之際，卻一時摸不著北。完了才恍然記起，陛下是親眼瞧著小皇子呱呱墜地的，她還跑出來朝誰恭賀？她也真是喜昏頭了！

剛欲往回走，又想起這外殿還候了不少人馬，便趕緊逮了個婢女道：「妳去外邊道一聲，說皇后娘娘已順利誕下小皇子，眼下母子平安！」說罷匆匆再入內殿。

床榻上，納蘭崢聽聞孩子平安無事便累極暈厥了過去。再醒來已是夜深，她睜眸，對上一雙眼睛。

這雙眼睛曾無數次這般凝望她。她在這雙眼睛裡瞧見過歉疚、心疼、焦灼，也瞧見過狡黠、溫柔、渾濁。從始至終不變的是，這雙眼睛裡一直有她，也一直只有她。

湛明珩一動不動守在她床榻邊，這許多時辰了，竟連位置也未曾挪一分，甚至目光亦無瞥開過一瞬。

見她醒轉，他似乎鬆了口氣。

一剎四目相對，兩人皆於無聲處抿出一個笑。

湛明珩不曉得如何形容今日這番心境。連他都欲意放棄時，納蘭崢卻一力堅持了。到得後來，見她心性這般堅毅，穩婆左思右想，乾脆攙她起身，使了站式分娩的法子。

他打過仗、吃過苦，也做過金尊玉貴的皇太孫，卻是此番從後面抱著她的腰，竟當了一回穩婆。

他覺得他大概是大穆史上最厲害的皇帝了，而他的皇后亦是他此生所遇最堅韌勇敢的女子。

何其有幸。

他眼下有滿肚子的話想問她，也有滿肚子的情話想講，可比起那些，他更想親親她。

他摩挲了一下她的臉頰，問道：「傻看著我做什麼，可是不認得妳夫君了？」

納蘭崢失笑，有氣無力地剜了他一眼，低聲道：「殺風景。」

這一眼似嗔非嗔，是他生平最喜見的神色。他再忍不住，俯身湊了下去。

納蘭崢倒非是不願跟他親近，實在是她一身臭汗，連自己都有些受不了，故而偏頭躲了一下。「髒……」

湛明珩頓了頓，笑道：「有一輩子能嫌妳，也不急這時了。乖，給我親。」

說罷低下了頭……

番外

長允十六年冬，天候苦寒。

時日江河俱凍，霜雪害稼桑，民凍死者無算，諸省災情迭起。朝廷雷霆火速下詔，遣戶部尚書顧池生躬身南下前往賑災，安撫百姓。

如此歷經數月，天下方歸風調雨順。

翌年仲夏時節，酷暑難消，唯入夜可乘風涼。

穆京城太液池畔五龍亭中央，四名婢女殷切地打著宮扇。一身明黃盤領窄袖袍的男子橫臥美人靠，頭枕一雙玉腿，手執一方奏本，將之覆於眼上遮擋燭火光亮。待有葡萄送至嘴邊，便啟唇啜食，好不怡然。

不一會兒，他似是昏昏欲睡，捏著奏本一角的手漸漸鬆垂下來。眼見那青色絹本就要滑落池中，玉腿的主人急急「哎」了一聲，彎身往半空一撈，準準接過。只是方才剝過葡萄的手尚有些濕漉，難免弄髒了扉頁。

湛明珩聞聲迷濛睜眼，見納蘭崢正嗔視著自己，便再往她腿上拱了一下，換了副更舒坦的姿勢，咕噥道：「衛洵的摺子，丟了也罷。」

納蘭崢斥他一句「不務正業」，隨即拿錦帕揩了揩手，攤開奏本就著燭火瞧了幾眼，合攏後擱往一邊，垂頭與他道：「這防災工事的設想不錯，我看可准。」

湛明珩打了個呵欠，連「嗯」三聲，閉上眼道：「妳說准就准。」完了似想起什麼。「我書房裡還有一遝奏本，明早叫人挪去承乾宮。」

她惱了。「你就曉得折騰適修，他白日在雲戎書院唸書，回來還得受東宮先生訓誡，如今竟連摺子也要替你批閱了。」

他抬起一絲眼皮，冷冷瞅她。「就妳曉得體恤兒子。妳可別忘了，妳夫君年輕時也是這般過來的，可曾有誰心疼過我？」

納蘭崢一噎，記起當年雲戎書院那番光景，想想的確如此，便衝他低哼了一聲。又見他捶捶腰背，嘆道：「如今卻是老了，禁不起累了。」

她狠狠掐了他的腰一把。「那你一會兒回到寢殿可莫要再生龍活虎。」

湛明珩被她掐得癢，睡意也沒了，乾脆爬起來，攬過了她的肩笑道：「不成，我也就這點用武之地了，妳不給我使誰給我使？」

四周的婢女聞言臉頰微微一紅，只覺晚風都熱了起來。

納蘭崢偏頭瞪他。「我瞧你是只老了層臉皮，十堵牆也不及。」

湛明珩聽罷抖抖眉毛，忽一個起身將她打橫抱起，笑著往亭外走去，見她想掙脫，更是越發朗聲道：「皇后盛情相邀，朕卻之不恭，回宮回宮！」

翌日雲戎書院裡，陳先生講起昨年冬的雪災，請學生們下學後擬一份疏災策論，翌日呈上。完了與跟前錦衣華服的小少年道：「這份策論，太子殿下便免了。」

學堂內無人有異，畢竟眾人皆知，昨年朝臣們呈了十數份疏災策論，均未得陛下首肯，反倒是時年十四的小太子獲了聖言讚許。而這數月來，諸種賑災手段大多出自此份精妙策論。

這等驚才絕豔的學生，又是如此尊貴的身分，也只有東宮那幾位德高望重的老師夠格教誨，即便聖上給書院下了旨，此地的先生們也不敢妄言，更無論安排什麼課業。

如今到底不是當年被聖上那假身分耍得團團轉的情形了，他們哪裡能不尊敬？再說了，聽聞陛下本意也並非欲令小太子到此學習，而是叫他與書院裡的公侯伯之後們打交道來的。

湛適修聞言淡淡「嗯」了一聲，倒也無甚居傲姿態，完了不知何故忽然偏頭瞧向學堂的南窗，看了一眼窗邊若隱若現的一朵髮髻，繼而略沈吟一下，問道：「先生不須我將此前呈與父皇的策論謄抄一遍給同窗們瞧瞧嗎？」

陳篤聞言一駭，趕緊道：「如此自然好，便勞請殿下忙碌了。」話是這麼說，心內卻奇怪嘀咕。十五歲的太子殿下較同齡孩子早成，性子亦比當年頑劣的陛下沈穩些許，如何此番忽這般露骨地自我彰顯起來？

只見湛適修再往南窗瞥了一眼，乾咳了一聲道：「既如此，先生可否容學生先行回宮取來策論書？」

就他那好記性，還須特意瞧著策論書謄寫？況且即便真要如此，叫宮人送來不就得了？怕是太子殿下待不住這悶熱學堂，故才找個藉口走人的吧。

陳篤心內明白，嘴上卻不戳穿，只點頭。「該當如此、該當如此，殿下先請。」

湛適修便起身走了，飛揚入鬢的眉頗顯幾分春風得意之色。到了門口見窗邊空無一人，就將手中書卷丟給侍從，隨即一路繞過學堂，到了一處空蕩的花圃前，負了手姿態甚高地道：「衛如蓁，妳躲什麼？」也不知在對著哪處說話。

一個十二歲的小姑娘慢悠悠地從那花叢後方站起來，茜色的裙裾一動，垂眸上前幾步道：「太子殿下……」她喊得輕，似乎有些怕他，但到底還是朝他行了個禮。

湛適修低哼一聲。「妳來書院做什麼？」

衛如蓁低著腦袋，只留給他一個髮旋兒。「回殿下的話，是母親叫我來的，說瞧瞧弟弟是否在學堂認真聽講？」說罷撇了撇嘴。母親也真是的，弟弟雖比她小兩歲，卻素來乖巧得很，哪裡用得著督促盯梢。再說了，弟弟身邊也不缺學童，何以偏偏三番五次叫她來此？別人家的閨閣小姐哪有這般成日往外跑的啊。

湛適修聽罷，不冷不熱地「哦」了一聲，似乎無意再與她搭腔，轉身就要走，聽見身後人好像因他離去鬆了口氣，卻忽然不肯放過了，複又回頭道：「這雲戎書院可非是妳能來的地方，何況妳一個閨閣小姐，不好好待在忠毅伯府，竟四處野？」

這話說得可不好聽，但衛如蓁卻大為贊同，抬眸仰頭望他，一臉的崇敬。「殿下實在太能說會道了，您若與我母親這般講一講，想來她也不會如此逼迫我了……」

瞧她滿臉真摯，清澈水靈的眼裡無絲毫心虛之色，似乎當真是被逼迫的，湛適修不知何故覺得不大舒服，側過身去，學父親那樣威嚴地將手背在身後，不看她地道：「妳真不曉得妳母親為何逼迫妳來書院？」

衛如蓁眨眨眼。「不曉得啊。」說罷恍然大悟他話中之意。「這麼說來，殿下曉得嗎？」

他偏頭恨鐵不成鋼似的看她一眼，繼而再撇過頭去冷淡道：「我怎會曉得。既然妳不情願來，我回頭便叫父皇下道旨，不許閒雜人等進書院就是了。反正……」反正父皇與衛伯爺合不來，連帶也不喜歡衛如蓁，若非母后有意，他怕絕不會睜隻眼閉隻眼地容許這丫頭三天兩頭往書院跑。

「反正什麼？」衛如蓁腦袋一歪。總覺得與這位貴人說話十分疲累，總要猜個沒完，見他不往下說，只得自己抓著腦袋琢磨。

湛適修可不打算將大人們的心思告訴她，見她冥思苦想不得，想是小腦袋瓜不夠使了，便藉口答：「反正我現下剛巧要回宮。」

她小嘴微張，無聲應他，連連點頭，隨即道：「如此實在是好，書院就該杜絕閒雜人等的！」被稱作「閒雜人等」的衛如蓁與母親一樣心眼極大，絲毫未覺不悅，反倒真切道：「殿下肯幫我這個大忙，我該如何感謝您呢？」

她這歡喜與謝意簡直比真金白銀還真。湛適修的臉色有點不好看了，卻仍舊淡漠地說：「我與妳弟弟平日關係尚可，便算賣他個人情，妳不必客氣了。」說罷扭頭就走。

衛如蓁便留在原地頷首行默禮。

湛適修這下子步履生風，沒一會兒就走出老遠，卻忽聽身後傳來一聲驚叫。

他驀然停步回頭，便見衛如蓁一路跑躥著到自己身側，一手攥著他腰間玉墜，一手指著遠處花圃，臉色發白地道：「那那……那是何物！」

他順她所指望去，見花圃角落裡有團黑黝之物，其上斑斑血跡已乾，顯然是條被曬癟了的死蛇。

衛如蓁自最初那一瞥裡領悟過來，忍不住拿手捂住了小嘴。

如此說來，她方才躲在花圃裡，與那死物不過咫尺之遙……

湛適修低頭瞧她臉色，見她明明怕得很，卻一個勁盯著蛇屍，忘了移開目光，顯然是嚇傻了，便一手覆了她的眼，一手掰過她的肩，將她整個人轉了個向，一面嘴上不饒人地道：「衛如蓁，妳膽子真比針眼還小，這就嚇得動不了了。」

她尚未徹底醒神，視線被他的手遮擋，便呆呆地眨了兩下眼，長而鬈曲的睫毛因此掃過他的掌心，叫他忽地一陣酥癢。

他似乎愣了愣，隨即放開她，招來侍從，叫他們將死蛇處理掉。

衛如蓁這才漸漸回魂，害怕地吞嚥一下，欲意遠離此地，卻是鞋尖一抬，雙腿便是一軟，往地上栽了去。

湛適修正與侍從說話，一聽身後這動靜，猛然回頭及時伸手拽住了她的胳膊。他一雙星眸俯視著面如菜色的衛如蓁，眉頭微微皺起。

好端端地，書院的花圃裡怎會有死蛇？想也知必是那「無所不用其極」的衛夫人做的好事。這為娘的，竟這般嚇唬女兒。

可他也曉得衛夫人何以如此。是父皇不喜衛如蓁，而他又嘴硬得很，總裝出一副對她冷淡至極的模樣，才會叫衛夫人接連出這等下策，好給兩人多些親近的機會。

這個衛夫人，大約是英雄救美的話本瞧多了。

衛如蓁腿軟得站不住，可仰頭見他擰著眉頭，好像十分嫌惡她一般，便也不敢勞動貴人之手攙扶自己，往後退開了一步，連聲道：「多謝殿下，多謝殿下……」

湛適修看她這嚇的，再回頭瞥了眼月門外偷偷摸摸盯著這向動靜的衛家書童，心內躊躇了一陣，半晌後，忽然牽起衛如蓁的手往外走去。

衛如蓁可從不曾與他這般親近過，登時嚇了一跳，一面踉蹌跟上，一面慌張問：「殿……殿下？」

湛適修卻恍若未聞，只顧連拖帶拽地將她一路送上自己的馬車。

他當著衛家書童的面主動這般待她，那衛夫人總該安心了吧，也省得再想出一些亂七八糟的招數來。

他就當……就當日行一善好了。

他這邊自顧自拿定了主意，那邊衛如蓁的臉早就紅透了，見他一句話不說攥著自己，一面著急縮手，一面連聲叫他。「殿下……」

湛適修這才回神，忙將手鬆開，偏頭瞧見她臉色，不知何故也覺氣血上湧，面上一陣發燙，咳了一聲說：「妳方才在花圃裡湊那蛇近得很，我叫宮中太醫替妳瞧瞧，免得妳在雲戎書院出了什麼岔子，回頭叫衛伯爺鬧上門來。」說罷扭頭吩咐車夫。「回宮。」

可她沒被蛇咬啊，再說了，那不是條死蛇嗎？衛如蓁覺得自己腦袋瓜又不太夠使了，思忖了半晌不得解，只好一頭霧水地向他點點頭。

湛適修目不斜視，一本正經端坐著，牽過她的那隻手卻漸漸沁出了汗來。

湛適修領衛如蓁回了承乾宮，裝模作樣叫太醫給她瞧了一瞧，繼而便稱說欲去太甯宮尋父皇討策論。

這主人家都走了，衛如蓁自然不好再留，就謝過了他，又想著多日未見皇后娘娘，既已進了宮，莫不如去問候問候。哪知出了東宮一問，卻聽外邊人道，皇后娘娘此刻身在太甯宮，故而只得順路再與湛適修一道。

兩人剛在太甯宮外落了轎，就見迎面走來一身縷金挑線紗裙，姿容豔麗，貴氣十足的小姑娘，便是湛適修那位年紀十一的妹妹湛邐了。

她見兩人親暱同行，似乎吃了不小的一驚，到得跟前與衛如蓁打了聲招呼。「如蓁姊姊好。」說完便扯住湛適修的袖子，拖他到一旁，小聲道：「哥哥，你不是說不喜歡如蓁姊姊的嘛！」

湛適修被她問得一噎，回頭看了眼衛如蓁，確信她是聽不見的，才道：「是不喜歡。妳大驚小怪個什麼，我與她湊巧順路罷了。」

「那你怎會許她走你旁邊而非身後？」

「我……」他再一噎，完了皺皺眉。「這有什麼大不了的，我沒注意而已。妳成日管衛如蓁做什麼？」

湛灑噘嘴，不大高興地道：「我怕哥哥有了嫂嫂，就不會疼我了。」

湛適修又好氣又好笑。「妳有父皇和母后捧在手心裡，還缺我疼？」完了又覺哪裡不對，補充道：「再說我何時要給妳找嫂嫂了？」

「可宮裡好些人都是這麼講的。」

「妳這話可莫亂說，尤其別給衛如蓁聽去了。」

「為何不能給如蓁姊姊曉得？」

湛適修又是一噎，回頭看了看一臉坦然地等在原地的衛如蓁，答道：「因為她太蠢了。」

蠢到人人都曉得的事，她卻始終一頭霧水蒙在鼓裡。膽子小，心卻大得很，性子純得令人難以置信。

既然如此，就讓她繼續蠢下去好了。

湛邏瞧見他望衛如蓁的眼神，心內一陣絕望。這眼神，簡直跟哥哥當初瞧他那隻心愛的小奶狗的樣子如出一轍。

湛邏嘆了口氣。

沒錯，要緊的不是小奶狗，而是心愛啊！

——全書完

醫門獨秀

文創風 566～568

前世手執手術刀，救下無數性命，
如今卻是一手握刀鋤，一手掌鍋杓，
誰教在這古代，十八般武藝樣樣都要行！

笑看妙手回春，細談兒女情長／煙雨

前世身為醫生，再重生一次的安玉善小小年紀就身懷高超醫術，
家人皆以為是佛堂寄命才讓她過了神氣，她也樂於借神佛之名行醫。
古代醫學如未開墾的荒地，生個小病就像要人命，
更讓她驚奇的是，這裡的村民有眼不識「藥山」，
許多山中藥草都是珍稀之物，他們竟然視如雜草？!
怎麼說她也不能看著村民糟蹋了！
她忙著開班授課、醫病救人，還要製藥丸、釀藥酒，
神醫之名逐漸在村內傳揚，本還擔心身處亂世，一身才學會遭來橫禍，
好在村民皆守口如瓶，日子倒也過得順心愜意。
豈料一瓶「神奇藥酒」救了遠在帝京的貴人，一石激起千層浪，
某天一位神秘俊公子造訪小小山村，竟是跋山涉水來求醫？

生猛逗趣的求生之道、拍案叫絕的求愛之旅／淺淺藍

2017年10月出版

以妻為貴

身為傭兵界翹楚，穿越來竟然變成一個乾癟的小丫頭?!
既不受寵又軟弱，弄得她只能在遙遠的祖宅裡窩著，但真不甘心，
既然一身絕活還在，不如就來個劫富濟貧，順便賺點錢！

文創風 569 1

唉，明明是身手非凡的傭兵界第一把交椅，
如今卻得窩在這鄉下的祖宅裡無人理，身邊只有個笨手笨腳的傻丫鬟，
沈薇這才明白：穿越真的是一門技術活！
但既然沒人理會沈四小姐，就是給她「自由發揮」的機會，
況且好久沒活動筋骨，這村莊雖然偏僻了點，倒有些不錯的「目標」，
乾脆讓她在古代扮一回劫富濟貧的俠女，伸張正義順便還能賺點錢呢……

文創風 570 2

她靠著一身本事，領著傻丫鬟桃花和顧嬤嬤四處置產，
鋪子也越辦越多，其實主僕三人早已能過舒心日子，
但顧嬤嬤記掛著沈薇即將及笄，竟是一封書信寄回沈家，
讓她不得不離開自由的祖宅，踏上返回忠武侯府之路……
自從回了侯府，每日晨昏定省便讓她明白自己有多不受寵，
親祖母待她冷淡就罷，繼母表面客氣，暗地裡就愛使詭計，
繼妹對她更不客氣，甚至連她自小訂親的未婚夫都敢搶?!

文創風 571 3

看似成全了繼妹的心願，其實是沈薇趁機甩掉了不值得的未婚夫婿，
但怎麼走了一個永寧侯世子，又上來一個晉王府的大公子?!
這徐家大公子來頭更大，雖非世子，卻是當朝皇帝和長公主的親姪子，
問題是她對人家無意，徐大公子似乎對她有那麼一點……興趣？
而且傳說中極少露面的徐大公子不是個病秧子嗎？沒事就要養病三五個月，
為何她隨手拔刀相助，正好救了被十來人圍攻的他？
看起來他身子好得很，功夫更好，裝什麼體弱多病啊……

文創風 572 4

外人都說晉王府大公子徐佑去了一趟西疆，回來就封了郡王，
皇帝還把京中最有名的園子賞給他當郡王府，
即使他以往不受晉王喜愛，如今卻比王府世子還要風光，
她沈薇雖是侯府三房的嫡女，能許給他也是莫大的福氣……
哼，明明是她押著糧草趕去西疆救祖父，自己還上陣殺敵呢，
皇上不也封她為郡主嗎？在她瞧來，明明是徐佑三生有幸才能娶到她！

文創風 573 5 完

晉王府看似無事，其實是一潭深水，沈薇雖然性子渾、天不怕地不怕，
也是留了心才能保住一方安寧日子，偏偏皇帝不知在想什麼，
竟然要她那「身嬌體弱」的夫君去當什麼五城兵馬司指揮使，入朝為官?!
他一當官便沒好事，一下是被皇帝找了藉口打入宗人府，
害她還得端出嘉慧郡主的架子，十萬火急地入宮救夫，
不然就是扯入前朝舊事，加上皇帝遇刺、太子突然墜馬受傷，
整個朝廷似乎陷入詭譎的陰謀之中，連他們夫妻也被捲入其中——

靠山山倒，靠人人會跑，靠自己最好……

收拾起小女人的溫柔，驕傲奮起吧！／青黛

2017年9月出版

犀利傲妻

這年頭溫柔婉約不能活人，
唯有犀利剽悍才能保她身家平安……

文創風 561 1

前世她識人不清，單純軟弱，這世重活，豈能不長點智慧跟勇氣？
這世再見那個讓她恨絕的前世丈夫，她只想不顧一切地撕碎了他！
可以的話她也想當個溫婉的妹子，
但經歷滅門大禍重生回來，犀利剽悍成了她的最佳保護色，
保護她免於一切惡意傷害，尤其是那個冷面獸心的男人……

文創風 562 2

再見她時，他發現自己無法坦然面對她。
看著她對自己莫名的敵意，他是又愧又心慌，
卻也忍不住被真性情的她吸引，忍不住想靠近她……
但遠憂近患未除，前世血仇未報，
他只能用盡力氣壓抑下這股衝動，暗中護她周全……

文創風 563 3

前世對他的印象，從來都是神色嚴峻，冷面獸心的傢伙。
但這世相遇以來，儘管她對他無禮、無視，甚至犀利蠻橫、驕縱，
他還是對她一逕地好，甚至是溫柔又寵愛的，
幫她擋去許多陰謀陷害，幫她維護名節聲譽……
只是她心裡還害怕著前世的悲慘遭遇，對他有那麼點的不信任啊！

文創風 564 4

今生，她恍若重新認識了他，再度受他吸引，又再愛上了他，
除了他，她沒有想嫁的男人，將心交了出去後，也只認定了這個男人。
只是擋在他們之間的，除了她自家的糟心事，
還有他身後重重的陰謀及隱藏的身世秘密，
但她相信自己看上的人肯定能化險為夷，掃除一切障礙……

文創風 565 5 完

就算如願成親了，親愛地過著小夫妻的甜蜜生活，
但兩人平靜安穩的好日子可還遠著呢！
這府裡不平靜，而敵方也正集結著各方黑暗勢力伺機而動，
但只要有他在，她就不怕……

情繫佳人，緣牽兩世／新蟬

2017年9月出版

情定悍嬌妻

若生活平順，她又何須步步為營？
自踏入京城寧府的那一刻起，
形勢便不由人，身在這龍潭虎穴，
她必得先下手為強……

文創風 556 1

寧櫻貴為青岩侯夫人，
年紀輕輕便沈痾纏身，最終香消玉殞。
重生之後，她和娘親本在莊子上平淡度日，
無奈天不遂人願，讓她再次踏入寧府這龍潭虎穴……
上頭有心思歹毒的老夫人，周遭也多是勾心鬥角的堂姊妹，
這些人都當她是鄉野來的沒見識，
她還不就將計就計，來個「扮豬吃老虎」！

文創風 557 2

寧櫻雖能強勢反擊府裡人給她穿小鞋的那點心思，
但自幼養在寧府的親姊姊可就難逃老太太的手掌心。
縱使寧櫻暗地藉由他人之手破壞了這樁政商聯姻，
卻沒想到老太太被利益繁華迷了眼，
和清寧侯府串謀，要毀壞姊姊的名聲好逼其作妾，
若非有恩人相助，連她都險遭毒手波及了……

文創風 558 3

上輩子他和寧櫻有太多遺憾，
好在老天給了他譚慎衍重生彌補的機會，
讓他得以暗中請薛小太醫對她伸出援手，
避免她重蹈前世纏綿病榻之覆轍，
而今她是如此堅強聰慧，深深觸動著他的心……

文創風 559 4

寧櫻的親事變得炙手可熱，
先是清寧侯府上門提親，
接著是長公主為譚慎衍登門說媒。
她精明的腦子一旦碰上他，
便拎不清自己是真的喜歡他，
抑或是心懷前世不能白首的遺憾？

文創風 560 5 完

寧老爺貪污遭人彈劾，寧府遇此劫數已然落魄，
譚慎衍卻仍不離不棄，將寧櫻娶進青岩侯府。
身為世子夫人，首要面對的便是繼母胡氏，
憶及前世，這婆婆可非省油的燈，總讓她吃不少暗虧，
果然沒多久，胡氏就搬出美人珠胎暗結的戲碼來添堵……

文創風 585

龍鳳無雙 3 完

國家圖書館出版品預行編目資料

龍鳳無雙 / 池上早夏著. --
初版. -- 臺北市：狗屋, 2017.11
冊； 公分. --（文創風）
ISBN 978-986-328-801-5（第3冊：平裝）. --

857.7 106016734

著作者 池上早夏
編輯 王冠之
校對 周貝桂 簡郁珊
發行所 狗屋出版社有限公司
地址 台北市104中山區龍江路71巷15號1樓
電話 02-2776-5889～0
發行字號 局版台業字845號
法律顧問 蕭雄淋律師
總經銷 知遠文化事業有限公司
電話 02-2664-8800
初版 2017年11月
國際書碼 ISBN-13 978-986-328-801-5

本著作物由北京晉江原創網絡科技有限公司授權出版

定價250元
狗屋劃撥帳號：19001626
網址：love.doghouse.com.tw E-mail：love@doghouse.com.tw